Nestor, un cheval dans la Grande Armée

Micheline Cumant

Nestor, un cheval dans la Grande Armée

2017 Micheline Cumant
Édition : BoD – Books on Demand
12/14 rond-point des Champs-Élysées, 75008 Paris
Imprimé par Books on Demand GmbH, Norderstedt, Allemagne
Dépôt légal : juillet 2017
ISBN : 9782322174973

NESTOR

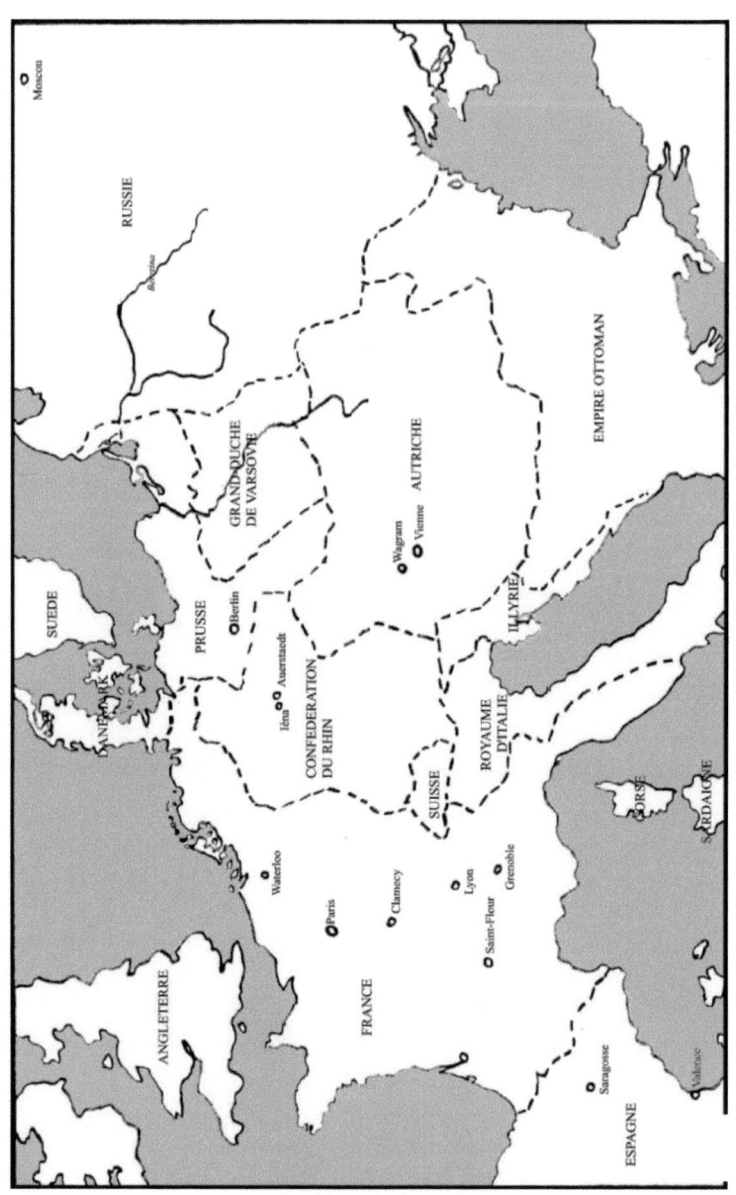

L'Europe vue par Nestor

« Et nous, les petits, les obscurs, les sans-grades,
Nous qui marchions fourbus, blessés, crottés, malades,
Sans espoir de duchés ni de dotations,
Nous qui marchions toujours et jamais n'avancions... »

Edmond Rostand, *« L'Aiglon »*,

Acte 2 scène 8 (1900).

INTRODUCTION

La ville de Clamecy rayonnait en ce mois d'avril 1848, et tous les habitants s'activaient en préparant une grande fête. Ils allaient célébrer le retour de la République, en plantant un arbre de la liberté, comme en 1793. Le curé avait accepté de bénir l'arbre, de la même façon que sous la première République.

Le roi Louis-Philippe avait abdiqué sous la pression populaire et avait pris la fuite vers l'Angleterre. La République venait d'être proclamée.

La ferme de la famille Caron avait revêtu ses habits de fête, sa façade et la salle à manger étaient décorées de guirlandes. Le fils Caron avait pour l'occasion fait venir son frère jumeau, maréchal-ferrant à Nevers, afin que toute la famille soit réunie. La grand-mère s'occupait des petits, et le père Caron rêvait en contemplant une miniature qu'il n'avait jamais voulu déplacer du mur, elle représentait un portrait de l'Empereur Napoléon à la tête de son armée. C'était une peinture naïve, un peu maladroite, mais le vieux fermier l'avait un jour achetée à la foire et depuis n'était jamais sorti de chez lui sans la regarder, comme pour saluer celui qui avait été son général et son Empereur. Car il avait été un soldat de la Grande Armée.

Ses petits-enfants le pressaient toujours de questions. Celui qui était représenté sur le tableau, Napoléon, l'Empereur, il l'avait vraiment vu ? En vrai ? Et puis, pourquoi y avait-il une petite tresse de crins de cheval fixée sous le tableau ?

La grand-mère Adrienne prit la parole :

– Maintenant que les rois sont partis, tu peux leur raconter l'histoire. Celle d'Henri et de Nestor. Celle que j'ai plus devinée qu'entendue, tu ne m'as pas tout dit.

Le grand-père soupira.

– Je ne sais pas tout. Mais si le cheval Nestor était là, il nous en raconterait ! Lui qui a suivi Napoléon entre Iéna et Waterloo.

– Il est mort à la bataille ? demanda un des petits.

– Il est mort au champ d'honneur, dans la plaine de Waterloo. Avec son cavalier…

– Henri Fourneau, acheva la grand-mère. Mais raconte donc… Mieux : les enfants, imaginons que le cheval nous conte son aventure… »

PREMIÈRE PARTIE :
Cheval dans les Chasseurs

I – Je suis engagé dans l'armée.

Je suis né en 1802 dans une ferme près de Saint-Flour, dans le département du Cantal, d'une jument d'origine anglo-normande et d'un étalon d'Auvergne. Mon éleveur me destinait à la carriole du notaire ou au fils du juge, qui était un fin cavalier, appréciant les beaux chevaux — car j'étais, à presque quatre ans, un assez puissant modèle, de très grande taille pour un cheval d'Auvergne[1], d'un beau noir zain[2]. Mais le destin en décida autrement : six officiers de cavalerie — hussards, chasseurs, cuirassiers — vinrent en tournée d'achats. L'armée avait besoin de beaucoup de chevaux : « un cheval pour sept hommes » disait le règlement. Certains officiers recherchaient des chevaux lourds, pour le trait, ils étaient moins nombreux dans notre région. Un autre règlement disait que les chevaux qui avaient entre cinq et neuf ans devaient être recensés, dans le cas où le besoin de réquisition se ferait sentir.

Avec deux de mes camarades — un rouan[3] et une alezane[4] —, nous fûmes menés, tenus en main, au pas et au trot. Les officiers nous déclarèrent « bons pour le service », notre éleveur fut payé, et on nous emmena à Aurillac, où nous rejoignîmes une cinquantaine d'autres chevaux. La route commença.

-----

[1] Le cheval de la race auvergnate est en principe petit (environ 1,50 m au garot), pèse environ 500 kg et est connu pour sa rusticité. Nestor ayant une mère d'origine anglo-normande, sans doute un croisement de cob normand et de pur-sang, se trouve donc être plus grand (1,60 m/1,65 m). Mais il a hérité de la robe noire ou bai-brun des chevaux auvergnats.

[2] Un cheval « zain » est de robe unie, fauve ou noire, mais sans aucun poil blanc.

[3] Un cheval « rouan » est de couleur de poils mélangée de roux, de noir et de blanc.

[4] Un cheval « alezan » est de robe rousse, fauve, ou marron, avec la crinière et la queue également fauves.

Il fallait d'abord nous affecter en fonction de nos aptitudes. Pour cela, nous partîmes par petites étapes jusqu'à Clermont-Ferrand. Là, on nous sépara en trois groupes : les plus grands furent destinés aux cuirassiers, les moyens aux dragons, et les plus petits aux hussards et aux chasseurs. Je me trouvais bien avec les amis de la ferme qui étaient enrôlés avec moi, et je me permis de gambader, de sautiller, je restais un poulain joueur, tout comme mes amis que cette réunion amusait beaucoup. Et bientôt, ce fut un beau chahut dans la troupe, ce qui ne fut pas du goût des militaires chargés de nous garder. Un sous-officier qui avait assisté à la débandade, décréta que tous trois, bien que grands et forts pour des chevaux de quatre ou cinq ans, nous n'étions pas assez disciplinés pour nous verser dans le corps des cuirassiers, et l'on nous affecta à la cavalerie légère. Ce qui nous indifférait assez. Mais cette indiscipline fit que ceux des officiers qui cherchaient des montures nous dédaignèrent : en effet, eux étaient tenus d'avoir au moins deux chevaux, qu'ils achetaient eux-mêmes, et ils ne voulaient pas avoir à perdre du temps en calmant les ardeurs d'animaux qu'ils disaient rétifs. Nous serions des montures de simples soldats, à moins que nos cavaliers ne montent en grade.

Avant de nous affecter à un régiment ou à un autre, il fallait nous baptiser et nous inscrire sur les registres. Les chevaux des cuirassiers reçurent des noms mythologiques : Jupiter, Neptune, Vénus… un soldat revint vers nous en disant que nous avions de la chance, nous n'allions pas devoir porter des noms tels que Mathusalem, Nabuchodonosor ou Salomon, qu'avaient reçu les chevaux d'un autre groupe de la part d'un gradé lettré. Pour nous, cela se passa plus simplement. On nous fit aligner par dix, un officier nous examina, puis il désigna chacun en le baptisant, tandis qu'un adjudant les inscrivait, avec un numéro qu'il appelait « matricule », en ajoutant les caractéristiques de chacun, robes, marques diverses... Je fus baptisé « Nestor », et quant à mes deux camarades, le rouan devint « Ardent » et la jument alezane « Musette ». Et, par chance, nous restâmes ensemble. Il est vrai que nous avions entendu un soldat dire que les chevaux qui se montraient trop difficiles étaient revendus. Par crainte d'être ainsi séparés, nous décidâmes de nous tenir tranquilles.

Et c'est ainsi que nous fûmes incorporés au deuxième régiment de chasseurs, cantonné à La Haye, en Hollande. On nous attacha par groupe de six, deux soldats s'occupaient de chaque groupe. Nous entendions dire « Doucement au début ! Il faut les habituer, d'abord des petites étapes ; et ne les poussez pas ! » Quatre lieues, puis cinq, puis six… les soldats qui nous montaient se contentèrent de nous faire avancer droit, calmement. Dès que l'un de nous semblait fatigué, ou bronchait, son cavalier changeait de monture. Nos cavaliers étaient de vieux soldats, à longues moustaches, et leurs cheveux étaient nattés sur la nuque. Tout en restant au pas, petit à petit, ils tendaient les rênes, pressaient leurs jambes contre nos flancs, nous apprenions notre métier, il fallait que nous réagissions aux gestes de nos cavaliers sans nous braquer, et bientôt nous fumes capables de marcher au pas, au petit trot, à tourner, à rester immobiles, sans nous énerver ni nous fatiguer. Pendant ce temps, les étapes s'allongeaient, six, huit, dix lieues… En arrivant à La Haye, nous étions fins prêts à devenir de bons chevaux de régiment et tenions la cadence : une heure au pas, une dizaine de minutes d'arrêt, pour nous permettre de nous soulager, les cavaliers vérifiaient le harnachement, le sanglage, puis nous repartions au pas une petite heure. Suivaient deux heures de trot, on repassait au pas, on reprenait le trot. Quand il y avait une montée un peu raide, le cavalier mettait pied à terre.

Il faisait très beau, et nous étions le 15 août 1806, jour de l'anniversaire de l'Empereur. Tout le régiment avait revêtu les tenues de gala, et présentait les armes à la famille royale. Le lendemain, ordre fut donné de nous remettre en marche avec le reste de la troupe, nous partions pour Cologne.

Le 1er septembre, nous arrivâmes au cantonnement. Nous étions très curieux de savoir ce qui allait se passer. Pour ma part, je fus déçu : tous les matins, on nous emmenait sur des pistes, dans des prairies aménagées en carrières de dressage, ou dans des champs labourés. Nous apprenions à changer d'allure, à placer notre tête, en gardant le contact avec le mors, et nous ne cessions de faire des voltes, des demi-voltes, des changements d'allure, et à passer de l'immobilité au galop de charge en un clin d'œil. Tous les jours, le travail était le même, nous changions quelquefois de cavalier. On nous ramenait ensuite à l'écurie, où nous étions soigneusement pansés et où nous avions droit à de généreuses portions d'avoine. Les maréchaux-ferrants passaient souvent pour vérifier nos pieds, et les cavaliers étaient tenus de posséder quatre fers de rechange et des clous dans leurs fontes. De plus, des hommes qui avaient reçu une formation spéciale, et que l'on appelait « vétérinaires », étaient passés nous voir, pour vérifier qu'aucun de nous n'avait de maladie qui eût pu se transmettre au reste de la cavalerie, et ils morigénaient les soldats qui négligeaient leur harnachement, laissant leur monture blesser au dos ou à la sangle.

Peu après, nos cavaliers arrivèrent en armes, et nous montèrent en brandissant leurs sabres ou en tirant des coups de pistolet ou de mousqueton. Nous étions entraînés à trotter ou galoper en ligne, quatre par quatre. Quand on disait « Chargez ! » nous partions au trot, puis au petit galop, et il fallait partir au galop de charge lorsque l'on entendait une sonnerie de trompette. Je trouvai cet exercice plutôt amusant, cela me distrayait, car l'endroit était une plaine, toute plate, un peu boueuse, où l'herbe n'était guère appétissante. D'ailleurs, nous étions bien nourris, nous n'avions pas maigri et même nous étions plus musclés qu'en arrivant, disaient les officiers. Je m'habituais, et même je ne faisais plus attention aux bruits, aux cris que poussaient les cavaliers. Certains de mes confrères bronchaient, partaient en ruades à la sonnerie de trompette, l'on entendait l'officier instructeur crier : « Restez groupés ! », il fallait apprendre à charger en ligne. Sur ce plan, je suivais les instructions, cela nous amusait de galoper ensemble, bien que nous ayons comme tous les chevaux envie de faire la course, nos cavaliers nous retenaient.

Après la charge, nous rentrions au petit trot afin de nous rafraîchir et de reprendre notre souffle. Je tenais bien la cadence, mais, rentrant à l'écurie, je n'avais plus qu'une envie : manger et dormir. Or, il arrivait que le picotin tardât, si le soldat Bouquet qui s'occupait de moi, et qui était blasé après plus de vingt ans de service, avait bu plus que de raison. C'était un brave homme, gentil avec moi, mais son amour de l'eau-de-vie passait avant sa conscience professionnelle, et il arrivait qu'un officier le morigène et qu'il soit consigné les dimanches. Du coup, il ne pouvait plus sortir s'acheter à boire, et cela le rendait hargneux, il me pansait à la va-vite et allait ensuite ronfler sur une botte de paille. Il redevenait aimable lorsqu'un soldat rentrait et lui apportait une bouteille qu'il se hâtait de déboucher, avant de boire « à ma santé ». Je ne comprenais pas comment le fait que le père Bouquet boive pouvait être bon pour ma santé…

Au bout d'un mois, nous étions prêts à être attribués à un escadron. Nous allions partir en guerre. En même temps, les jeunes soldats avaient terminé leur instruction, on les avait fait travailler sur de vieux chevaux, car, comme je l'avais entendu dire un jour au colonel : « À jeune cheval, vieux cavalier, à jeune cavalier, vieux cheval ». J'appris que, depuis quelques années, les cavaliers étaient meilleurs qu'auparavant, car ils avaient reçu une formation dans une école nationale d'équitation, et leur expérience leur permettait de former des recrues, d'en faire de bons cavaliers qui savaient utiliser leurs montures au mieux, et sachant aussi bien se tenir correctement en selle, se rendre compte de l'état de son cheval, et le soigner à l'écurie. À présent, on allait nous attribuer à ces jeunes soldats, tandis que les anciens reprendraient leurs montures ordinaires.

Mais mon brigadier, Rambert, s'empara de Musette, et l'adjudant tint à garder Ardent, qu'il avait beaucoup aimé à dresser. À leur exemple, Bouquet offrit de m'échanger contre sa jument, Lutèce, qui avait les membres fatigués. Mais, le jour des attributions, il était comme souvent ivre mort, et un conscrit récemment arrivé, Henri Fourneau, devint mon cavalier.

Fourneau était un brave garçon, de belle prestance déjà, quoique très jeune. Sa haute taille et les capacités qu'il avait montrées pendant son instruction firent qu'on me présenta à lui :

« Tiens, voilà Nestor, il est grand, il a de l'énergie, comme toi, lui avait dit le sous-officier. Et il avait ajouté : en plus, vous êtes "pays", tu connais Saint-Flour ? »

Sûr, avait-il répondu, il était d'Andelat, un village près du château du Sailhant. Les recruteurs l'avaient pris là, à la ferme de son père, qui après la Révolution s'était attribué un bout du terrain du château, ce qui arrivait à le faire vivre chichement. Fils unique, seul soutien de ses vieux parents, Henri était parti sans enthousiasme, mais la vie du camp, plus animée que celle d'un village, les uniformes chamarrés, les nouveaux amis et la compagnie des chevaux qu'il aimait, les sonneries de trompettes, les bruits de manœuvres, tout cela lui redonna sa gaieté naturelle et il mit beaucoup d'entrain à s'occuper de moi, à faire briller mes harnachements et aussi à soigner sa tenue à laquelle il ne manquait jamais un bouton.

Mais, si appliqué et adroit qu'il fût, le pauvre garçon ne savait pas lire. Sinon, peut-être aurais-je fini cheval d'officier… Et pourtant, parmi nos chefs, il y en avait, des hâbleurs, des opportunistes, d'autres qui avaient su saisir la chance au moment où elle passait, ils avaient été promus, et leur avancement avait été rapide. Mais les honneurs vont rarement trouver le mérite silencieux, et Henri était en plus un garçon modeste, qui n'avait pas pour habitude de faire du zèle.

II – Iéna

Un matin, une rumeur courut dans le cantonnement. Les trompettes sonnèrent le boute-charge, puis le boute-selle. Les gradés distribuèrent de la poudre, de l'avoine, du pain, des pierres à fusil et des balles à nos cavaliers. J'entendis Bouquet parler à Fourneau :

– Ça va barder, mon petit, nous partons en Prusse ! Paraît que l'Empereur vient de déclarer la guerre ! »

À ces mots, je m'ébrouai joyeusement, pendant que Fourneau répondait en riant au vieux briscard :

– Eh bien, l'Ancien, on les verra venir les « Têtes Carrées"[5] !

– Ils ne sont pas terribles, va, fiston ! Pas comme le Nestor, ils ne casseront pas le mors de bride ! » En réalité, je n'avais pas cassé le mors, j'avais mordu la boucle de cuir qui le tenait, et elle s'était détachée. Bouquet avait voulu aider Henri, en mettant ma bride. Mais, ce jour-là, il avait quelque peu forcé sur une eau-de-vie locale particulièrement traître, et de plus il commençait à ne plus voir bien clair. Aussi n'avait-il pas ajusté la boucle comme il le fallait.

Et ce jour-là, nous partîmes vers l'Allemagne. Le 20 septembre, nous traversions le Rhin, le 10 octobre, nous passions la Saale à Saalfeld. C'est là que j'entendis les premiers coups de fusil tirés pour de bon. Je compris le pourquoi des pétarades, des cris, auxquels on nous avait accoutumés à Cologne. Au soir du même jour, nous apprîmes

---

[5] « Têtes carrées » : expression québécoise datant de la colonisation du Canada. Les français installés ont surnommé ainsi les anglais car ils construisaient des maisons à toit carré. L'expression est utilisée par Henri, car, à l'époque, l'ennemi numéro un des français était surtout l'anglais.

que les Français venaient de battre un régiment prussien, et que le maréchal des logis Guindet, du Dixième Hussards, avait tué le prince héritier Louis de Prusse d'un coup de sabre. Le moral du régiment était au beau fixe, et, le lendemain, nous nous mîmes en marche. Les étapes comptèrent quinze à dix-huit lieues, quasiment le double d'un coup. Une trentaine de chevaux et quarante-huit chasseurs durent abandonner en route.

Ardent, Musette, et moi, nous tenions bon, solides que nous étions, mais Lutèce avait les boulets enflés, et lorsqu'arrivait le soir, elle boitait bas. Bouquet la soignait, l'encourageait, demandait conseil au vétérinaire, et la brave jument parvenait courageusement à finir les étapes.

Nous fûmes cantonnés à Géra, en Saxe, dans un champ d'herbe grasse, près d'une ferme en ruine. Les soldats profitaient des moments de liberté pour déterrer des pommes de terre dans le champ voisin. Le matin du 14, le brigadier Rambert, entendant les crépitements de la fusillade dans le lointain, dit à mon chasseur :

– Tu entends, conscrit ? On déchire la toile[6], par là-bas ! »

De temps en temps, un sourd grondement se faisait entendre : les hommes dirent que c'était le canon. Les choses devenaient sérieuses.

Nous reprîmes la route, qui fut difficile, les jeunes soldats ne pouvaient s'empêcher d'être impressionnés : les chemins étaient jonchés de cadavres, hommes ou chevaux, grenadiers, chasseurs ou hussards, et de morceaux de charrettes, de caisses éventrées. Il fallait dégager la route, pousser les cadavres dans les fossés, et de temps en temps certains râlaient encore. Des

---

[6] « Déchirer de la toile » signifie, en langage militaire de l'époque, tirer des coups de fusil, en salve et en désordre, le bruit ressemblant à celui d'une déchirure.

chevaux, les membres brisés, hennissaient en tentant de se relever. Cette fois, c'était la guerre, la fête des morts !

Le général Lasalle, commandant la brigade, vint nous placer en ligne de bataille, et, tout à coup, un boulet, qui ricocha sur un rocher, vint décapiter notre colonel et frappa en pleine poitrine l'adjudant qui était juste derrière. Son cheval, Ardent, eut une telle peur que, d'un bond, il fit volte-face et se coula entre nous. Au même instant, une balle foudroyait Lutèce en pleine tête. D'un bond, Bouquet sauta à terre, attrapa Ardent et l'enfourcha. Il n'eut pas le temps de dire adieu à sa vieille et fidèle jument, car, tout à coup, nous reçûmes l'ordre de charger.

Une petite côte, un chemin, un tournant, un boulet faucha le premier rang, neuf chasseurs tombèrent, les chevaux, emportés par leur élan, et rejoints par notre groupe, continuèrent, sauf deux jeunes chevaux qui trébuchèrent et, se relevant, prirent la fuite vers l'arrière.

Ce fut ma première bataille. Elle s'était passée au village d'Iéna.

Il n'y eut pendant un moment plus personne en face de nous, nous nous regroupâmes, attendant les ordres. Pendant ce temps, les régiments d'infanterie se battaient comme des enragés et mettaient l'ennemi en fuite. Les cuirassiers, commandés par le beau Murat, grand-duc de Berg, chamarré selon son habitude comme un suisse de cathédrale, mais qui savait faire manœuvrer les unités de cavalerie comme un seul homme, transformèrent cette fuite en déroute. Le Septième Chasseurs, qui avait chargé avant nous, avait perdu la moitié de son effectif, en hommes et en chevaux. Mais les Prussiens avaient complètement cédé le terrain, et ceux de leur armée qui ne gisaient pas dans la plaine avaient disparu.

Le soir, nous bivouaquions à Weimar, et Henri, quand il fut seul avec moi, me bouchonna avec ardeur, et je vis que d'un coup ses yeux se remplissaient de larmes. Il cacha sa tête dans ma crinière et m'embrassa en me disant des mots sans suite. Il avait tremblé à la mort du colonel, s'était senti glacé en voyant tomber ses camarades, mais il avait crispé sa main sur la poignée de son sabre, prêt à s'en servir si on nous avait donné l'ordre de charger, il avait continué à me pousser en avant. Nous avions fait notre métier, lui et moi.

Pendant que l'Empereur, qui avait lui-même commandé la bataille, triomphait à Iéna, à côté, à Auerstaedt, le maréchal Davout venait de remporter une brillante victoire.

Il n'était pas aimé dans l'armée, le maréchal Davout, car nulle carrière militaire n'offrait, plus que la sienne, l'image d'une plus parfaite incohérence. Ce chef, inflexible dans l'application des règlements, pointilleux à l'extrême, avait été, lors des premiers grondements de la Révolution, le lieutenant le plus indiscipliné de la cavalerie royale. Son nom de naissance était D'Avout, et il fut comme la plus grande partie de sa famille destiné aux métiers des armes. Élève au collège militaire d'Auxerre, il avait atteint le grade de sous-lieutenant quand il fut gagné par les idées révolutionnaires et abandonna la particule, pour constituer un club politique. Il avait pris barre sur les autres sous-officiers, et même sur les officiers de ce régiment, leur avait monté la tête, tant et si bien qu'un jour, refusant le service, tout ce beau monde s'était barricadé dans la cantine, avait chassé le colonel et proclamé l'abolition de tous les règlements disciplinaires. Il avait fallu que ceux de la troupe qui étaient restés dehors, par respect de ces règlements, par peur des sanctions, ou tout simplement parce qu'ils étaient occupés ailleurs, soient sommés par un officier d'armer les fusils et de tirer dans les portes, de pénétrer par force dans la salle pour en chasser les mutins. Ironie du sort, les meneurs furent renvoyés dans leurs foyers, alors que les simples soldats furent emprisonnés quelques jours.

Le lieutenant Davout, lui, fit quelques semaines de prison, puis fut libéré contre sa démission de l'armée. Mais, ne réussissant pas à s'employer dans la vie civile, il se fit incorporer comme simple soldat dans un régiment levé par l'Assemblée Constituante dans le département de l'Yonne, où il gravit bien vite les échelons de la hiérarchie militaire, jusqu'à devenir général durant la Terreur. Napoléon Bonaparte arrivant, il le suivit dans la campagne d'Égypte et devint maréchal. Il avait en outre épousé la sœur du maréchal Leclerc, qui était le beau-frère de l'Empereur. « Il a pensé à tout », disaient de lui les officiers qui n'aimaient pas les opportunistes, ou tout simplement étaient jaloux. N'empêche qu'il avait fort bien mené la bataille d'Auerstaedt, mettant en fuite les troupes du général Blücher.

Présentement, nos soldats fêtaient la victoire de l'Empereur à Iéna, à laquelle ils avaient participé, certains avaient même vu l'Empereur donnant des ordres de mouvements de troupes et de pièces d'artillerie.

Pendant que les soldats faisaient ripaille, je me sustentais de bonne avoine et reniflais avec bonheur la paille fraîche, n'ayant cure des petits trafics qui se faisaient à l'intérieur et autour du camp. Il faut bien penser que la guerre est l'école de tous les crimes, et que ceux qui ne l'ont pas vécue, ou ne l'ont pas connue par un proche, ne peuvent la juger. Si j'avais traversé toute cette glorieuse épopée en me contentant de faire mon devoir de soldat, ma vie eût été plus intéressante aux brancards du cabriolet de mon éleveur, ou même devant la charrue. Il faut parler des petits marchandages, sans lesquels la vie des soldats eût été déprimante, des trafics de bons de vivres, des tractations avec les paysans, les juifs et les usuriers des pays que nous traversions. Car les soldats, après les batailles, ne restaient pas inactifs devant les morts dont ils faisaient les poches, et les leurs étaient abondamment garnies de thalers et groschen. Je vis mon Henri hésiter au début, scrupuleux, puis, voyant que cela ne servirait à rien de se distinguer en faisant la fine bouche, en faire autant. Ainsi, il acheta à un paysan quelques bonnes mesures d'avoine pour moi, en plus de quelques bouteilles pour lui et ses camarades. Quand il me sellait, je sentais que les fontes de la selle étaient sérieusement alourdies, et les pièces tintaient joyeusement au rythme du trot. Toutes les ressources locales étaient mises à contribution.

« La loi de la guerre ! » Dit Bouquet à Fourneau, qui s'en étonnait et avait parfois un mouvement de gêne. « Dis donc, les envahisseurs, c'est nous, non ? Eh bien, on se sert ! Et on se sert chez ceux qui en ont, on n'a pas touché à des pauvres paysans, non ? Seulement aux riches, et aux morts. Les morts n'ont plus besoin d'or ! » Il ne fallait effectivement pas se montrer trop délicat ou respectueux.

Quant à moi, je n'étais pas une grosse brute, j'étais un soldat loyal, un bon cheval de troupe, donc un instrument, je grappillais de l'avoine quand il y en avait, mais aussi de la gloire ou des horions quand il en passait. Moi, simple cheval de soldat, quand les batailles se calmaient, quand nous nous arrêtions pour bivouaquer, je ne pensais qu'à mon picotin, pas au résultat des combats ni aux savantes stratégies militaires dont discutaient les officiers. Bien sûr, il y avait des morts, mais c'était cela, la guerre. Bon, je m'inquiétais pour Henri, quand il semblait fatigué ou souffrait, il s'occupait bien de moi, nous étions un duo bien soudé.

Nous passâmes à Berlin, une ville banale, où les habitants nous regardèrent avec une indifférence toute philosophique, puis à Posen, et enfin on nous fit cantonner deux semaines dans un petit village proche de Varsovie.

III – Les marais polonais

Nous étions en décembre, et nous couchions dans la neige, lorsque nous ne nous battions pas contre les Russes qui, paraît-il, étaient devenus nos ennemis. Je n'y comprenais rien : j'avais entendu parler des Prussiens, nous les avions déjà rencontrés. Il y avait les Anglais, il paraît qu'ils sont les meilleurs ennemis des Français. Les Autrichiens, bon, ils sont à côté de l'Allemagne. Mais les Russes ? Quand Henri soulevait le problème, Bouquet, ou l'adjudant Rambert, rétorquait : « On te demande de te battre, pas de comprendre la politique ».

Le 6 décembre, nous traversâmes la Vistule et le 24, les mamelouks de l'Empereur chargèrent des uhlans qui, les prenant pour des Turcs à cause de leur costume, s'enfuirent épouvantés.

Après plusieurs petites escarmouches, nous cantonnâmes une quinzaine de jours dans les marais polonais, où une singulière aventure nous arriva.

Ces marais, au bord desquels nous avions installé nos tentes et nos bivouacs, servaient de barrières entre nous et les Russes qui, dix fois supérieurs en nombre, n'osaient cependant pas nous attaquer. Il faut dire que tous, cuirassiers, dragons, chasseurs et hussards français, nous usions de stratagèmes bizarres pour leur donner, par la multiplicité de nos feux de nuit, l'illusion de la masse. Tous les soirs, à la chute du jour, les cavaliers nous sellaient à l'improviste, puis, en un temps de galop, nous allions à une lieue ou deux, un peu à l'écart. Tout le long des marais, ils allumaient alors des feux de bivouac volants.

Mais, comme ces marais qui nous séparaient étaient impraticables, chaque armée se croyait complètement à l'abri et négligeait la pose des grand-gardes[7].

Pour pouvoir passer d'une rive à l'autre, les habitants avaient construit une sorte de pont : deux gros sapins étaient placés sur deux rangs parallèles, des planches étant clouées en travers, fixées à de solides madriers reposant sur ces traverses, ceci formant quelque chose qui ressemblait à des pilotis. Sur cette construction improvisée, où les habitants du pays n'osaient pas se risquer, le général de division eut l'idée folle de nous faire passer, de nuit : nous étions quatre mille chevaux, tenus en main par nos cavaliers. Son intention était de prendre l'ennemi par la surprise.

Miracle ! Il paraît que cela arrive... Tout le monde put passer. J'entendis des officiers dire : « impossible n'est pas français ». Ah, bon ? Ce devait être vrai. Les planches bougeaient, oscillaient, le pont était étroit, nous glissions, nous butions, certains d'entre nous bronchaient, frappaient les planches... Mais, au bout de presque huit heures d'inquiétude, nous étions tous passés. Nos cavaliers montèrent en selle, et tout le monde fonça vers le camp des Russes... qui avaient pris la fuite. Toute la troupe s'arrêta, les soldats se demandaient ce que nous faisions, et Henri dit à mi-voix à son voisin : « S'ils s'étaient doutés, ils n'avaient qu'à nous attendre à la sortie du pont, puisque nous passions en file indienne, ils auraient pu nous massacrer comme ils voulaient ! » Le camarade répondit « Eh ! En tout, il faut un peu de chance ! Surtout pour rester vivant ! » Et le brigadier Rambert avait ajouté : « Les soldats doivent être courageux, les chevaux obéissants, les chefs

---

[7] Grand-gardes : corps de cavalerie placé en avancée afin de prévenir une attaque surprise.

intelligents… et avec tout ça, c'est vrai, il faut de la chance !
Beaucoup de chance ! »

IV – Bataille de Pułtusk

On ne s'attarda pas dans les marais de la Pologne, et pendant environ deux semaines, il y eut quelques escarmouches, nous partions en patrouilles en petits groupes, ou carrément en escadrons, et à chaque fois nous mettions en fuite quelques Russes.

Henri Fourneau, mon jeune cavalier, était très audacieux, et, comme nos deux caractères s'accordaient à merveille, nous foncions avec joie lors des charges, lui le sabre en avant, hurlant, moi en ronflant comme un soufflet de forge. La bataille nous galvanisant, nous étions de plus en plus décidés à en découdre avec tout ce qui s'opposerait à notre avancée — vers quoi, au fait ? Nous n'en savions rien et cela n'avait pas d'importance, nous devions mettre l'ennemi en fuite. Mais aussi, nous apprenions que le courage consiste à envisager tous les dangers, sans n'en mépriser aucun, et de faire toujours comme si notre général nous regardait. C'étaient les ordres qui comptaient.

Depuis quelques jours, les routes devenaient des chemins de plus en plus boueux, de plus en plus impraticables. Nous enfoncions dans des marécages jusqu'aux jarrets, et l'artillerie peinait : comment tirer des canons dans un sol détrempé ? Le temps avait été assez doux, il n'y avait pas eu de gel, ce qui eût raffermi la terre. Il pleuvait de temps en temps, et ces ondées rendaient encore pires ces routes qui n'en méritaient plus le nom.

De plus, nombre d'entre nous arrivaient au cantonnement le ventre creux, avec seulement un peu d'herbe mouillée comme subsistance, car souvent le fourrage faisait défaut, ou les cavaliers n'avaient pas trouvé de moyens pour s'en procurer. En ce qui me concernait, mon ami Fourneau était toujours parvenu à m'assurer une ration d'avoine et du foin. Comment s'y prenait-il ? Mystère ! Sans doute son bon sens et sa débrouillardise de paysan auvergnat lui permettaient-ils de traiter avec les locaux. En tout cas, il me fournissait de quoi me sustenter et sortait pour lui et ses camarades une bouteille. Bouquet, lui, s'endormait ivre et ronflait jusqu'au lever. Beaucoup d'hommes étaient malades, les rations étaient gâtées, et même le général Lannes souffrait de fièvres. Malgré tout cela, nous avancions.

Le 24 décembre, nous arrivâmes devant Golymin, et nous nous dirigeâmes vers Pułtusk, après avoir traversé un bois avec d'infinies précautions, car les Russes auraient pu aisément nous y canarder s'ils nous avaient attendus. Mais ils avaient sans doute d'autres plans en tête : bientôt, les cuirassiers de leur garde et leurs dragons se rangèrent dans la plaine, à gauche du bois. Ils étaient environ dix mille cavaliers, devant trente mille fantassins et quarante pièces d'artillerie, entendîmes-nous dire.

Soudain, une formidable canonnade retentit. Notre brigade fut balayée de biais, comme si un coup de vent l'avait fauchée. Nous vîmes tomber des files entières d'hommes et de chevaux. Notre nouveau colonel n'eut pas le temps de nous faire reformer en bataille, car le général ordonnait un mouvement de retraite.

Dans la brigade voisine, celle du général Lasalle, un fait inouï se produisit. Comme un des régiments de hussards qui la composaient s'était laissé transpercer par le canon et déborder par une charge des Russes, le général, pour punir ses hommes, les fit ranger en bataille devant l'artillerie ennemie et les y laissa immobiles. Devant eux, impassible, il fumait la pipe.

Pendant ce temps, notre infanterie contournait le bois, mettait l'ennemi en déroute, bloquait ses pièces d'artillerie et nous préparait ainsi le terrain pour une chasse aux fuyards.

Notre régiment était fortement décimé, mais ni mon zèle ni celui de mon brave Fourneau n'avaient fléchi devant cette hécatombe. On nous regroupa, un ordre fusa, et, comme dans les escarmouches, où mes jambes et mon courage avaient pu s'exercer, je chargeai avec ardeur. Au premier fossé, je vis tomber presque sous mes sabots le voisin de Fourneau, Camus, un jeune Auvergnat, dont le cheval, un vieux rouan, venait d'être éventré par un boulet perdu. J'étais lancé à une telle vitesse que je ne pus l'éviter, et mes sabots frappèrent le malheureux en plein visage. Lorsque nous eûmes l'ordre de nous replier, je le cherchai des yeux. Misère ! Son visage n'était plus reconnaissable, et c'était moi, son compatriote, qui l'avait tué ! Heureusement, Fourneau ne s'en rendit pas compte, il en aurait pleuré pendant plusieurs jours et peut-être cela eût-il ralenti son ardeur.

Nous étions, Henri et moi, sains et sauf. Ce fut de justesse : un boulet passa par-dessus mon encolure et frappa un jeune officier, que son père, commandant aux cuirassiers, était venu embrasser avant la charge.

Telle fut la bataille de Pułtusk. Le général Lannes, quoique malade, tremblant de fièvre, avait toujours dirigé les opérations. Plusieurs régiments russes avaient été anéantis.

Une semaine après la bataille, nous retrouvions dans les bois des centaines de leurs blessés qui vivaient encore, mangeant leurs rations ou celles de leurs camarades morts, ou même cueillant de l'herbe et la mâchant avec application. Des signes de maladies diverses s'ajoutaient aux souffrances causées par leurs blessures. Nous passions, il fallait continuer.

V. Fraternité d'armes

Le lendemain soir, après vingt heures de marche, coupé par quelques minutes de repos et un combat du matin — nous avions anéanti un escadron de Russes — mon petit groupe, commandé par l'ex-brigadier Rambert, nommé depuis peu maréchal des logis, était en patrouille d'avant-garde.

Pendant que la moitié de notre peloton se dispersait en postes d'observation, l'autre moitié, celle dont nous faisions partie, Fourneau avec moi, Bouquet avec Ardent et le maréchal des logis avec Musette, essaya de se reposer. Manger, il n'y fallait pas songer : nos bissacs étaient vides, et le cantonnement n'était qu'une plaine caillouteuse et enneigée. Derrière nous, les cadavres s'entassaient sur la neige rougie et, plus avant, l'arrière-garde ennemie, chassée par nos patrouilles, ravageait tout sur son passage, jusqu'au moindre brin d'herbe.

À court d'idées, Bouquet tortillait sa longue moustache et jurait en silence. De temps à autre, il flattait les flancs d'Ardent qui tremblait de froid. Quant à moi, je commençais à crier famine, et mes jarrets fléchissaient sous le poids du harnachement.

– Si je n'étais pas crevé comme je suis, marmonna Bouquet, je sais bien où j'en trouverais, de la viande fraîche et de l'avoine !

– Et où donc ? demanda Fourneau, qui soufflait dans ses doigts engourdis et s'efforçait de masser mes jarrets tuméfiés.

– C'est une affaire d'une lieue et demie, à pieds, en arrière. Autant pour le retour, ça fait trois. En une heure ou deux, malgré cette bise, ça fouette le sang tout de même, un homme reposé pourrait faire le trajet.

– Malheureusement, intervint Paulin, un vieux soldat à la moustache aussi longue que celle de Bouquet, nous sommes tous éreintés, et nos chevaux ne nous soutiennent que par la force de l'habitude !

– Les pauvres bidets ! Nous sommes bons pour passer tout de suite dans l'infanterie, si nous n'arrivons pas à les nourrir, ajouta Rambert.

– Nos chevaux sont nos jambes, déclara Fourneau. Quand nous ne les aurons plus, que deviendrons-nous ? Nous ne sommes pas entraînés au combat à pied ! Et c'est notre devoir que de soigner nos chevaux ! Dis-moi, Bouquet, où se trouve ce bon coin, et j'y cours !

– C'est là-bas, vers la droite, la ferme abandonnée où nous avons estourbi quelques Russes ce matin ! »

Et, ce disant, le vieux chasseur lui désigna la maison où, effectivement, nous avions, à trente, enfoncé un escadron de cent vingt dragons russes.

– Si mon devoir ne me retenait pas ici, je vous accompagnerais, dit Rambert, très occupé par la visite des chevaux malades ou blessés.

– T'en fais pas. Et occupe-toi de nos gars, dit Bouquet. Et, passant mes rênes, ainsi que celles d'Ardent, à Paulin, il ajouta :

– Prenons toujours nos pistolets, on ne sait pas ce qui peut arriver. Et ne fonçons pas tête baissée, car qui court trop vite reste en rade ! »

Les deux soldats se mirent en route, escaladant des cadavres de Russes tombés en paquets ; quelques-uns râlaient encore, ou murmuraient d'une voix mourante : « À boire ! À boire ! »

Soudain, un coup de feu retentit sur la route. Du cantonnement, nous vîmes la flamme du canon. J'eus peur pour Henri, mon cœur se serra et je hennis doucement. Mais nos deux amis étaient prudents. Bouquet avait aussitôt poussé Henri dans le fossé, disant :

– À terre, vite, petit, et ouvrons l'œil, le russe est tout près !

– Une idée, Bouquet, répondit mon chasseur au vieux soldat, si nous nous enveloppions dans le manteau d'un de ces pauvres diables de Russes ?

– Bonne précaution, en plus il fait frisquet et, là-bas, des prunes de gros calibres pourraient nous attendre ! »

Se coulant le long des fossés, rampant à quatre pattes, se dissimulant derrière les arbres, les buissons et les monceaux de cadavres, les deux hommes, que les manteaux des ennemis avaient fait prendre pour de simples maraudeurs, réussissaient, après une heure passée moitié à marcher, moitié à ramper, à pénétrer dans la ferme où, le matin, nous avions fait une si sanglante besogne.

Hélas ! Tout comme les nôtres, les bissacs des chevaux russes étaient vides.

– Ne te désespère pas, fiston, les renards sont malins, et pourtant on les prend ! Fit Bouquet qui, pour dissimuler sa profonde déception, inspectait une écurie déserte.

– Regarde ! Un coffre ! s'écria Fourneau.

– Et m…, il y a un cadenas ! Et quelque chose me dit qu'il y a de l'avoine là-dedans ! grommela le vieux chasseur en hochant la tête.

– Attends un peu, tu vas voir ! »

S'armant d'un de ses pistolets, dont il se servit comme d'un levier, le jeune soldat fit sauter les serrures. Le coffre regorgeait d'avoine. En un clin d'œil, les deux chasseurs en eurent rempli deux sacs.

– Bravo, les chevaux sont servis, maintenant, vite, au tour des cavaliers ! » fit Bouquet.

Il y avait un placard. D'un coup de poing, les deux hommes firent voler les portes en éclat. Au fond de ce garde-manger, il y avait un énorme quartier de lard, à côté d'une grosse miche de pain. Bouquet exulta :

– Bonne affaire pour nous et les copains ! Il y en a pour tout le monde !

– Et maintenant, filons au cantonnement !

– Si seulement on pouvait trouver à boire ! s'exclama Bouquet qui, dans sa joie, et affamé qu'il était, avait déjà mordu dans un petit morceau de lard qu'il avait coupé.

– Cela ne suffit pas à Monsieur, il lui faut encore la goutte ? dit Fourneau. C'est vrai que les Russes aiment les liqueurs fortes… Tiens, un officier que j'ai tué ce matin d'un coup de pointe repose juste à côté, sur le corps de son cheval… »

Bouquet n'en écouta pas davantage, il sortit en trombe, tourna le corps du cosaque, déficela son paquetage et exhiba une bouteille plate à laquelle il s'empressa de donner l'accolade.

– Eh, oh, gardes-en pour les autres ! dit Fourneau en riant.

– Dis donc, mon bleu ! Qui est allé chercher tout ça ? Trinquons un coup, ça nous donnera du cœur et des jambes, on a tout le chemin à refaire ! »

À eux deux, ils vidèrent la moitié de la fiole, puis, chargés comme des mulets, leurs sacs sur l'épaule, les musettes, les gibernes et les poches pleines, moitié marchant, moitié rampant, comme à l'aller, entre les cadavres et les broussailles, ils rentrèrent au campement où déjà on désespérait de les revoir. Leur absence avait tout de même duré trois heures, et j'étais dans des transes mortelles. Aussi m'empressai-je de frotter allègrement ma tête sur l'épaule de mon brave ami, que j'avais cru perdu à jamais. Que voulez-vous, on s'attache…

Ce soir-là, les douze chevaux du poste de garde firent bombance, les douze chasseurs dévorèrent à belles dents le lard et le pain bis, tandis qu'à la ronde, Bouquet faisait circuler la fiole d'eau-de-vie.

On dit bien qu'un bienfait n'est jamais perdu ! Il y avait une heure que, notre repas terminé, les membres reposés et l'estomac bien rempli, nous commencions à sommeiller, lorsqu'un galop rapide troubla le silence de la nuit.

Une larme d'eau-de-vie restait au fond de la bouteille. Rambert la passa à Henri qui la lampa d'un trait, pendant qu'on nous ressanglait et que nos hommes sautaient en selle. Déjà, les vedettes [8] se repliaient de notre côté. Ces hommes étaient harassés, leurs chevaux n'en pouvaient plus.

– En bataille ! commanda le maréchal des logis. Sur deux rangs ! Nous autres, ceux qui se sont reposés, attendons de pied ferme, et haut le mousqueton !

Bouquet, que son ancienneté autorisait à prendre la parole, émit une opinion de vieux brave :

– Si on les chargeait, pour se reformer en avant ?

---

[8] « Être en vedette » signifie « être en sentinelle ».

– Trop tard pour nous lancer ! répondit le sous-officier. Passez vos dragonnes dans le poignet et laissez vos lames pendre le long de la selle. Lorsque les dragons seront à vingt pas, feu de peloton, puis rapidement, le mousqueton à la botte et le sabre en ligne !

– Ça, ça me va ! » répondit Fourneau. Pour foncer, il était partant.

Nous étions déjà en bataille, prêts à bondir. Les Russes arrivaient au galop. À cinquante mètres, ils prirent la charge, le sabre haut. Et, tout à coup, au commandement de Rambert, un crépitement déchira l'air, pendant que six dragons roulaient dans la neige. C'était suffisant pour briser leur élan.

– Maintenant, à l'arme blanche ! » Hurla le maréchal des logis.

Ah, mes amis ! Quelle bagarre ! Les dragons tombaient comme des mouches. Les camarades que, une heure avant, leurs jambes ne portaient plus, galopaient, mordaient, ruaient avec un entrain endiablé, tandis que les hommes sabraient tout ce qui se présentait et pointaient sans arrêt.

Les Russes allaient tourner bride, avec un effectif réduit de moitié, lorsqu'un autre escadron de leurs dragons fonça sur nous, au triple galop, et nous chargea de flanc. Devant nous, seule issue, un fossé de quatre mètres ! Autant dire que nous étions cernés et que nous n'avions qu'à tendre le cou pour nous laisser égorger comme des moutons. Hésiter, il n'en était pas question. Rambert nous lança sur le fossé.

Hélas ! Six chevaux seulement, sur la quinzaine encore sur pieds, réussirent à franchir l'obstacle. Six, tous du groupe qui avait pu manger… Les neuf autres étaient restés en route, les Russes les avaient achevés, deux étaient tombés dans le fossé et gisaient, les membres brisés.

Nos six cavaliers, dont Rambert, Bouquet, Paulin et Henri, galopèrent encore sur quelques dizaines de mètres. Les Russes n'avaient pas osé les suivre. Quelques instants plus tard, le sous-officier commandait la halte, car la nuit tombait sur cette plaine grisâtre et désolée.

De loin en loin, masquant des masures abandonnées, quelques arbres sans feuilles ressemblaient à des squelettes lugubres pleurant sur la détresse de ce paysage nocturne fait de neige, de boue, de sang, et de cadavres.

Et, pendant que les chasseurs s'embrassaient, en pleurant leurs camarades morts sur ce champ sinistre, tandis qu'Henri essuyait sa lame couverte de sang et que Bouquet s'écriait « Sapristi ! Je dois avoir le poignet foulé ! », je racontais à Musette comment, d'un coup de dents, j'avais désarmé le bras d'un dragon qui, le sabre levé, allait fendre la tête du maréchal des logis. On a toujours besoin de se mettre en avant. Nous, les chevaux, nous ne sommes pas seulement des outils, il faut nous considérer comme des combattants, nous aussi. Et alors !

VI. Eylau.

Le lendemain, nous rencontrâmes un escadron du Septième Chasseurs qui, comme nous, battait l'estrade [9]. Rambert courut voir le capitaine, le Comte de Beaumetz, et lui expliqua notre aventure. Ce dernier félicita nos cavaliers, nous caressa sur l'encolure en disant « Ce sont de braves chevaux que vous avez là, prenez-en soin ! ». Puis il nous joignit à sa troupe que les deux escadrons restants de notre régiment rejoignirent quelques jours plus tard. Nous apprîmes que le Prince Jérôme, frère de l'Empereur, avec le général Vandamme, avait pris Breslau.

Nous marchions constamment en avant de la troupe et, tout au long du jour, la neige tombait en abondance, nous fouettant le visage et rendant l'étape extrêmement pénible.

Durant la première semaine de février 1807, nous fûmes attaqués par une division de cavalerie russe qui nous harcelait par tous les côtés depuis une semaine. La région fut le théâtre de sanglantes escarmouches, à Mohrungen, Olsztyn, Waltersdorf. Nous parvînmes à chaque fois à repousser les troupes ennemies.

Le septième jour, notre régiment, qui était comme toujours d'avant-garde, rôle le plus souvent dévolu à la cavalerie légère, enleva la place du cimetière d'Eylau et fit son cantonnement sur le plateau, tandis que plus en arrière, l'infanterie du maréchal Soult se faisait décimer par les canons.

---

[9] L'expression « battre l'estrade » n'a rien à voir avec le théâtre. Employée à partir du 15ᵉ siècle, elle vient de l'italien *« strada »,* route, et signifie : partir sur la route en reconnaissance, ou à la recherche de quelqu'un. Le mot italien *« strada »* vient du latin *« strata »* = voie pavée, d'où est venu le mot anglais *street.* Le *batteur d'estrade* désignait l'éclaireur d'une armée.

Pendant ce temps, le corps d'armée du maréchal Augereau s'emparait du village, derrière lequel le général Durosnel fit établir le bivouac de la brigade.

La neige, qui n'avait cessé de tomber, recouvrait des cadavres en quantité. Plusieurs d'entre nous passèrent la nuit avec des morts pour matelas et pour oreillers.

Le lendemain matin, la neige tourbillonnait, chassée par un violent vent du nord, nous ne voyions rien. Nos pelotons avaient été reformés à l'aide de cavaliers pris dans d'autres escadrons, et la division tout entière était rangée en bataille sur la gauche de notre artillerie.

Dans mon groupe, qui gardait l'aile droite de l'escadron, le spectacle était admirable et plein de promesses de victoire. En tête, un vieux brigadier chevronné et décoré, Dureil, à la longue barbe hirsute, aux épaules d'Hercule — c'était un ancien cuirassier passé chasseur — montait un énorme cheval poméranien, nommé Ajax, et brandissait un sabre qui s'était illustré à toutes les batailles en perçant de part en part des poitrines ennemies. Derrière lui, au centre, une jeune recrue fraîchement arrivée du dépôt triturait sa belle et fine moustache blonde, pâle comme un mort, mais droit comme un i, attendant le signal de charger. Je n'arrivais pas à savoir comment s'appelait le cheval du chasseur nommé Fabert qui était à sa gauche, il s'agissait d'un cheval pris aux Russes. Fabert était un petit gringalet, mais ses exploits l'avaient fait surnommer « le héros d'Austerlitz », il arborait sur sa tunique la croix qu'il appelait la Légion d'Honneur, que l'Empereur lui-même lui avait décernée. Il serrait les dents, crispait ses poings, visiblement impatient d'en découdre. À côté de lui était Bouquet, sur Ardent, et derrière Bouquet, une jument polonaise que l'on avait baptisée Vistule servait de monture au trompette du peloton, Farges, un ancien musicien d'un autre régiment qui attendait sa nomination de trompette-major. Il était célèbre pour la rapidité avec laquelle, après avoir exécuté la sonnerie réglementaire, il mettait sabre au clair et fonçait sur l'ennemi, taillant dans le tas. Puis il y avait Paillac, un géant pyrénéen, poilu comme un ours, au visage couturé de balafres, monté sur Camisard, un coursier nerveux de son pays. Il y avait encore Bonnet, un parisien, long, maigre et roublard, qui racontait toujours plein d'histoires drôles aux veillées de bivouac, et enfin Gerbert, le serre-file.

C'était un drôle de type, ce Gerbert ! Un gros homme aux joues roses, souriant, l'air plein de santé, qui avait participé à toutes les batailles et s'en était tiré avec une chance inouïe. Je soupçonnais Asmodée, son cheval, un vieux routier grisâtre, osseux et haut sur jambes, de le favoriser en restant en arrière, feignant de n'en plus pouvoir et ralentissant discrètement.

Contre son habitude, ce jour-là, Gerbert paraissait soucieux. Pressentait-il qu'il allait trouver la mort dans la bataille, ou craignait-il d'être remarqué comme restant en arrière et d'être accusé de lâcheté ? S'il avait parlé de ses angoisses à Bouquet, le vieux brave lui aurait répondu du tac au tac :

– Tu doutes de toi, mon gros ? Alors, pars en avant, c'est plus sûr ! »

Soudain, le canon se fit entendre du côté des Russes et plusieurs boulets, après de nombreux ricochets, vinrent tomber à cent pas de notre front. Les Russes ont toujours été de piètres artilleurs.

Leur cavalerie, en bataille, avançait sur nous sur une ligne, formée à la fois de cuirassiers, de dragons et de cosaques. La plaine retentissait de leurs « Hourrah ! », mais, comme ils prononçaient « Au rat ! Au rat ! », nos cavaliers répondaient « Au chat ! Au chat ! ».

Le colonel eut un instant l'intention de nous faire mettre le mousqueton haut, mais nous n'avions plus le temps, il nous fallait donner la charge : derrière la cavalerie ennemie apparaissait d'imposantes masses de grenadiers. Un commandement retentit, le prince Murat avait abaissé son sabre. C'était la charge.

Nos cavaliers enfoncèrent leurs éperons dans nos flancs. En quelques foulées, nous étions sur les Russes qui chargeaient également. Le choc fut formidable, titanesque. Comme des coins, nos pénétrions entre les énormes chevaux des cuirassiers, pendant que nos chasseurs pointaient les cavaliers ou les sabraient.

Mais notre compagnie s'était trop écartée du front, l'ennemi nous cernait. Soudain, je sentis que l'allais chanceler. La neige venait de m'apparaître toute rouge, mes jambes fléchirent, et je tombai, les naseaux en avant, dans une flaque de boue. Henri avait déjà sauté à terre. Doucement, il me souleva la tête, mais, comme si elle était trop lourde, elle retomba, inerte, dans ses bras.

– Nestor ! Mon brave ami ! murmura-t-il en me flattant et m'embrassant, sans souci de la mêlée devenue fantastique, essayant de me relever.

Je n'étais, heureusement, qu'assommé. Un cuirassier, au sabre brisé pendant la charge, continuait de foncer en avant, et un écart de son cheval l'avait fait tomber sur moi. J'avais reçu en plein front la poitrine de ce soldat, couverte de métal. Henri s'était chargé de l'achever. Mon évanouissement dura peu de temps, mais cela dut paraître une éternité à mon brave cavalier qui, se rendant compte que je n'avais rien de grave, attendait que je me relève en écartant de son sabre les pointes qui auraient pu me blesser.

Bientôt, je pus me remettre d'aplomb, sur mes quatre membres, un peu surpris de ce qui venait de m'arriver. Déjà Henri, dédaignant l'étrier, avait sauté en selle.

D'un rapide coup d'œil, j'embrassai le champ de bataille. Nos amis étaient toujours cernés pas les cuirassiers russes qui tentaient de les pourchasser quand ils voulaient les contourner. En arrière, quelques blessés, tombés sous les chevaux, essayaient de se relever en brandissant, dans des hurlements d'agonie, des tronçons de sabres rougis.

Plus loin, une vieille haridelle trottait allègrement. Je reconnus Asmodée, qui avançait sans se soucier de ce qui se passait alentour, pendant que Gerbert, son cavalier, faisait de larges moulinets de son sabre, mais en ne touchant que le vide. Bon, c'était donc là la tactique de ce gros bonhomme : le cheval se montrait « fatigué », n'arrivant plus à galoper, il feignait de le pousser au grand trot en poussant des hurlements terribles et en agitant son sabre. Ainsi, il participait à toutes les batailles sans dommage. Le cavalier et le cheval avaient bien mis au point leur numéro.

En ce qui me concernait, à peine Henri remonté, je bondis en avant et rejoignis mes compagnons. Groupés, nous fûmes épaulés par les hussards et les dragons qui étaient parvenus à se dégager et à faire reculer les cuirassiers russes.

Une heure plus tard, alors que les canons du maréchal Ney pulvérisaient l'armée prussienne et que nous reformions nos escadrons en partie décimés par l'ennemi, nous vîmes un groupe serré de plusieurs régiments de fantassins russes s'avancer, au pas de charge, vers notre infanterie. L'artillerie de notre garde dirigea sur eux un feu terrible, mais, au fur et à mesure qu'un boulet creusait la colonne, une file arrivait de l'arrière pour boucher le trou, sans que pour autant le groupe ralentisse une seule seconde.

J'appris plus tard que l'Empereur, qui, d'une colline, observait les opérations, s'était déclaré émerveillé par le courage de ses ennemis. Les Russes étaient tout près de nous lorsqu'il donna un ordre à Murat. Celui-ci arriva auprès du maréchal Bessières qui commandait nos soixante-dix escadrons. L'Empereur ordonnait de charger l'ennemi. Et Murat ajouta : « Part à deux, cher ami ! » Et on entendit un ordre, et le clairon sonna, nous faisant bondir sur la masse des ennemis qui pointaient leurs baïonnettes vers nous. En moins d'un quart d'heure, ces brillants et audacieux soldats jonchaient la plaine enneigée.

Mais cette charge nous avait coûté cher ! Trois généraux, dix colonels et deux cents officiers furent tués. Il ne resta plus de notre régiment que tout juste de quoi former un escadron. Rambert, notre maréchal des logis, avait le visage barré d'une large estafilade ; Bouquet qui, le matin, avait bu deux verres d'eau-de-vie — pour se donner du cœur à l'ouvrage, disait-il — avait reçu un coup de lance dans la poitrine, tandis que son cheval, Ardent, l'œil transpercé par un coup de pointe, avait roulé sur le sol et s'était fait écraser par ceux qui chargeaient ; le brigadier Dureil avait reçu un coup de sabre dans le bras gauche, et Fabert, le héros d'Austerlitz, dans le bras droit. Quelques mois plus tard, nous les avons retrouvés guéris, mais mutilés, rentrant en France.

Un chasseur cherchait partout son shako. Il était indemne, mais sonné, comme mon Henri. Quant aux chevaux, beaucoup avaient succombé, dont Ajax et Vistule. Musette et Camisard étaient indemnes, et, quant à moi, je n'avais reçu qu'un coup de pointe de sabre dans les naseaux, rien de très grave. Gerbert était absent. Nous le supposions mort ou grièvement blessé — on ne peut constamment se mettre en retrait —, mais nous le vîmes rentrer au bivouac, sur Asmodée qui trottinait avec autant d'entrain que d'habitude. Le visage du soldat était couvert de sang, mais, à bien y regarder, il n'avait aucune blessure. Décidément, il était un fin truqueur.

– Ça çauffait, les amis ! Hein, ça çauffait ! nous dit-il en zézayant.

– Toi, dit Bonnet en essuyant son sabre, tu me fais l'effet d'un « tireur au flanc » !

– Que je l'y prenne ! gronda Paillac.

– J't'aurai à l'œil ! » conclut le maréchal des logis.

Le soir, nous bivouaquions sur le champ de bataille, dans une neige que le sang avait rendue noirâtre. Ce fut une nuit de cauchemar. De tous côtés parvenaient des cris, des gémissements, des râles, des hennissements de douleur et de plainte de la part des hommes et des chevaux. On ne comptait plus les morts, peut-être dix mille, ou quinze mille, et près de quarante mille blessés, qui hurlaient sans discontinuer. Ils criaient « De l'eau ! De l'eau ! Par pitié ! » Et aussi des cris en russe, en allemand, les plaintes étaient les mêmes, les corps étaient confondus dans la neige boueuse. Et d'autres, des jeunes conscrits, sans doute, appelaient leur mère, leur mère qu'ils ne reverraient plus. Dans notre bivouac, ce sinistre concert faisait pleurer les plus endurcis de nos cavaliers.

Le lendemain matin, au départ, les cadavres étaient entassés en si grand nombre que nos hommes durent mettre pied à terre pour avancer. La neige était teintée de sang, les couleurs allaient du rose au noir boueux. Il en était tombé pendant la nuit, et elle reprit, commençant à dérober les corps à présent gelés à nos regards. Les grands chefs avaient payé un large tribut à la mort, le massacre était affreux et les chirurgiens ne pouvaient suffire à l'affluence des blessés.

Dans le cimetière d'Eylau, il ne restait que trois hommes, le capitaine Louis-Joseph Hugo, un lieutenant et un jeune tambour. Je sus par des soldats qui l'avaient soigné que le capitaine Hugo avait dit « J'espère pouvoir raconter cela un jour à mes enfants et à mon neveu, Victor ». Je n'ai pas su la suite…

Dans Eylau même, des maisons brûlaient. Les troupes se reformaient, on remettait les canons en marche, tout cela au milieu des cadavres, le tout sous la neige qui tombait. Les hommes, les chevaux et les chariots passaient sur des formes allongées recouvertes de neige et de boue. On nous fit faire mouvement afin de nous éloigner et de pouvoir décider de la suite à tenir, disaient les chefs. Un peu plus loin, nous entendîmes des cris affreux, en même temps que nous envahissait une odeur de chair grillée. Des Russes s'étaient réfugiés dans une ferme, résistant encore. Par ordre de Ney, les cuirassiers avaient incendié le bâtiment. Je bronchais, je renâclai à passer dans cette odeur et en voyant les flammes. Mes compagnons réagissaient de même, du moins ceux qui en avaient la force. Nos cavaliers durent s'employer à nous pousser afin de dépasser ce lieu. « Ce n'est pas une page d'histoire à écrire ! » Dit le maréchal des logis. « Tu vas voir, dit Paillac, les politiques vont bien se débrouiller pour l'effacer ! »

Au soir, je passais à côté du bivouac de l'Empereur, lorsque je l'entendis causer avec Pierre Percy, le chirurgien général de l'armée :

– Combien de blessés, Percy ?

– Nous venons d'en panser plus de quatre mille, Sire !

– Blessures graves ?

– Plus de mille sont mortelles. La lance, le sabre, la baïonnette ont fait beaucoup de mal.

– Vous n'avez pas amputé le général d'Hautpoul dont la jambe me paraît perdue ?

– Larrey le lui a proposé, mais il a refusé. D'ailleurs, mon collègue n'avait personne pour le seconder, ni aides, ni employés, ni infirmiers. De plus, nous ne possédons ni linge, ni charpie, ni instruments. Du moins plus assez. Le général n'a plus guère à vivre.

– Quelle barbarie… murmura l'Empereur.

– Quoique depuis seize ans je ne voie autre chose, je ne puis m'habituer à ce spectacle », acheva Percy. L'Empereur posa une main sur son épaule puis se détourna, baissant la tête.

Mais, le soir, une fausse alerte allait bientôt dégager les ambulances. Des vedettes arrivèrent en criant :

– L'ennemi ! Les Russes !

Et aussitôt, plus de mille fantassins, artilleurs ou cavaliers qui, blessés légèrement, se bousculaient pour être pansés les premiers, coururent à leurs armes sans plus penser aux chirurgiens et à leurs plaies qu'ils auraient pu panser eux-mêmes. L'Empereur et les médecins s'amusèrent beaucoup de cet incident. Malheureusement, ce n'était là qu'un des mille petits côtés de la guerre, et tous n'étaient pas aussi remplis d'humour.

Pendant plusieurs jours, mon escadron tout entier fut réquisitionné pour conduire chez le chirurgien-chef les blessés que l'on recueillait sous la neige. Ce chirurgien logeait dans une petite maison située à l'entrée du village d'Eylau. La cour, tout entière, était jonchée des cadavres de nos soldats, transportés mourants dans l'ambulance. Dehors, et même dans les couloirs, les escaliers, s'étalaient des membres coupés. L'odeur du sang qui ruisselait, les cris, les gémissements, les hurlements des malheureux qu'on apportait sur des échelles, des civières, des fusils, des manteaux me faisaient broncher, bien que j'essayasse de tirer calmement les charrettes auxquelles on m'attelait. Il y avait ceux qui suppliaient qu'on les opère de suite ; il y avait les hurlements désespérés de ceux qu'on opérait, et ce tableau de souffrance et de désespoir déchirait le cœur des plus insensibles. Même Percy répétait « Quelle maudite chose que la guerre ! » et essuyait par moments ses larmes.

À cause de l'immense quantité de troupes massées autour d'Eylau, les vivres firent bientôt défaut. Nous attendions les convois de l'intendance, mais ceux-ci, retardés par la neige et harcelés par les cosaques, n'arrivaient pas. Pendant deux jours, les hommes se nourrirent d'herbes ou de racines, et dépouillèrent la paille des chaumières pour tromper notre faim. Nous nous résignions dans l'attente de jours meilleurs et tâchions de rester dignes et courageux. Mais, après plusieurs étapes, les vivres n'arrivaient toujours pas. On autorisa les cavaliers à marauder et à piller.

Désormais, nos nuits furent meilleures, et nos musettes toujours garnies. À plusieurs reprises, nos chasseurs mirent à sac les fermes et les villages, expulsèrent les malheureux paysans de leurs demeures pour se loger et nous loger, nous, les chevaux. Ils prenaient le bétail qui restait, poussaient les bêtes dehors, ouvraient tous les coffres qu'ils pouvaient trouver pour nous donner du foin, parfois un peu d'avoine. Mon Henri Fourneau conservait quelques scrupules à ainsi se comporter comme des bandits de grand chemin, et lui et ses amis se disaient que ce n'était pas un honneur pour la France, que les grands voulaient faire passer pour la nation la plus éprise de l'amour de l'humanité en évoquant les droits de l'homme. Nous étions loin de ces considérations…

VII. Fin de la campagne.

Pendant trois mois, nous fûmes cantonnés en Prusse Orientale. Nous pûmes nous refaire et nous y reposer des fatigues de la campagne. De nouvelles recrues étaient arrivées, ainsi que des jeunes chevaux, mélangés à ceux que nous avions pris aux Russes, avaient comblé les vides de nos rangs qui avaient été si cruellement éprouvés.

Plusieurs de nos officiers et sous-officiers avaient été décorés, ainsi que quelques soldats dont la conduite avait été particulièrement exemplaire. Ce fut le cas de Bouquet qui, guéri de sa blessure, était revenu au régiment pour passer, avec tous nos amis, dans la compagnie d'élite. Il faut croire qu'il était né sous une bonne étoile et qu'il avait l'âme chevillée au corps, le vieux briscard, car c'était la troisième fois, paraît-il, qu'on le laissait pour mort et qu'il rentrait à l'escadron, plus robuste et plus gaillard qu'auparavant. À ceux qui lui demandaient son secret, il répondait :

– Mais c'est l'effet de la « blanche » ! Il n'y a pas meilleur remède au monde qu'une bonne rasade d'eau-de-vie ! »

Un matin de mai, les beaux jours étant revenus — nous avions perdu notre poil d'hiver —, nous reçûmes l'ordre de partir à nouveau. La guerre n'était pas encore terminée, paraît-il, les Russes avaient beau être décimés, il en poussait toujours sous les brins d'herbe, ils refusaient de s'avouer vaincus.

Des cosaques, ridiculement équipés et horriblement laids — on les appelait des Baskirs, ils venaient disait-on des régions très au sud-est, c'étaient des nomades vivant à cheval — armés de lances grossières et d'arcs fabriqués on ne savait comment, se mettaient à nous harceler. Ils étaient insaisissables, car ils ne se battaient jamais en formation. Ils galopaient par petits groupes d'une dizaine au plus, fonçaient vers nous, lançaient leurs lances ou leurs flèches, et faisaient demi-tour au triple galop de leurs petits chevaux étonnamment rapides.

Je m'étais fait de nouveaux amis, dont Caton : il paraît qu'il portait le nom d'un philosophe romain de l'Antiquité, mais ne savait pas pourquoi on l'avait ainsi baptisé : encore une manie d'un officier instruit ! C'était un cheval polonais, de robe pie[10] comme une vache, que montait un jeune chasseur appelé Mazet, qui était devenu l'ami de Fourneau, et qui soignait son cheval avec beaucoup de soin. Bouquet avait remplacé Ardent par Musette, que son cavalier, qui avait récupéré un pur-sang cosaque, lui avait cédée. Decamp, le brigadier, qui venait du Septième Hussards, montait une solide jument limousine, Ninette, qui eut du mal au début, peu habituée qu'elle était au froid de la Silésie. Mais Musette, Caton et moi, nous l'entourions d'affection, Fourneau et Decamp la soignaient bien et, le printemps arrivant, elle redevint joyeuse et gaie, s'ébrouant, tentant toujours de gambader, bien que nous lui faisions signe de ne pas se faire ainsi remarquer. Elle n'eut pas de chance.

Le 10 juin, à Heilsberg, il y eut une bataille sérieuse, où nous fûmes durement éprouvés par le feu des Russes. Au plus fort de l'action, le Prince Murat passa près de notre régiment placé en rangs serrés. Il était vêtu d'une tunique brodée d'or et d'argent, d'une culotte blanche, de hautes bottes qui lui faisaient une belle ligne de jambes. Sur la tête, il portait une toque de martre, à calotte rouge, surchargée de plumes d'autruche noires et son sabre avait une poignée qui étincelait de pierreries. Son cheval, un superbe pur-sang arabe, avait un tapis de selle de velours rouge bordé d'une ganse d'or et les

---

[10] Un cheval « pie » est blanc avec de larges taches noires ou marron, ou noir taché de blanc.

harnais étaient rehaussés de cabochons multicolores. On le reconnaissait dans toutes les batailles à cause de sa tenue toujours voyante et surtout aux grandes plumes dont il ornait son couvre-chef.

Il était tout près de nous, lorsqu'un boulet vint déchirer sa botte et tuer son pur-sang.

– Peuh ! Ce n'est rien ! Un cheval perdu !

Et, sans un mot de regret, sans un regard pour son coursier qu'il avait si bien ornementé et qui avait une si belle allure, Murat se dégagea et, se tournant vers Decamp qui était le plus près de lui, demanda :

– Est-elle bonne, ta bête ?

– Excellente, Prince !

– Bien ! Descends, je te l'emprunte.

À ce moment, les baskirs et les cavaliers russes — ils étaient quatre mille — étaient en train de charger notre infanterie.

– Attendez un peu, bande de canailles ! cria Murat.

Et, se tournant vers notre brigade :

– À moi, les braves !

Il lança alors Ninette au triple galop, et, un pied nu, l'autre chaussé, fonça sur les cosaques. Heureuse autant que fière d'un si brillant cavalier, Ninette fendait le vent. Nous avions peine à la suivre, et ce qui devait arriver arriva. Tout de suite, Murat fut entouré de cosaques qui lui auraient fait un mauvais sort si, fondant sur eux, Caton, Musette, Camisard et moi, nous n'eussions pu pénétrer leurs rangs, nos cavaliers sabrant à qui mieux mieux. Un baskir porta un coup de lance à

Bouquet, mais le vieux dur à cuir para l'attaque de sa lame et cria dans un juron :

– Attends, vilain singe !

Il feinta, fit faire une pirouette à Musette et pointa son sabre, clouant le cavalier ennemi sur ses arçons.

– Pousse-le, ça fera un cheval pour Decamp ! dit Fourneau, qui attrapait les rênes du petit cheval cosaque et le tirait sur mon flanc gauche.

Pendant ce temps, Bonnet, Mazet, Paillac et les autres faisaient de si belle besogne que Murat fut vite dégagé. Il n'était que temps, car Ninette, tuée d'un coup de pistolet, roulait à terre et entraînait le prince dans sa chute. Les vêtements de Murat étaient en lambeaux, un lieutenant ramassa avec la pointe de son sabre sa toque qu'un coup de lance avait fait tomber et la lui présenta avec un geste cérémonieux, comme s'il s'était agi d'une couronne. Murat sourit en la prenant et s'en coiffa avec un geste de défi. Une de ses épaulettes d'or avait été coupée d'un coup de sabre, et un petit cosaque s'en était emparé comme d'un trophée, filant au triple galop sur un petit cheval tout poilu. Il était temps que nous arrivions.

Murat n'eut pas de peine à trouver une autre monture, car nos cavaliers en avaient capturé plusieurs centaines. Néanmoins, pour indemniser Decamp, il lui fit remettre une poignée de Louis par Fourneau, et nomma Bouquet brigadier. Quant aux autres, il leur promit la croix… à la première occasion. En attendant il distribua cent louis aux hommes du peloton, leur sourit, mais visiblement le maréchal avait d'autres soucis en tête.

Après qu'ils eurent partagé les cent Louis du maréchal, un incident grotesque vint à les mettre en joie, et leur fit passer une bonne soirée. Pendant que Decamp, forcément mis à pied, contemplait notre charge d'un œil d'envie, il aperçut Gerbert qui, comme à Eylau, s'était laissé dépassé par notre galop, et longeait, au petit trot, l'arrière de l'escadron.

Un cavalier était tombé, tué net d'un coup de pistolet en plein visage. Gerbert s'arrêta à côté de lui, mit pied à terre, s'approcha du corps et se barbouilla le visage de sang. Indigné, Decamp courut sur lui, en proie à une fureur bien compréhensible.

– Lâche ! cria-t-il, tu déshonores l'uniforme, tu es la honte du régiment !

Plus mort que vif, Gerbert, qui n'avait pas vu arriver son camarade, recula devant le sabre que Decamp pointait sur lui, puis se jeta à terre, voyant arriver un boulet qui éventra le vieil Asmodée.

– Tiens, tu vois ! Il en pleut, par ici, ricana le brigadier. Quand on a peur d'en prendre, on ne va pas à la guerre ! Eh bien, mon gaillard, tu y resteras. Et je te surveille !

Par chance, ni Gerbert ni Decamp ne furent touchés. Le soir venu, au bivouac, le brigadier, plus écœuré par la lâcheté de Gerbert que par la bataille et ses morts, nous contait l'aventure. Bonnet, avec sa verve de parisien gouailleur, trouva tout de suite un châtiment à la mesure du bonhomme. On le déculotta, et tous les cavaliers du peloton, à tour de rôle, le frappèrent de deux coups d'étrivières sur ses grosses fesses. Ce fut Paillac qui commença. Du premier coup, le sang apparut. Gerbert gémit de douleur. Au troisième cavalier, la souffrance l'avait fait s'évanouir. On jeta un seau d'eau sur sa tête pour le réveiller, et l'on recommença. Bientôt, la partie la plus charnue du gros Gerbert ne fut plus qu'un tas rougeâtre et tuméfié.

Pendant trois semaines, le poltron, si justement corrigé par ses pairs, dut rester au bivouac, allongé sur le ventre, geignant et pleurant. Tout juste si on daignait lui apporter un peu d'eau, et de temps en temps une cantinière lui jetait un morceau de pain, en ne manquant pas de se gausser de ce gros froussard.

À Friedland, il était encadré par Bonnet et Paillac. Il tomba dès la première formation en colonnes de peloton, et roula sous son nouveau cheval. On crut qu'il simulait encore une blessure. Paillac sauta à terre en jurant, avec l'intention de le remettre en selle avec quelques bonnes taloches. Quelle ne fut as sa surprise et celle de ses compagnons lorsqu'il ne releva qu'un cadavre ! Bonnet mit également pied à terre et examina le corps : il n'avait aucune blessure. Il était mort de peur, tout simplement. « Le cœur a dû lâcher », dit Bonnet, qui avait quelques notions de médecine. Henri eut le dernier mot : « Heureusement qu'il n'y en a pas beaucoup comme ça dans le régiment ! » J'étais d'accord, et mon seul souhait était de ne pas rester ainsi, à attendre qu'un boulet nous coupe en deux. Chez les chevaux de régiment, les vrais, il n'y a que deux possibilités : charger, ou bivouaquer pour pouvoir se restaurer.

Le 14 juin, nous étions à Friedland. Et nous restâmes en soutien. Bon, cela nous rendait impatients, mais ce n'était pas pénible. Nous nous disions que tout le monde ne peut pas être de la fête. Mais, le lendemain, on nous confia une mission plus amusante : on nous lança à la poursuite des baskirs. Nous n'en fîmes qu'une bouchée, à part un incident stupide, causé par le petit cheval cosaque que Fourneau avait pris pour Decamp, qui venait d'être promu maréchal des logis, tandis que Bouquet l'avait remplacé en tant que brigadier. L'animal avait reconnu ses camarades, et s'était précipité vers eux, ne voulant plus les quitter, arrachant les rênes des mains de son cavalier et coinçant le mors entre ses dents. Decamp s'était trouvé entouré de ces sauvages et allait sans doute périr s'il n'avait pas eu le bon réflexe de sauter à terre, nous laissant charger les Russes. Il ne resta pas longtemps démonté : un officier russe passait près de lui à toute allure. Decamp arma son pistolet, et fit feu. Mais l'amorce était humide et rien ne se produisit. Le russe leva son sabre, mais le maréchal des logis fut plus rapide, il sauta en croupe derrière lui, lui serra le cou à l'étrangler et le fit rouler sur le sol. Notre ami prit sa place sur la selle et nous rejoignit au galop de charge.

Le soir, au bivouac, il se déclara satisfait de sa nouvelle monture. C'était un cheval du Don, pas très grand, mais solide, endurant et bien mis. Je devins tout de suite ami avec Priam, ainsi fut-il baptisé par son cavalier.

Quelques jours plus tard, nous étions tous massés sur la rive du Niémen. Tous, hommes et chevaux, frémissaient d'ardeur guerrière, sentant qu'une partie décisive allait se jouer entre les Russes, les Prussiens et nous.

Soudain, deux aides de camp étrangers passèrent au galop devant nos rangs.

– Suspension ! Suspension ! criaient-ils.

La partie serait-elle remise ? Notre position était cependant bonne, et nos troupes étaient pleines de courage, prêtes à l'action. Mais non, il n'y aurait pas d'assaut aujourd'hui ! La suspension était accordée, elle précédait la paix de Tilsitt et notre dislocation dans nos cantonnements. Nous apprîmes que le Tsar avait accepté de participer au blocus contre l'Angleterre : Bouquet le racontait à qui voulait l'entendre, l'ennemi, c'était l'anglais, avec les autres on pouvait s'arranger en leur laissant quelques territoires.

Mais, avant de nous envoyer dans nos différents cantonnements, nous fûmes passés en revue par l'Empereur qui procéda à l'habituelle remise de décorations. Le cœur battant, Henri attendait quelque chose, après tout, se disait-il, pourquoi pas... Mais l'Empereur passa, le regarda, et même, il lui parla. Mais c'est à ce moment que je fis une bêtise énorme, attirant son attention quand il ne le fallait pas. Je le regrettai après, mais je ne suis qu'un cheval, qui a ses élans, ses émotions.

Nous étions donc rangés en bataille, astiqués, pomponnés, nos harnais brillaient, pas un crin ne dépassait, c'était toujours ainsi quand l'Empereur daignait nous rendre visite, il fallait faire la meilleure impression. Les trompettes sonnèrent, brillantes, comme il se doit pour un régiment victorieux. L'Empereur parut, suivi de ses maréchaux, habillés de leurs plus beaux uniformes chamarrés. Je ne vis pas Murat, mais me souvins que l'on avait dit qu'il avait été pris de fièvre et devait garder le lit. Pas de chance.

Napoléon montait un superbe cheval gris clair, comme toujours. Sa tenue était toujours très simple, on disait qu'il voulait se différencier des mises ostentatoires de son état-major. Je me souvins d'avoir entendu dire que, lorsqu'il commandait l'armée d'Italie, il ne dédaignait pas rivaliser d'élégance avec les autres officiers. Sans doute en avait-il fini avec ces petites manies. À part le choix de ses chevaux. Il préférait les chevaux gris, souvent des genêts d'Espagne, ou de puissantes montures calmes et solides. Certains disaient — discrètement, ce n'était pas des choses à crier sur les toits — qu'il n'était pas très bon cavalier, court en jambes et long de buste qu'il était, aussi lui choisissait-on toujours des montures confortables et bien mises.

Il était donc vêtu d'une redingote grise, de coupe simple, et coiffé d'un petit bicorne orné seulement de la cocarde. Sa redingote était déboutonnée, et laissait voir des épaulettes de colonel, sur une tunique de chasseurs de sa garde. Il avait toujours porté cet uniforme en opération. En revanche, la selle et le tapis étaient ornés d'une ganse d'or, les boucles de la bride et les étriers étaient dorés. Il avait fière allure, tout de même, notre Empereur.

Mais je ne contemplai pas l'homme bien longtemps, car son cheval m'intéressait davantage. Quelle ne fut pas ma surprise de reconnaître Cantal, un ancien ami de la ferme, qui avait à peu près mon âge. Il était un peu plus mince, mais avait toujours très belle allure, comme il sied à la monture d'un Empereur. Cependant, malgré sa haute situation, il était resté simple, il me reconnut et se mit à s'ébrouer avec gaieté. Nous étions à ce moment tout près l'un de l'autre, l'Empereur s'entretenant avec notre colonel. Je bondis auprès de mon ami d'enfance, qui, compromettant un impérial équilibre, s'élança lui aussi vers moi. Nous eûmes le temps de nous toucher les naseaux et hennîmes joyeusement. Mais Napoléon, l'air furieux, tira violemment sur les rênes, tandis qu'Henri me forçait à tourner pour me remettre dans le rang.

L'Empereur regarda mon malheureux chasseur, qui aurait voulu disparaître à cent pieds sous terre, puis il lui lança :

– Espèce de maladroit !

S'adressant ensuite au colonel :

– Une nouvelle recrue, sans doute ?

– Un jeune soldat, Sire, mais un bon ! Même, un héros !

– Après tout, c'est bien possible ! Ce n'est pas grave.

Et l'Empereur passa, retrouvant le sourire.

J'étais très confus de m'être ainsi laissé aller, tout en regrettant que Murat n'ait pu être là. Lui aurait su ajouter quelques éloges à l'opinion de notre colonel sur mon vaillant Henri, dont je venais peut-être de briser la carrière ! De plus, après la revue, le capitaine, un nouveau promu, lui adressa une semonce telle que mon malheureux ami était au bord des larmes lorsqu'il me dessella pour la nuit. Je m'attendais à des reproches, mais, loin de se fâcher, Henri me prit la tête dans ses mains en murmurant :

– C'était un de tes amis ? Tu l'as connu autrefois, sans doute ? Ah, je m'en suis bien rendu compte, va ! Ne t'en fais pas ! »

Je regrettai de ne pouvoir lui répondre qu'en posant ma grosse tête sur son épaule et en frottant son visage de mon museau. J'admirais mon cavalier, pour qui le dévouement et la fidélité étaient les plus élevées des vertus, au-dessus de son intérêt propre. J'espérais qu'il n'allait pas avoir d'ennuis.

La guerre étant terminée, nous partîmes en Prusse Orientale, près de Dantzig. Notre cantonnement dura six mois, dans la neige. Et nous n'étions pas tranquilles : la nuit, nous entendions les hurlements des loups qui rôdaient près du camp, et qui parfois, poussés par la faim, venaient tout près de nos bivouacs. Il y eut une alerte : nous reçûmes l'ordre de nous préparer. Le même jour, l'ordre était annulé : fausse alerte. Mais une contribution de guerre qui rentrait permit aux hommes de toucher leur solde, avec même une gratification de la part de l'Empereur.

Du coup, nos soldats avaient les poches pleines, et ils menèrent grand train, les vivres ne manquèrent pas et, en bons cavaliers, ils nous firent partager leur fortune, nos mangeoires furent abondamment garnies d'avoine.

Cette inaction ne réussit pas à Bouquet qui, ne dessoûlant plus du matin au soir, fut cassé de son grade. Mais il ne changeait pas : toujours aussi brave, toujours prêt, aussi bien à marcher au combat qu'à vider une chopine, et ne négligeant pas une occasion de se faire offrir « la goutte », mais n'oubliant pas de rendre la politesse.

Les soirs au bivouac, tout le monde se divertissait en écoutant les bonnes histoires de Bonnet, qui était un conteur infatigable. Mais aussi, tant lui que Paillac ou Bouquet, loin de se vanter de leurs faits d'armes, se délectaient en se vantant d'un bon coup commis aux dépens des habitants des campagnes que nous parcourions.

Chez nous, les chevaux, ce n'était pas la même chose : nous aimions à raconter nos exploits à la guerre, mais n'aimions pas le pillage. Sauf lorsqu'il y avait de l'avoine en vue. Nous n'étions que des animaux, eux, ils étaient les héros de l'Empire !

DEUXIÈME PARTIE : HUSSARDS ET DRAGONS –
Les campagnes d'Autriche et d'Espagne (1809)

I. Premiers combats.

Notre régiment avait été durement éprouvé pendant la campagne, le général Colbert désigna d'office deux pelotons dans les deux autres régiments de sa brigade pour combler les vides. On recensa, on inscrivit, on dressa les listes, et les pelotons furent tirés au sort. Le mien, le Vingtième Chasseurs, fut désigné pour partir.

Fourneau changea de régiment assez content, car le nouvel uniforme lui plaisait. Et, surtout, tous ses amis restaient avec lui, et évidemment, il me gardait avec lui.

Ce nouveau régiment était pour l'essentiel composé de jeunes recrues, hommes comme chevaux. Et Henri, qui était devenu un très beau et très expérimenté cavalier, qui soignait sa belle moustache blonde et avait fière allure dans son bel uniforme de hussard, fut affecté au dressage des jeunes chevaux. Quant à moi, j'étais chargé de l'éducation des jeunes cavaliers.

Cela ne m'amusa guère. Le travail de manège était monotone, les jeunes recrues — j'avais beau essayer de les aider en réagissant quand ils se tenaient mal en selle — mais ils se vexaient quand ils mordaient la poussière, au lieu d'en tirer leçon, ils nous sciaient la bouche quand ils se cramponnaient aux rênes ou nous lardaient les flancs avec des coups d'éperons maladroits. Je préférais de beaucoup l'aventure, la vie des camps et surtout les charges au grand galop lancées sur l'ennemi.

Mais j'eus de la chance, cet abrutissant travail ne dura guère. Bientôt nous arriva un ordre de quitter la Prusse pour nous diriger vers Francfort, Bayreuth, et enfin Augsbourg, en Bavière, où nous cantonnâmes une petite semaine. Nos chefs étaient sur le qui-vive : il circulait des rumeurs, les habitants nous regardaient avec des regards hostiles, je sentis qu'il allait bientôt falloir livrer bataille.

Voilà, c'était fait. Le 10 avril 1809, le prince Karl d'Autriche annonça que les Français étaient désormais ses ennemis, ce qui équivalait à une déclaration de guerre. Nous fûmes avertis de cela par le maréchal Davout, et un courrier fut dépêché à Paris pour prévenir l'Empereur. Nous fûmes tous contents, hommes comme chevaux, surtout quand nous prîmes connaissance d'un message de Napoléon, disant qu'il comptait sur nous et qu'il arrivait au plus vite. Nous fûmes flattés d'être en avant-garde.

Le 18 avril, nous rejoignîmes l'ennemi, et le 19, quatre mille Autrichiens étaient nos prisonniers. Tout au long de notre route vers Ratisbonne, nous rencontrâmes des escadrons autrichiens, les embuscades succédaient aux escarmouches, et la cavalerie autrichienne était largement aussi bien entraînée que nous, car, si nous étions plus nombreux, nos jeunes recrues avaient besoin d'être guidées, et les jeunes chevaux rassurés par les anciens.

L'Empereur décida de déloger les Autrichiens de Ratisbonne. Davout ayant remporté la bataille d'Eckmühl, nous étions pleins d'ardeur, les Autrichiens se repliaient, nous les chargeâmes de toutes nos forces, à tel point que, le soir, Henri ne pouvait plus remuer le bras droit tellement il avait donné de coups de sabre.

Bonnet, lui, n'eut pas de chance : il reçut un coup de sabre en plein visage, et un coup de lance lui déboîta l'épaule. Paillac tenta de se porter à son secours, mais, au moment où il levait son sabre sur le cuirassier ennemi, Camisard tomba, n'en pouvant plus, son ventre était ouvert et ses entrailles se répandaient, alors qu'il galopait toujours. Il mourut debout. Mais les chevaux n'ont pas le titre de héros.

Le cheval du cuirassier, un gris pas très grand, mais très massif, de la fameuse race lipizzane [11] si prisée pour sa maniabilité et son aptitude au dressage précis, le remplaça et fut baptisé Diomède. Il était un peu froid et avait l'allure affectée des chevaux trop bien dressés. Mais je m'entendis quand même assez bien avec lui, sans toutefois pouvoir oublier ce bon camarade qu'avait été Camisard.

De plus, on nous apprit que l'Empereur avait été légèrement blessé au pied par une balle perdue, et j'eus peur pour Cantal, car on me dit que la sangle de la selle avait été coupée. Heureusement, un soldat qui allait réparer le harnachement raconta qu'en fait c'était l'étrivière [12] qui avait été déchirée, sans toucher le cheval.

Le lendemain, nous passâmes l'Inn, toujours poursuivant les Autrichiens, et une semaine plus tard, nous étions en avant-garde et chargions une compagnie de uhlans, pendant qu'un régiment d'infanterie dirigeait sur nous un feu meurtrier. Paillac était le plus près, la maniabilité de son cheval lui permit d'avancer en évitant les tirs, mais l'un fut plus précis et le toucha au front, il tomba mort entre nous, tandis que Diomède rejoignait ses anciens camarades.

Le Vingtième Chasseurs fut placé en réserve, et, au signal du général Colbert, un autre régiment de chasseurs et un de hussards s'élancèrent contre un régiment de lanciers polonais. Fort heureusement, ceux-ci s'avérèrent être de jeunes recrues, ils n'étaient pas encore expérimentés dans le maniement de la lance et la plupart d'entre eux furent

---

[11] La race lipizzane, élaborée pour la cour d'Autriche au haras de Lipica, sur le territoire de l'actuelle Slovénie, près de la frontière italienne, a des origines espagnoles, arabe et de Bohême. Elle est celle des chevaux de l'Ecole espagnole d'équitation de Vienne, fondée au XVIe siècle, spécialisée dans le dressage de haut niveau.

[12] L'étrivière est la courroie qui part de la selle et soutient l'étrier.

désarçonnés. Mais ils se battirent avec l'énergie du désespoir. Ils furent soutenus par les hussards de Borko, le meilleur régiment de la cavalerie autrichienne, qui nous donnèrent beaucoup de mal : ils savaient manier le sabre avec maestria, et les chevaux étaient solides et bien en main.

Dans la mêlée, Henri perdit sa sabretache[13] et un coup de lance m'atteignit à l'encolure. Mais, lancé au grand galop que j'étais, j'emportai sa lance qui tomba ensuite à terre et Fourneau embrocha le polonais en pleine poitrine.

L'ennemi était en déroute. Mais cela nous coûta cher, trois cents cavaliers et cinq cents chevaux avaient été tués. Nous récupérâmes les chevaux des Autrichiens, mais le capitaine de l'escadron avait été mortellement blessé, un lieutenant était prisonnier, le maréchal des logis Rambert avait perdu l'oreille gauche et était gravement blessé au bras, il mit deux mois à en récupérer l'usage.

Bouquet, ce jour-là, se montra si enragé sur Musette — toujours entraînée par son courage au-delà des lignes ennemies — qu'il fut, de nouveau, promu brigadier. Fourneau et Mazet furent distingués une deuxième fois et eurent la promesse de la croix, qu'ils attendirent longtemps encore, et le maréchal des logis Decamp fut nommé maréchal des logis-chef.

Le 10 mai, nous passions le Danube. Ce fleuve était énorme, très large, noir, et nous dûmes le traverser sur un pont étroit, un par un, tenus en main par nos hussards. Je renâclai un peu à m'engager sur cette passerelle, heureusement que je faisais confiance à Henri ! Nous étions en tête. À peine la totalité de la compagnie était elle passée sur l'autre rive, une autre compagnie allait nous suivre, mais le pont se brisa, nous isolant du reste de l'armée. Le général Colbert, qui nous

---

[13] La sabretache est une sacoche de selle, placée à côté du fourreau du sabre.

précédait, nous fit rejoindre les régiments d'infanterie de Masséna, qui avaient passé le Danube avant nous. Mais, en attendant nos vivres et nos munitions, les Autrichiens nous assaillirent dans l'île Lobau où, pour les empêcher de nous rejoindre, le général dut faire sauter les ponts.

Pendant une semaine, notre existence tint à un fil, ou plutôt à un coup de dés : plus de vivres, aussi, le premier jour, cinq chevaux de la compagnie furent tirés au sort pour être mangés par l'infanterie. De ce nombre fut Priam, qui, ignorant ce qui l'attendait, partit en gambadant.

La deuxième nuit, quelques vivres arrivèrent, nous pûmes dormir tranquilles. Mais, le surlendemain, Henri m'emmena et me cacha avec Musette dans un trou qu'il avait repéré et agrandi avec Bouquet, et qu'ils recouvrirent de branchages, en nous recommandant d'être bien tranquilles, en nous donnant quelques brassées d'herbe sèche. Ils avaient bien prévu le coup : le lendemain, le sort me désigna pour être mangé. Mon brave Henri fit mine de me chercher, et déclara que plusieurs chevaux, dont Musette et moi, s'étaient échappés le matin, à la nage. Pour cela, le chef leur infligea, à lui et à Bouquet, huit jours de garde. Decamp, consulté, confirma leurs propos. Et quelques chevaux hongrois furent abattus pour que les hommes puissent se sustenter.

Peu après, des fantassins arrivèrent près de notre cachette, et Musette et moi n'en pouvions plus de rester immobiles dans un petit espace, d'autant plus que nous n'avions plus rien à manger. Henri, qui passait, fut pris de peur. Fort heureusement, un courrier arriva au grand galop, nous annonçant que le pont était rétabli et que les vivres allaient arriver dans l'île d'ici une heure. Les cavaliers amis d'Henri, qui avaient de l'affection pour leurs chevaux, s'empressèrent de l'aider à nous sortir de notre cachette, au grand étonnement des riz-pain-sel[14], complètement ahuris de voir des chevaux surgir de terre, et qui choisirent de rire de bon cœur, certains comprenant le pourquoi de la chose. Leur officier s'approcha de moi et me caressa sur l'encolure, ce qui me déplut, je fis un écart en me retenant de le mordre.

– Un beau cheval que tu as là, l'ami ! Tu as bien fait de le protéger ! » Dit-il.

Henri ne sut quoi dire, à part me retenir et me calmer en disant « Ho ! Là ! » Il m'emmena près de l'eau pour laver ma blessure à l'encolure qui était presque guérie. Musette étira longuement ses membres ankylosés et alla faire une caresse à Bouquet, mais recula aussitôt : le maréchal des logis avait retrouvé une bouteille d'eau de vie et lui avait fait un sort, et sa jument n'en aimait pas l'odeur.

---

[14] « Riz-pain-sel » : ainsi désigne-t-on en argot militaire les soldats chargés de l'intendance.

II. Les idées noires de Bouquet.

Le général attendait des renforts : nous en avions grand besoin, car le nombre des Autrichiens augmentait sans cesse, et les Hongrois, chez qui nous cantonnions, n'étaient guère aimables à notre égard. Nous apprîmes heureusement que le prince Eugène allait arriver ; son armée revenait d'Italie, chassant les restes de celle de l'archiduc Jean. Le général Colbert donna l'ordre à un de ses aides de camp de se porter à la rencontre du vice-roi d'Italie et de lui faire faire la jonction avec nos troupes. Cinquante hommes furent choisis, dont Bouquet, Decamp, Mazet, Bonnet, Farges, devenu brigadier, et mon ami Fourneau.

Nous partîmes à la nuit tombante vers Fürstenfeld, où se tenait l'arrière-garde des Autrichiens, et revînmes le surlendemain au matin, ayant parcouru presque quarante lieues sans presque nous arrêter. Nous étions arrivés tout près de l'état-major des Autrichiens, cantonnés dans un village dont nous n'étions séparés que par une grande plaine sans un arbre ni un buisson. Quelques maraudeurs hongrois, que le capitaine avait fait capturer, nous donnèrent quelques renseignements sur la disposition des ennemis.

Un grand troupeau de vaches et de bœufs revenant des champs se dirigeait vers le village et passa tout près de nous. Le capitaine arrêta les bergers et fit parquer le troupeau dans le bois jusqu'à la nuit. Quand il fit suffisamment sombre, il relâcha les bœufs et nous groupa au milieu du troupeau, tenus en main par nos hussards. Nous étions protégés par l'épais nuage de poussière que soulevait le troupeau. À l'entrée du village, il abattit le soldat en faction. C'était pour nos cavaliers le signal de remonter en selle et de démarrer au galop. Nous traversâmes une partie du village au nez et à la barbe des Autrichiens qui n'eurent pas le temps de réagir et, quelques heures après, rejoignîmes la brigade Colbert sans qu'aucun homme ni aucun cheval ne fût blessé.

Nous continuâmes sur notre lancée, poursuivant les ennemis, et nous rejoignîmes le prince Eugène le 11 juin. Le lendemain, le colonel Gauthrin nous lança contre deux régiments ennemis, qui nous donnèrent du fil à retordre : les hussards de Borko et les dragons autrichiens. Le combat fut meurtrier, plusieurs de nos amis y perdirent la vie, Bonnet eut la jambe droite emportée par un boulet, le capitaine et son cheval furent blessés.

Le lendemain, nous rejoignions d'autres régiments qui bivouaquaient à quelques lieues, et le capitaine Curély demanda au général la permission d'aller prendre des nouvelles d'anciens camarades. La permission fut accordée, le capitaine emmena Decamp, qui avait trouvé comme monture une superbe jument hongroise, Palatine, et Fourneau qui prit soin de vérifier si je n'avais pas quelque blessure qui lui aurait échappé avant de monter en selle. Il disait toujours « nos chevaux sont nos jambes » et j'avais eu assez souvent la preuve qu'il m'aimait beaucoup.

Sur le chemin, nous tombâmes sur une petite rivière, trop profonde et tumultueuse pour passer à gué, et nous dûmes faire un détour. La route était barrée par un escadron de nouvelles recrues hongroises, il fallait ou les charger ou reculer en prenant la fuite. Cette dernière alternative n'étant pas dans nos manières, le capitaine, qui était un très bon tireur, prit la carabine d'Henri, s'approcha et fit feu, tuant un homme du premier coup, un cheval du second. Et, à notre grande surprise, l'escadron battit en retraite. Bon, évidemment, nous avions eu affaire à des novices !

Durant les jours qui suivirent, il y eut quelques petites escarmouches, mais arriva le 14 juin, jour anniversaire de

Marengo et de Friedland[15]. L'archiduc Jean d'Autriche et le Feldmarchal Joseph de Habsbourg-Lorraine avaient concentré leurs troupes autour de Raab[16], avec une nouvelle levée de six mille cavaliers. Notre division culbuta l'ennemi, mais nous nous retrouvâmes sur un chemin étroit et encaissé qui fut cause de ce que l'artillerie en décima une bonne partie.

Mais l'archiduc Jean avait divisé ses forces, voulant se porter à la rencontre du maréchal Lefèvre qui venait de mettre en déroute un corps autrichien près d'Innsbruck. Napoléon avançait vers Wagram. Nous nous battîmes ensuite à Komorn[17], où nous restâmes jusqu'à la fin du mois.

Ces batailles et ces escarmouches nous avaient coûté cher : nombre de nos camarades avaient été tués ou blessés. Seuls restaient Bouquet, toujours vaillant à partir du moment où il avait une petite provision d'eau-de-vie dans ses fontes, avec Musette, toujours gaie, et Mazet, qui avait repris Palatine quand Decamp avait été tué à Komorn. Nous restions soudés tous les trois.

Le 1er juillet, le général Colbert perdit son chapeau en même temps que son commandement, nous fumes regroupés et passâmes sous les ordres du général Oudinot. Le 6 juillet, nous arrivions en vue de Wagram, et pûmes contempler au loin les forces imposantes qu'y avait concentrées l'ennemi. La bataille allait être rude.

Le soir, à la veillée, Bouquet dit à Fourneau :

– Petit, j'ai un pressentiment. Je crois que je suis au bout de mon rouleau !

---

[15] Marengo : 14 Juin 1800, Friedland : 14 juin 1807.

[16] Raab : nom allemand de la ville hongroise de Györ.

[17] Komorn : nom allemand de la ville hongroise de Komarom, près de la frontière avec la Slovaquie.

– Vous voulez rire, brigadier ! Vous n'avez que trente-cinq ans !

– Eh, mon petit, les années de campagne, ça compte double ! Et tu sais que je ne rigole jamais quand ça concerne le service. Tiens, prends ma gourde, je te la lègue. Et puis, il me reste encore deux écus d'or que j'ai trouvés récemment dans la poche d'un lieutenant autrichien…

– Qu'est-ce que j'entends ? Vous, vous avez dépouillé un blessé ? Comment… S'écria mon brave Henri, toujours scrupuleux.

– Mais non, rassure-toi, il était mort. Si ce n'avait pas été moi, un autre l'aurait fait. Tiens, voilà son portrait.

Bouquet tira de sa sabretache un joli médaillon qu'il tendit à Fourneau. Il représentait un beau garçon, en uniforme de lieutenant de lanciers, aux grands yeux bleus et à la fine moustache blonde, dont la figure respirait la douceur et la gaieté, faisant penser aux valses dont les Viennois étaient les maîtres.

– Quelle misère ! Si je ne l'avais pas éventré, c'était moi qui y passais ! C'est ça la guerre, mon petit !

Fourneau acquiesça tristement.

– Enfin ! Jusqu'ici, j'ai galopé en passant entre les balles, mais demain, ce sera mon tour. Prends l'argent et embrasse-moi.

– Enfin, brigadier ! C'est de l'enfantillage ! Qu'est-ce qui vous dit que…

– Mon petit, veux-tu m'embrasser, ou pas ? Comme un bon fils son père ! Ça se fait, non ?

– Bon, Bouquet, ne te fâche pas, d'accord ! Tu commandes, j'obéis, mais qu'est-ce que tu as à remuer des idées noires comme ça ? Tu es ridicule !

– Mais non, je rigole ! On peut avoir le trac, non ? Comme les acteurs. Ce qu'on est un peu, non ? T'affole pas, gamin ! »

Bouquet riait, mais d'un rire nerveux, crispé. Fourneau, lui, laissa silencieusement couler deux larmes sur ses joues, jusqu'à tacher son dolman. Ils eurent une cordiale étreinte, puis ils garnirent nos musettes d'avoine avant de nous les attacher au cou.

Je dormis mal, Henri eut des cauchemars, tandis que Musette ronfla comme une toupie, comme Bouquet qui, sans doute apaisé, rêvait du paradis des braves.

III. L'Aube de Wagram.

Henri Fourneau s'éveilla bien avant que la diane n'ait sonné. Il se redressa, se frotta les yeux, s'étira. Il faisait à peine jour, l'aube se levait petit à petit, transformant les couleurs du paysage. L'air était pur, la journée allait être belle. Aucun bruit, sauf quelques chevaux frappant le sol de leurs sabots ou s'ébrouant, ou quelques ronflements par-ci par-là. Les hautes herbes étaient couvertes de rosée et nos harnachements montraient des traces de rouille. Les feux de camp étaient éteints, recouverts d'une épaisse couche de cendre, et par endroits, une légère fumée s'élevait encore.

Bouquet et Musette ronflaient toujours. Palatine se réveilla, et comme surprise, poussa un hennissement auquel d'autres répondirent. Un oiseau chanta, puis deux, puis trois, des chevaux s'ébrouèrent, hennirent à leur tour. L'aube blanchit et Henri, heureux de contempler un instant la beauté de la nature, rejoignit la sentinelle qui se dirigea vers un bouquet d'arbres où s'était abrité le trompette. Celui-ci s'étira, essuya son instrument et, allègrement, sonna la diane, imité par d'autres trompettes. Puis ce fut le roulement des tambours, le bruit de tout le camp qui s'éveillait, les chevaux qui piaffaient, les cavaliers qui bouclaient leur paquetage, vérifiaient leurs harnachements et équipaient leurs montures.

Tout le monde était réveillé, à présent, le soleil était levé et éclairait les sabres et les baïonnettes que l'on distinguait à travers les hautes herbes. Fourneau achevait de me seller, et je vis Bouquet qui embrassait affectueusement Musette sur les naseaux.

Nous étions à l'avant-garde des grenadiers. Le matin, on nous fit déployer en colonnes, puis regrouper en masse, ou ranger en pelotons. Vers midi, l'ordre arriva de nous former en bataille, derrière cent pièces de l'artillerie de la Garde, dirigée par le général Lauriston.

Pendant ce temps, les régiments d'infanterie se battaient à la baïonnette, décimés par le feu roulant des deux artilleries. Plusieurs boulets roulaient vers les artilleurs, et même ricochaient jusqu'à nous. Tout à coup, l'un d'eux frappa, sur ma droite, le malheureux Bouquet qui lâcha son sabre en jurant. Henri se précipita auprès de lui, mais un autre boulet arrivait juste à la hauteur de sa poitrine. Musette chercha instinctivement à l'éviter, mais le boulet la frappa en pleine tête. Comme son vaillant cavalier, Musette venait de tomber au champ d'honneur.

La position était critique, l'ennemi visant l'Empereur qui se tenait derrière nous. Au bout d'une heure, on nous fit masser en colonnes, en face de l'infanterie autrichienne, qui était renforcée par une importante artillerie. Le général Colbert leva son sabre :

– Allons-y, les enfants ! Haut les cœurs, c'est le moment ! »

Nous nous élançâmes sur un rang parfait, mais un feu roulant d'artillerie faucha une grande partie des officiers. Le Quatrième Chasseurs chargea l'ennemi en plaine, nous nous regroupâmes et chargeâmes de nouveau vers les fantassins qui dirigeaient vers nous leurs baïonnettes. Je fonçai et arrivai en face d'un énorme grenadier, dont la poitrine était chamarrée de médailles. Il pointa sa baïonnette qui aurait pu me crever un œil, si Henri n'avait promptement écarté l'arme de son sabre et atteint le colosse au cou. Transpercé de la bouche à l'oreille, il tomba dans un flot de sang.

À partir de là, ce fut un massacre. Les Autrichiens, en rangs trop serrés, n'arrivaient pas à se mouvoir et nos hussards les sabrèrent avec une furie qui augmentait à mesure que la certitude du succès les galvanisait.

Il était à peine trois heures que tout était fini. Les mille cavaliers de notre brigade avaient tué ou blessé plus de mille grenadiers. Nous nous regroupâmes.

Le général Colbert était blessé à la tête, le général Lasalle était mort, le colonel Daumesnil avait eu la jambe gauche emportée par un boulet. Un officier arriva et expliqua au général Colbert que nous perdions cinq mille hommes et que Masséna se battait toujours, pensant que le combat durerait jusqu'à la nuit. Mais la victoire était complète.

Au bivouac, Henri posa ses armes, défit son dolman et se tâta : il avait le poignet endolori, comme toujours quand il avait beaucoup sabré. Rien d'important, une foulure sans doute. Il avait perdu sa giberne, avec sa bourse, son dolman était percé et éraillé, et il avait une large estafilade sur les côtes, du côté gauche. Mais rien de grave. En ce qui me concernait, il s'était déjà occupé de moi, je n'avais qu'une estafilade sur la croupe, causée par une balle. Je m'en tirais, encore une fois, indemne et content.

Content, non, pas vraiment, car j'avais perdu Musette, que je regrettais. Pendant ce temps, Fourneau courait sur le champ de bataille, espérant retrouver le corps de Bouquet qu'il voulait pouvoir saluer une dernière fois avant de l'enterrer dignement. Mais ce fut en vain, les cadavres du cheval et du cavalier restèrent introuvables, dans l'entassement des morts et des mourants. Henri ramena un camarade légèrement blessé, que sa chute avait assommé et qui ne parvenait pas à soulever les cadavres qui s'étaient abattus sur lui.

Le lendemain, nous faisons route vers la Moravie, où nous devions cantonner. Notre escadron fut logé chez le prince Esterhazy, l'un des plus riches seigneurs de ce pays, réputé également comme le plus généreux. Nous y passâmes deux semaines, qui nous remirent d'aplomb à coup de bombances et de fêtes. Henri restait triste, pensant à Bouquet et à ses pressentiments, mais il se consolait en pensant que c'était la loi de la guerre. Lui était vivant, indemne, lui disait Mazet, et moi, j'étais toujours là. Nous arrivâmes ensuite à Vienne, la vie de plaisirs continua une bonne semaine, et le 12, il fut temps de repartir. Nous dûmes traverser le champ de bataille de Wagram, mais l'air était infecté de la puanteur des cadavres qui étaient restés exposés, dépecés par les corbeaux, et qui se décomposaient sous la chaleur. Nous dûmes faire un détour, ce qu'Henri apprécia. Et moi aussi, j'avais fait des difficultés pour avancer vers ce charnier tant l'odeur était pestilentielle. Et les corbeaux nous guettaient, après tout, nous étions peut-être pour eux une future réserve de nourriture ? Nous marchions tristement, frémissant quand un léger souffle de vent rabattait l'odeur vers nous. Nombre de braves essuyaient gauchement leurs larmes, nombre d'entre eux pleuraient un Bouquet, et nombre de chevaux renâclaient, séparés d'un congénère comme je l'étais de Musette.

Nous allâmes vers l'est, et restâmes à Marchegg jusqu'au 7 septembre. Le 8, nous eûmes l'ordre de nous réunir à Malatzka[18], en Hongrie, où l'Empereur devait venir passer la revue.

Napoléon montait Cantal, qui était considéré comme le meilleur cheval de son écurie, à part son cheval fétiche, Marengo. La veille de Wagram, après une étape de vingt-cinq lieues, l'Empereur avait donné l'ordre de faire conduire mon compatriote au bivouac, en disant à Lasalle de lui faire envoyer une monture reposée dans une heure. Or, tous les chevaux

---

[18] Malatzka est le nom allemand de la ville hongroise de Malacka, actuellement Malacky, en Slovaquie.

avaient fourni au moins une quinzaine de lieues, en étant chargés. Et Lasalle amena Cantal. L'Empereur s'en étonna, se dit mécontent, n'avait-on point entendu son ordre de lui amener une bête reposée ? Le général lui répondit que, bien que Cantal ait fait plus de distance que les autres, il restait en meilleur état. Ce fut le dernier échange entre Lasalle et Napoléon, le général devant mourir le lendemain lors de la bataille. Napoléon le regretta, disant qu'il avait perdu en lui le meilleur général de cavalerie.

L'Empereur passa au galop devant nous, mais il s'arrêta devant le régiment des carabiniers, dont l'uniforme, la prestance et les superbes chevaux étaient admirés de tous, puis il procéda à la remise des croix d'honneur et des galons. Notre capitaine, Curély, fut promu commandant, et le lieutenant Germot devint capitaine.

Le capitaine Curély ayant proposé Fourneau pour la croix, mais Napoléon, fixant mon hussard qui se mit à trembler, déclara :

– Il me semble que j'ai vu cet homme quelque part !

Puis, après un temps :

– Bien jeune pour la croix ! Sait-il lire ?

– Hélas, non ! répondit le capitaine.

– Dommage ! Il aurait fait un superbe brigadier ! »

Puis il passa. Henri retenait difficilement ses larmes, et quant à moi, malgré mon envie, je me retenais d'embrasser Cantal, dont les naseaux avaient un instant touché les miens. Je me souvenais de ce que ma précédente incartade avait coûté à Fourneau, et Cantal, lui aussi, avait certainement compris que l'heure n'était pas aux embrassades.

En revanche, j'aurais volontiers mordu ce despote qui faisait si peu de cas de mon ami. Les hommes se parlaient, se congratulaient, pourquoi pas les chevaux ? Mais le pur-sang arabe d'un mamelouk qui suivait l'Empereur dut deviner mon intention, car il me glissa à l'oreille :

– Lèche-lui la main, puisque tu ne peux pas la mordre, ton cavalier s'en trouvera mieux ! »

Il avait peut-être raison, ce petit cheval arabe…

La revue finit comme de coutume par un défilé au galop, aux cris de « Vive l'Empereur ! »

Après le défilé, les régiments se disloquèrent, nous évacuâmes la région en passant par Vienne, Sankt Pölten, Traun, Munich, où Henri se régala de bière et où il me trouva de l'avoine d'excellente qualité, et de l'orge. Le 20 février, nous traversions le Rhin, et nous restâmes aux environs de Strasbourg. Là, notre tâche fut de servir d'escorte à l'impératrice Marie-Louise, qui venait de Vienne à Paris. Puis nous fûmes casernés au château Stanislas à Lunéville, et enfin l'ordre fut donné d'aller tenir garnison à Nantes. Nous partîmes par petites étapes.

Peu après notre arrivée, on demanda des volontaires pour l'Espagne. L'inaction des casernes, et l'instruction des nouvelles recrues nous pesaient, à Henri et à moi, aussi mon ami demanda-t-il de partir pour l'Espagne. Il fut agréé, et partit comme brosseur[19] du lieutenant Germot, promu capitaine au Vingt-deuxième Dragons.

---

[19] Le « brosseur », un simple soldat, est le domestique d'un officier.

IV. Une Nouvelle Guerre.

Nous avions entendu dire que l'Espagne était un pays rebelle, l'Empereur avait beaucoup de mal à s'y faire craindre et même respecter autant que dans le reste de l'Europe. Mais nous partions avec plaisir, il faisait beau, c'était le printemps, et nous allions vers le sud.

Ce fut un gentil voyage d'agrément. Nous étions cinq : Ariane et Hercule, les deux chevaux du capitaine Germot, mon ami Henri Fourneau qui était donc son brosseur, et moi.

Ariane était une grande jument baie cerise de huit ans, solide, musclée, et dotée d'une pointe de vitesse foudroyante. Elle venait de Hongrie, et avait été récupérée par le capitaine d'un officier autrichien. Hercule était un beau limousin de cinq ans, de belle allure, mais pas encore très bien dressé. Il ne pouvait avoir autant de vitesse qu'Ariane, mais avait de l'endurance. En ce qui me concernait, j'étais à peu près entre les deux : moins rapide qu'Ariane, mais plus qu'Hercule, et moins endurant que ce dernier, mais plus qu'Ariane.

Henri et moi, nous appréciâmes tout de suite le capitaine Germot, qui était un bel homme portant bien l'uniforme des dragons, et qui se connaissait très bien en chevaux et n'aurait jamais admis qu'un cavalier ne surveille pas lui-même les soins donnés à son cheval, fut-il officier. Il était instruit et intelligent, et son âge, la quarantaine bien sonnée quoique bien conservée, faisait qu'il avait beaucoup d'expérience de la guerre après vingt ans de services.

Le trajet fut agréable, mais, sur la fin, les étapes furent plus longues. Et, comme le capitaine montait alternativement ses deux chevaux, et qu'Henri était constamment sur moi, j'étais un peu fatigué le soir. Au moins celui de mes deux compagnons qui gambadait à côté de moi portait-il les bagages.

Le 16 août, nous entrâmes en Espagne, et arrivâmes à Irún, une petite ville sale et triste. Elle donnait l'impression que le pays livrait une guerre cruelle et sans merci, qu'il était peuplé de fanatiques, les visages grimaçaient en nous voyant, la plupart des habitants nous tournaient le dos. La campagne déserte, ne laissait voir que des maisons désertes, souvent à moitié en ruines, sur les portes desquelles nous voyions des uniformes de nos soldats, dans lesquels flottaient des squelettes blanchis.

Nous apprîmes que des bandes d'assassins, déguisés en partisans, s'étaient emparées des Français habitant leur pays, et, après les avoir cloués entre deux planches, les avaient sciés en deux morceaux. D'autres fois, ils les crucifiaient sur les portes, après les avoir atrocement mutilés, aveuglés ou écorchés vifs. Leur supplice favori était d'attacher leurs prisonniers par les bras et les jambes, et, en se mettant à quinze ou vingt, de plier un orme et d'en attacher les branches du haut aux membres de leur prisonnier, puis de lâcher tout. Les arbres, en se redressant, écartelaient les malheureux dont les morceaux volaient dans les branches des arbres qui restaient ensanglantés. Et bien d'autres atrocités dont on disait qu'elles étaient un héritage du temps où l'Inquisition pourchassait les hérétiques et les torturaient à mort.

Au sortir d'Irún, nous rencontrâmes un Espagnol d'un certain âge, au visage maigre et aux yeux perçants. Le capitaine, qui parlait un peu l'espagnol, et savait également s'exprimer en latin, lui demanda un renseignement sur la route à suivre. L'espagnol refusa de répondre, avec une telle détermination que le capitaine, irrité, le menaça de son arme. L'espagnol croisa les bras, resta debout, planté comme un piquet, un sourire illuminant son visage. Il avait cherché à exciter la colère du capitaine, pour mériter le martyre et monter au ciel. L'officier l'obligea à avancer avec nous, et demanda à

Henri de le surveiller. Le fanatique ne dit pas un mot et marcha d'un bon pas. À chaque fois qu'il regardait l'officier ou son brosseur, son regard suait la haine. Le capitaine essayait de lui faire dire quelque chose, ce fut peine perdue. Il jugea qu'il n'en pourrait rien tirer, et, redoutant un piège, lui brûla la cervelle. Il n'eut qu'un commentaire « Cela fera toujours un ennemi de moins ! » Certes, le moyen était un peu radical, mais c'était la guerre, une guerre spéciale, mais dure.

L'armée espagnole était nulle ou presque, mal habillée, à peine instruite et mal payée — quand elle l'était. Le gouvernement était méprisé, les chefs lâches et corrompus : le roi Charles IV était faible, dominé par la reine et son favori, le ministre Godoy, et le prince héritier Ferdinand s'opposait à son père. Junot et Murat avaient d'abord atteint le Portugal, allié de l'Angleterre, et avaient pris Madrid. Napoléon, croyant être agréable au peuple, lui avait donné un gouvernement fort, des chefs énergiques, en imposant comme roi son frère Joseph. Mais il s'était heurté au fanatisme religieux, décuplé par l'ignorance de ces gens dont la pauvreté n'avait d'égale que l'orgueil et qui malgré tout aimait leur pays, s'ils détestaient leurs chefs. Aussi le peuple tout entier s'était-il dressé en masse pour défendre l'autonomie de son pays, considérant l'intrusion de ces étrangers comme un viol de leur identité. De plus, les Espagnols avaient eu connaissance de la Révolution Française et en avaient retenu que les Français étaient devenus des hérétiques, massacrant les prêtres ou les transformant en fantoches représentants d'une religion qui n'était rien moins qu'un retour au paganisme. Aussi le clergé tout entier avait-il soulevé le peuple contre ces mécréants qui venaient envahir la Sainte Espagne. Tout cela, Germot le raconta à Henri qui écoutait, avide d'apprendre, et souvent surpris de ce qu'il entendait, car, du fond de son Auvergne, et vu son jeune âge au moment de la Terreur, il avait juste appris à remplacer « Monsieur » par « Citoyen » et avait toujours vu le curé — qui avait donc dû prêter serment à la République — célébrer la messe dans l'église de son village. Il n'avait qu'entendu parler de la Vendée, des Chouans, durant les campagnes, à la veillée, par des soldats plus âgés, en restant assez dubitatif sur les propos tenus en état à la fois de fatigue et d'ébriété. Mais tant le capitaine que son brosseur suivaient la consigne : l'Empereur avait décidé de gouverner l'Espagne, il ne fallait pas laisser des rebelles attaquer le pouvoir qu'il avait mis en place, ni ses représentants.

Ce fut une guerre d'embuscade, de traîtrise, les partisans se cachaient dans les rochers des sierras, et ces troupes de bandits étaient souvent dirigées par des moines, ascétiques, fanatiques et cruels comme ceux de l'Inquisition dont ils avaient hérité les méthodes.

Enfin, nous arrivâmes à Tolosa, après une étape de dix-sept lieues, où nous avions vu plus d'une fois le canon d'un mousquet ou la flamme d'une navaja briller entre des fourrés. Le capitaine se présenta au gouverneur qui nous donna une escorte d'infanterie jusqu'à Pampelune. Là, notre escorte rebroussa chemin et fut remplacée par un bataillon qui nous accompagna jusqu'à Saragosse, en Aragon.

Cette ville venait de soutenir un siège mémorable, et n'était plus que décombres fumants. L'étape suivante nous fit rejoindre notre nouveau régiment, cantonné à Ulldecona — entre Tarragone et Valence, avait dit Germot qui savait lire une carte. On nous laissa faire seuls les douze lieues qui nous en séparaient. Nous ne mîmes que trois heures, sur des chemins de montagne, en nous méfiant, car on nous avait parlé des miquelets, ces partisans catalans qui connaissaient bien les montagnes et pouvaient surgir de n'importe quelle anfractuosité de rocher. Enfin, nous arrivâmes au campement, installé sur les hauteurs qui dominaient le village. Ce régiment avait une excellente réputation, ayant durant cette campagne accompli des prodiges de courage et d'endurance. Les hommes étaient presque tous grands et forts, mais moins agiles que nos hussards. Mais ils étaient aussi gais et ardents au combat que nos anciens camarades. Leurs chevaux étaient souvent plus lourds, plus étoffés.

Fourneau et moi, nous ne faisions pas mauvaise figure, car nous avions fière allure, avec son uniforme chamarré et mes harnachements qui brillaient malgré la poussière du chemin. Henri n'ayant pas sa langue dans sa poche, il fut tout de suite l'objet de la curiosité générale, et ses exploits en Prusse, en Autriche et en Moravie valaient ceux de ses nouveaux camarades en Espagne.

Le capitaine Germot alla présenter ses papiers au colonel de Beauchêne, et Henri alla trouver le brigadier Carbonneau qui l'emmena à la distribution de vivres. Bientôt, nous reçûmes tous les trois une bonne ration d'avoine, et aussi du foin. Pendant ce temps, nos cavaliers faisaient bombance. Henri, qui savait vivre et qui avait reçu du capitaine un mois de solde d'avance, offrit une tournée générale, ce qui le fit très bien voir de tous ces hommes bronzés par le soleil du sud, qui arboraient de superbes barbes de sapeurs sous leurs bonnets à poils. Les capiteux vins espagnols coulaient à flots.

Au soir, on signala l'approche d'une bande de brigands catalans. Notre escadron étant de service, le capitaine donna l'ordre de seller Ariane, qui avait fait l'étape en main, et nous partîmes séance tenante. On allait leur faire voir qui nous étions !

V. La guérilla.

La nuit était tombée. Nous étions attentifs, lorsqu'une vedette nous signala une approche. C'était une troupe de cent cinquante bandits, commandés par un moine, Don Lloret, dont la cruauté était célèbre dans la région de Tarragone. Il avait l'habitude de pendre ses prisonniers après les avoir mutilés, ou il les crucifiait en les bénissant, tandis que ses hommes s'exerçaient au lancer de couteaux sur les suppliciés. Ceux qui avaient parlé de la cruauté de ces bandits n'avaient pas exagéré.

Ils nous avaient vus, mais mal : comme ils étaient en plaine, ils nous croyaient loin et avaient négligé de poster des guetteurs. Nous les encerclâmes, ils essayèrent de fuir, mais bientôt ils furent cernés et taillés en pièces après une héroïque résistance. Plusieurs avaient enfoncé leurs couteaux, des lames longues sur lesquelles était gravé *« Recuerdo, Viva Espana !* [20]*»* dans le ventre des chevaux. Fourneau sabrait avec son habituelle maestria, à côté du capitaine. Mais soudain, je vis un grand escogriffe sec et nerveux, à mine patibulaire, qui, s'étant faufilé entre nous, s'apprêtait à lever son poignard sur le capitaine, qui était entouré par cinq miquelets. Ariane ruait et son cavalier donnait des coups de sabre dans le tas. Tout à coup, je vis le bandit, qui s'était faufilé entre les jambes de la jument, lever son poignard, ayant clairement l'intention de lui couper les jarrets. D'un coup de mâchoire, je lui happai le poignet. D'un brusque mouvement de tête, je le soulevai à deux pieds de terre, juste assez haut pour que, d'un revers de sa lame, le brigadier Carbonneau lui fende le crâne.

Au bout d'environ une heure, nous avions tué une cinquantaine de miquelets et capturé ou blessé la centaine qui

---

[20] *« Souviens-toi, Vive l'Espagne ! »*

restait. Deux de nos dragons et quatre chevaux étaient morts, et beaucoup étaient blessés, surtout les chevaux. L'escadron rentra au camp avec les bandits solidement attachés, et un lieutenant fut laissé en arrière-garde avec une dizaine de soldats.

Les deux derniers cavaliers mouraient de soif après le combat, mais ils avaient tous deux perdu leurs gourdes. Malgré la consigne formelle qu'avait donnée le lieutenant, ils s'écartèrent du groupe et entrèrent dans une hôtellerie qui bordait la route, firent boire leurs chevaux qui étaient légèrement blessés, et se firent servir à boire. L'hôtesse, une accorte et sémillante Espagnole, leur versa elle-même deux mesures de bon vin, mais, au moment où ils allaient boire, quatre bandits firent irruption dans la salle et les garrottèrent, pendant qu'un complice s'emparait de leurs montures et de leurs armes.

Se rendant compte de l'absence des deux hommes, le lieutenant, qui se doutait de quelque chose, rebroussa chemin et cerna l'hôtellerie. On retrouva les malheureux soldats horriblement mutilés, les oreilles et les mains coupées, les yeux arrachés. Par chance pour eux, l'hémorragie causée avait fait qu'ils étaient morts très vite. À la vue de cette scène d'horreur, la fureur des dragons fut telle que le lieutenant ne peut les empêcher de faire subir aux quatre bandits la loi du talion, et de mettre l'hôtellerie à sac. La galante hôtesse, entre deux insultes, se vanta de leur avoir elle-même arraché les yeux avec ses ciseaux. L'un des soldats comprenant parfaitement l'espagnol, et les gestes de la femme étant assez clairs, inutile de préciser qu'elle connut assez vite le goût du sabre et ce qu'il en coûtait de défier un dragon. À titre de représailles, pendant une semaine, les troupes furent lâchées dans la campagne. Les prisonniers tentèrent de s'échapper et furent massacrés.

Les poètes qui chantent les beautés de la guerre, la gloire des combats omettent de raconter les atrocités dont je fus témoin. Des deux côtés.

VI. Un duel au bivouac.

Une semaine après notre incorporation au Vingt-deuxième Dragons, j'étais devenu ami avec mon voisin, Cantor, un beau rouan que son cavalier avait pris à un officier anglais durant la campagne, une année auparavant. Dumas — c'était le nom de ce cavalier — était un vieux briscard qui avait derrière lui quinze ans de service et avait assisté à toutes les campagnes et était couvert de décorations gagnées grâce à son adresse au sabre et à son sang-froid en face du danger. Il était de ces soldats très braves, adroits, qui se seraient fait tuer pour un camarade ou leur cheval, mais qui étaient peu scrupuleux sur les moyens à employer pour arriver à leurs fins.

Tout comme nombre de nos camarades, il avait accompli des actes d'héroïsme, mais jamais il n'en parlait. Ce dont il se vantait, c'était des chapardages, des vols, des viols, des escroqueries et des pillages ou d'actes de vandalisme commis en pays conquis avec beaucoup de cœur à l'ouvrage. Depuis son arrivée en Espagne, il avait un paquetage bourré d'objets en or massif, volés chez l'habitant ou dans des églises, qu'il revendait à bon prix aux brocanteurs juifs qui suivaient nos armées, mais aussi aux cantiniers, qui ne faisaient pas mystère de leur petit commerce personnel.

Mais Dumas aimait jalousement son cheval, Cantor, il fallait lui rendre cette justice, et pour cela il m'était plutôt sympathique. Quand, au cours d'un combat, son cheval était tué, il était d'humeur sombre et désespérée pendant plusieurs jours, jusqu'à ce qu'il puisse abattre un officier ennemi et récupérer sa monture. Ainsi, il avait toujours des montures superbes. Une fois en possession d'un bon cheval, il le soignait comme il eût fait de son propre enfant. S'il se trouvait à court d'argent, ou si les vivres manquaient, il acceptait de jeûner pour se procurer la nourriture de son cheval.

Nous venions de rentrer au bivouac, après une journée pénible durant laquelle nous avions été harcelés par des guérillas et des miquelets. Or, le convoi aux vivres n'était signalé que pour le lendemain soir, et encore n'en était-on pas sûr, vu le nombre de brigands dans la campagne, aussi nos cavaliers n'avaient-ils rien pour tromper leur faim. Nous-mêmes n'avions rien pris, et nous avions marché durant quinze heures.

Un des brocanteurs qui suivaient le régiment en tenant leur petit commerce, un juif nommé Abel, possédait dans une de ses voitures deux caisses d'avoine, et les proposa à trois francs le litre. Ce n'était pas donné, et plusieurs des dragons le menacèrent de pillage. Henri, informé à temps, acheta quatre mesures pour Hercule, Ariane et moi, que le capitaine lui remboursa. Dumas, prévenu trop tard, n'arriva qu'après la distribution. On devine sa rage, quand on sait qu'il aimait Cantor. Mais personne ne voulait lui céder même une toute petite portion de ration.

Henri avait ôté son uniforme et nous avait attaché nos musettes sous le cou. Nous mastiquions avec un ensemble parfait l'avoine de luxe qu'il nous avait fournie, lorsque Dumas vint lui dire que le capitaine le demandait. Prestement, Henri remit sa tunique, coiffa son casque et ceignit son sabre, puis courut voir l'officier.

Dumas le regarda disparaître derrière les tentes, puis, prestement, prit ma musette et celle d'Ariane pour la vider dans celle de Cantor. Il allait la fixer au cou du rouan, lorsque Fourneau, qui avait oublié quelque chose, ou avait des doutes, revint en courant.

Devant l'évidence du vol, il s'élança sur le vieux briscard, la main levée.

– Canaille ! Que tu voles ma ration, à moi, c'est banal, on peut toujours s'arranger entre hommes, mais que tu voles mon pauvre cheval !

Il lui arracha la musette des mains et la remit à mon cou, tandis que Dumas, goguenard, s'avançait, les poings sur les hanches, suivi de plusieurs dragons.

– Dis donc, l'ex-hussard, tu ne sais pas ce qu'il en coûte de manquer de respect au père Dumas, la première lame du Vingt-deuxième, décoré de la croix, quinze ans de service, huit blessures ?

Fourneau remettait nos musettes, à Ariane et à moi. Pâle de colère, il se contint et ne répondit pas.

– Eh bien, morveux ?

Brusquement, abattant sa grande main velue sur l'épaule de Fourneau, Dumas le fit tourner de force. Mais cela s'acheva dans un magistral soufflet asséné de la puissante main de mon cavalier, qui fit chanceler le bretteur, pris par surprise. Les dragons, également ahuris de la réaction, s'écrièrent :

– Bien appliqué, le bleu ! Mais ça te coûtera cher !

Dumas reprit son calme.

– Va rejoindre le capitaine, puisqu'il t'appelle. Quand tu reviendras, je serai derrière le mur que tu vois là-bas. Il y aura quatre camarades, deux pour toi, deux pour moi.

– Compris, répondit Fourneau. On y sera ».

Il courut chez le capitaine à qui il ne souffla pas mot de sa querelle, et, ensuite, se hâta vers le lieu du rendez-vous. Je le regardai partir avec anxiété. Malgré nos quatre années de commune ardeur dans le danger, j'avais peur pour lui, et ne pouvais rien faire.

Je ne sais ce qui se passa là-bas, derrière le mur, mais toujours est-il que, bientôt, les six braves revinrent, bras dessus bras dessous, en chantant joyeusement. Ils arrivèrent près de moi, et j'entendis Dumas dire à Fourneau :

– Tu vois, petit, avec les gaillards de notre espèce, on peut toujours s'arranger ! Alors, tu ignorais sans doute que j'étais maître d'armes de profession ?

– Je l'ai peut-être entendu dire, mais cela m'était égal. Oh, j'ai bien deviné, dès le début, que, si tu ne m'avais pas épargné volontairement, j'aurais été terrassé par ton « coupé tour d'épée », c'est du moins ce que j'ai vu.

– C'était bien cela ! J'avais envie de pousser un peu plus loin l'expérience, mais je t'ai vu si brave, si confiant, que j'ai regretté ma ridicule provocation. Et donc j'ai abaissé mon sabre. On subit assez les Espagnols, pas la peine de nous entretuer ! Mais tu as une bonne main, une bonne garde, tu es solide. Dis donc, si, le soir, tu n'es pas trop fatigué, et si le cœur t'en dit, tu peux venir me trouver, je te montrerai quelques bottes dont tu pourras avoir besoin, que ce soit contre les Espagnols, les Autrichiens, les Russes ou les Prussiens, et même les Anglais ! Ça vaudra toujours mieux que de démolir un copain. En plus, tu aimes ton cheval autant que moi le mien, il me semble, et ça, ça vient d'un vrai cavalier !

– Merci ! répondit Henri, qui était venu me donner une caresse, me voyant un peu agité. Ce n'est pas de refus, une bonne leçon d'escrime est toujours utile ! Maintenant, veux-tu boire un verre ?

– Ce ne serait pas de refus, mais que dirait mon bon Cantor, s'il me voyait boire et manger seul ?

– Tu as raison... comment faire ? »

À ce moment, une vedette signalait l'arrivée du convoi. Ce fut une ruée vers les premières voitures, et nous autres, les chevaux, fûment servis en premier. Les cavaliers sont ainsi.

Ce soir, Cantor et moi devînmes les meilleurs amis du monde, tout comme Henri avec Dumas que l'on vit souvent ensembles. Nous fîmes la campagne côte à côte, nous nous réjouissions ensemble quand nos cavaliers étaient contents, et nous partagions leur peine quand les choses allaient mal.

VII. Une guerre d'embuscades.

Un mois plus tard, nos soldats avaient mis à sac tous les villages de la région, et nous partîmes pour Santa Olalla Del Cala, au nord de Séville. Dans cette région, des ennemis s'étaient regroupés, aidés par les Anglais qui avaient débarqué au Portugal.

Après une petite heure de route, nous rencontrâmes un escadron de hussards espagnols, que nous écrasâmes vite fait. Les survivants prirent la fuite, nous eûmes l'ordre de les poursuivre pendant que le gros de notre escadron continuait sa route. Les chevaux des fuyards — ils étaient une douzaine — étaient épuisés et nous les rattrapions petit à petit. Arrivés auprès d'un petit bois, nous allions en découdre lorsque, après le tournant du chemin, nous vîmes arriver un régiment espagnol entier, qui nous chargea. À mille contre six... ou presque... (Je ne suis qu'un cheval, je ne sais pas compter jusque là !)

Nous n'hésitâmes pas une seconde. Dumas, Carbonneau, Henri et trois autres, nous fonçâmes sur l'ennemi. Parmi nous était un trompette qui sonna le ralliement avant de sortir son sabre.

– Traversons-les ! cria le brigadier. L'escadron arrive !

L'effet de surprise joua, nous traversâmes le régiment ennemi, tandis que le reste de nos troupes, alerté par le trompette, ayant fait demi-tour, arrivait à bride abattue. La mêlée fut brève, nos dragons taillèrent en pièce le régiment de hussards, tuant une soixantaine d'hommes et en capturant une centaine, et autant de chevaux.

Quant à notre petit groupe, le capitaine Dumas nous avait donné pour consigne de choisir les officiers. Ils étaient faciles à reconnaître, avec leurs beaux uniformes chamarrés, contrairement aux hommes de troupe dont les uniformes étaient franchement usés et souvent rapetassés comme ils avaient pu. Nos cavaliers transpercèrent un colonel, un capitaine et un commandant.

Après cette échauffourée, le capitaine fut envoyé avec trente dragons et autant de hussards sur les rives de la Cinca. La rivière était en crue, mais ils repérèrent de l'autre côté, à Fraga, un campement de miquelets. L'eau n'étant pas très profonde, l'officier lança ses chevaux à la nage et le groupe courut sus à l'ennemi. Les paysans eurent beau essayer de tirer, leurs vieux fusils s'enrayaient, et ils furent massacrés par nos soldats. Nous récupérâmes un convoi de vivres, de munitions et de matériel divers qui nous rendit service.

Quelques jours passèrent, et le capitaine, avec notre aide, parvint à capturer un moine célèbre, qui collectait des subsides pour acheter armes et vivres pour les rebelles, et était connu dans tous les villages des alentours. Il possédait au moins trente mille francs en pièces d'or. Le capitaine fit main basse sur le butin et le distribua à ses dragons. Le colonel l'apprit et lui reprocha de s'être ainsi approprié l'argent du moine. Germot répliqua :

– Mais, mon colonel, depuis plus d'un an, ni moi ni mes hommes n'avons touché la moindre solde ! Regardez nos uniformes, nos équipements, usés, brûlés par le soleil, rapiécés… Nous ne voulons pas ressembler aux bandits dépenaillés que nous pourchassons ! »

Le colonel acquiesça, mais il avait l'air un peu jaloux, il avait eu envie de profiter de l'aubaine. Mais, n'ayant pas pris part à la capture du moine, il fit contre mauvaise fortune bon cœur. Il put compenser ce manque à gagner, car, à la fin du mois de juin, les soldats prirent Tarragone, et la ville fut mise à sac. La résistance avait été rude, le siège avait duré, aussi les soldats étaient exaspérés, et, fous furieux, s'étaient déchaînés comme des brutes contre la ville. Les officiers avaient bien tenté de tempérer ces assauts de cruauté, mais trois mois de siège pour les autres régiments arrivés avant le nôtre — nous n'avions combattu qu'une semaine — avaient décuplé la fureur des troupes et ce fut un massacre.

Nous repartîmes ensuite vers le sud, pour rejoindre le cantonnement d'Ulldecona. Peu avant d'y arriver, le capitaine Germot fut envoyé en reconnaissance avec deux cavaliers, qui étaient Henri et Carbonneau, nommé depuis peu maréchal des logis.

Nous trottions allègrement, bien tranquilles, lorsque, de derrière le mur d'une ferme en ruines, apparurent cinq bandits qui nous tenaient en joue au bout de leurs mousquets.

– Rendez-vous ! cria leur chef. Vous aurez la vie sauve !

– À qui crois-tu t'adresser, canaille ! cria le capitaine.

En réponse, cinq coups de feu partirent simultanément. Ariane, frappée à la tête, s'écroula. Mais le capitaine eut le réflexe de sauter à terre et, debout derrière le cadavre de sa monture, attendait, un pistolet dans la main gauche et le sabre dans la main droite. Carbonneau avait reçu une balle dans la cuisse, et je crus ma dernière heure arrivée, car une balle frappa la boucle de mon mors, m'écorchant la lèvre. Une autre balle arracha à moitié le cimier du casque du capitaine.

La situation était critique : les bandits s'avançaient vers nous, le poignard à la main. Le capitaine abattit celui qui était le plus près de lui, Henri en blessa un autre, mais une autre balle brisa son sabre, et les miquelets se rapprochaient. Pour tout arranger, une douzaine d'autres surgirent de derrière un bosquet, également armés de mousquets et de navajas. Le capitaine réagit.

– Fuyons, il n'y a pas de honte ! Attention, Fourneau, je saute en croupe sur Nestor, demi-tour, au galop. Vous pouvez tenir, maréchal des logis ?

Carbonneau fit demi-tour, tandis que le capitaine Germot sautait sur mon dos derrière Henri. Ces deux cavaliers pesaient lourd, mais je m'élançai, conscient de ce que leurs vies — et la mienne — étaient en jeu. Si j'avais bronché, je condamnais à une mort horrible le capitaine, que j'estimais, et surtout mon ami Henri. Je restai solide sur mes jambes.

À un moment, nous crûmes que Carbonneau allait tomber, il se raccrocha des deux mains à la selle et à la crinière de son cheval, de plus en plus pâle, serrant les dents. Heureusement, un de nos escadrons rentrait d'une reconnaissance et galopa vers nous. Les coups de feu fusèrent et, peu de temps après, tous les bandits gisaient morts sur la route.

Henri se précipita vers Carbonneau que des camarades soutenaient, on lui assura qu'il allait être soigné, cela n'avait pas l'air trop grave. Puis il se tourna vers moi et pâlit en voyant du sang sur mon nez. Je ne lui en voulais pas de s'être d'abord occupé du maréchal des logis ! J'avais surtout envie d'un picotin...

VIII. Trafics et traîtrises.

Nous avions tout de même des moments de calme, et, durant ses loisirs, Henri allait souvent passer la soirée chez le vieux maître d'armes Dumas, qui le faisait profiter de son expérience et lui perfectionnait sa technique d'escrime en lui apprenant plusieurs bottes qu'il disait « secrètes ». Ceci était utile pendant les combats individuels, à pied ou à cheval.

Un soir, Henri, qui revenait d'une reconnaissance un peu fatigante, dans des chemins escarpés, n'avait pas envie de croiser le fer et proposa à son maître une petite promenade dans la campagne, du côté du ravin où se tenaient les cantines. Carbonneau, dont la blessure était presque guérie et qui ne boitait presque plus, eut envie de se joindre à eux. Après le repas du soir, et après avoir garni nos musettes d'avoine, les trois amis partirent, en tenue légère et sans armes, puisqu'ils restaient dans le campement.

À un moment, Carbonneau, qui s'était écarté de ses camarades, aperçut près du cantonnement un chariot bâché attelé à deux mules, dans lequel un homme entassait des caisses et des sacs. Intrigué, il courut vers ses camarades et leur raconta ce qu'il avait vu. Tous trois se cachèrent derrière des rochers et aperçurent un sergent du régiment du train des équipages, en compagnie d'un individu de grande taille, au teint rougeaud, vêtu d'un manteau rapiécé, qui lui comptait des pièces d'or.

– Tiens, c'est Bieber, un Suisse, ou un Allemand, on ne sait pas bien, il est brocanteur, marchand de vin, d'avoine, d'un peu tout... Il est connu pour ses magouilles, il y a quelque chose de louche ! Ouvrons l'œil et les oreilles !

Le sous-officier semblait mécontent de la somme versée, car il avait l'air de discuter, faisait de grands gestes, et élevait la voix. Fourneau et Carbonneau se rapprochèrent et purent entendre distinctement ce qui se disait.

– Je risque gros, au moins autant que vous, disait le marchand avec un fort accent tudesque. Si l'on m'avait vu près du convoi, pendant que vous faisiez vider le fourgon par deux soldats…

– Mais justement, ces soldats, il faut que je les paie ! Coupa violemment le sergent en frappant du pied.

– Vous les payez ? Ce n'est pas malin, ce sont vos hommes, ils vous doivent obéissance ! Vous leur dites de charger ou de décharger des caisses, c'est tout ! Ils n'ont pas à savoir pourquoi !

– Pardon ? Et si un officier leur demande quelque chose ? Et s'ils parlent avec d'autres soldats ? Ils peuvent me dénoncer ! Et je passe en Conseil de Guerre, et je suis bon pour être fusillé ! On est à l'armée, il y a des règles ! On ne rigole pas avec ! Ils sont venus chercher un petit pourboire, et avec ça, ils ne parleront pas !

– Mais il n'y a pas de danger ! On ne m'a pas vu ! J'ai l'habitude, vous me connaissez, non ?

– Justement ! Vous m'avez promis cinq francs pour les quatre sacs d'avoine, six pour la caisse de jambon, dix pour le sac d'argenterie, et vous ne m'en donnez que quinze…

– Pardon, pardon, je n'ai pas vu… attendez…

Dumas se tourna vers ses deux camarades et dit à voix basse :

– Vous avez entendu ? Ils volent l'avoine de nos chevaux, la nourriture et le butin, donc notre solde ! Nous allons les tenir tous, si les deux autres lascars viennent… Mais nous ne sommes que trois, attrapons déjà ces trois-là. »

Sortant de leur cachette comme des diables d'une boite, les trois amis sautèrent sur le brocanteur, son employé et le sergent qu'ils ligotèrent, bâillonnèrent et attachèrent à des arbres. Le sergent tremblait comme une feuille et pleurait comme un veau. Pour lui, il savait que ce serait le Conseil de Guerre, une mort infamante, fusillé, son nom rayé des listes de l'armée... Avant d'être bâillonné, il supplia, offrant tout son argent. Mais déjà Dumas lui avait vidé les poches, pendant que Carbonneau inventoriait le chariot et sortait une caissette pleine de pièces d'or. Il se mit à en partager le contenu en trois, mais Henri refusa tout d'abord.

– Eh, petit, ne sois pas bête, prends donc, tu t'en serviras pour payer l'avoine qu'il te vendra cinq francs le litre, en période de famine !

– Mais que faisons-nous du chariot ? demanda Henri, en se décidant à empocher l'argent.

– On l'envoie au camp, les copains se serviront. On ne va pas le décharger, non ? Et puis, ne soyons pas plus voleurs que les voleurs : c'est assez de l'être tout autant ! Toi qui es d'Auvergne, tu n'as jamais entendu dire qu'il faut deux juifs pour rouler un Auvergnat ? »

Henri se mit à rire et dirigea les mules vers le camp. Puis il les fouetta, et elles partirent au grand trot. Les hommes se poseraient des questions, mais se serviraient de toute façon. En temps de guerre, l'honnêteté est toute relative. Mais peut-on jeter la pierre à des soldats qui se sont fait trouer la peau pour un ou deux francs par jour, et ont permis à leur Empereur de conquérir l'Europe ?

On attendit un moment, mais les deux soldats, complices du sergent ne vinrent pas. S'étaient-ils méfiés, ou avaient-ils vu ce qui venait de se passer ? On décida de laisser les trois lascars attachés, cela leur apprendrait à vivre. On les relâcherait le lendemain matin… à moins que… Carbonneau était un peu inquiet, il craignait qu'ils ne soient victimes des miquelets. Henri proposa de les délivrer… Mais Dumas fut catégorique :

– Dites donc, quand nos chevaux crèveront parce qu'ils n'auront plus d'avoine, quand les hommes seront trop faibles pour se battre parce qu'ils n'auront plus rien à manger, par la faute de ces voleurs, Bieber vendra ses denrées à prix d'or à ceux qui auront de l'argent, les autres pourront bien mourir de faim, ou se faire voleurs à leur tour. Et pour ceux qui n'auront plus rien, les miquelets s'en chargeront ! Et vous savez comment ils traitent ceux qu'ils prennent, il n'y a pas de justice militaire chez eux. Alors ? On a fait des réserves, quant à eux, on verra demain, passer une nuit attachés les calmera !

– Oui… tu as peut-être raison, dit Carbonneau.

– Et comment ! Il ne faut pas avoir pitié de gens comme ça ! On peut profiter de la guerre aux dépens des ennemis, mais jamais à ceux de nos chevaux et de ceux qui les montent ! Nos chevaux, ce sont nos jambes et nos armes ! »

Ceci emporta la décision, les trois amis s'en retournèrent au camp en laissant leurs prisonniers attachés.

Fourneau dormit mal, il faillit se lever pour aller voir plusieurs fois, mais la campagne n'était pas sûre, il n'osa pas réveiller ses camarades. Dès l'aube, avant que l'on ne sonne la diane, les trois amis se rendirent au ravin. Les craintes d'Henri se trouvèrent justifiées, les trois prisonniers avaient été lardés de coups de poignard, on leur avait arraché les ongles, coupé la langue et le nez… Ce qui restait des vivres avait disparu. Ils coururent au cantonnement et expliquèrent au capitaine ce qu'ils avaient vu, en se gardant de dire que les voleurs avaient été attachés par eux. Des patrouilles se mirent à la recherche des miquelets, mais ne trouvèrent rien. Les sierras avaient comme avalé ces hommes.

IX. Une poule insolente.

Nous approchions de Noël, mais n'avions pas le temps de préparer la fête, ni même d'y penser. Nous étions en route vers Valence dont nous devions faire le siège. La ville était défendue par le général Joaquin Blake y Joyes, expliqua à Fourneau le capitaine Germot. Cet homme était à moitié espagnol, à moitié irlandais. Et il paraît qu'il ne faut pas confondre les Irlandais avec les Anglais. Enfin, bref, c'était un ennemi coriace, paraît-il.

Nous venions de traverser une campagne riante, verte, où les cultures étaient prospères, cela nous changeait des plaines arides et des chemins caillouteux entre les sierras. Mais ensuite, le siège fut rude. L'armée espagnole était forte de trente mille hommes, et leur général était un bon stratège. Le maréchal Suchet, qui nous commandait, attendit l'arrivée de renforts et nous cantonna sur les rives du fleuve Turia. Le siège commença le lendemain de Noël. Avec nous, il y avait des troupes italiennes qui attaquaient les Espagnols de front, pendant que nos troupes les encerclaient. Cela dura deux semaines, jusqu'à ce que Suchet ordonne le bombardement de la ville. Finalement, Blake capitula le 9 janvier, et nos troupes entrèrent dans la ville.

Celle-ci était ruinée, à moitié démolie, des décombres fumaient encore. Les habitants étaient visiblement à demi morts de faim, mais ils arboraient leurs plus beaux habits et toutes les maisons encore debout étaient pavoisées. En fait, notre victoire était un peu une délivrance pour eux, ils n'en pouvaient plus de ce siège, et ils avaient beaucoup souffert de la cruauté de leurs soldats qui les avaient pillés pour se nourrir, n'hésitant pas à massacrer les civils qui offraient la moindre résistance.

Heureusement, Henri, jamais à court d'idées, fouilla quelques maisons à moitié démolies et finit par dénicher un sac d'avoine. Hercule et moi fîmes honneur au repas.

En même temps, Dumas pénétrait dans une ferme abandonnée et se mit en devoir d'en fouiller tous les recoins. Le capitaine Germot passa à cheval, et entendit le cri d'une poule que l'on égorge. S'approchant, il vit le maître d'armes fourrer une volaille dans son bissac.

– Mais qu'est-ce que tu fais, Dumas ? Mais c'est une poule ! Ne t'embête pas, fais comme chez toi ! Tu n'en as pas assez avec les Espagnols, que tu massacres les volailles ?

– Mais, mon capitaine, répondit Dumas en portant la main à la visière de son casque, et en serrant bien fort la poignée du sac où il était parvenu à enfourner la bête, vous comprenez, elle me regardait de travers… pour sûr, elle se moquait de moi, un soldat ! Je ne peux pas laisser insulter un dragon français par une poule espagnole !

Le capitaine, désarmé, éclata de rire.

– Bon, ça va, passe pour cette fois. Je n'ai rien vu. Mais, à l'avenir, dans ton intérêt, si une poule espagnole te regarde, ou même si elle te dit quelque chose de déplaisant, regarde ailleurs, ou baisse la tête ! Sais-tu que pour ce même acte, un vol dans une basse-cour, le maréchal Augereau a fait fusiller un jeune sous-officier ? »

Dumas salua et baissa la tête, se retenant de dire quelque chose qui aurait pu passer pour une insulte. En effet, le Maréchal Augereau, tout Duc de Castiglione qu'il était, passait chez les soldats pour un chef pas bien honnête, qui ne dédaignait pas de remplir ses équipages de butin à chaque fois qu'il prenait une ville. Et je ne parle pas du Maréchal Soult, qui se servait largement en pillant châteaux et églises. Il avait même, paraît-il, vendu des tableaux de prix aux Anglais. Les lois de la guerre, disaient-ils. Bon, mais les soldats ne pouvaient-ils pas aussi en profiter ? Enfin, pour ce que j'en dis… je ne suis qu'un cheval, et mon cavalier savait me trouver de l'avoine.

Il y eut encore quelques batailles. Lors d'une charge, un lieutenant espagnol fonça sur le capitaine Germot. Celui-ci leva son sabre, mais une balle siffla et égratigna Hercule au front, assez pour qu'il trébuche et tombe, assommé. Comme Fourneau ne quittait pas son capitaine, je me trouvai nez à nez avec le cheval de l'ennemi. Henri était un excellent cavalier, mais un escrimeur de moyenne force, quoiqu'il fût d'un courage à toute épreuve. L'espagnol pointait sa lame et Henri se positionna en retard pour parer le coup. Mais votre serviteur avait prévu le coup. Je me cabrai, et la lame s'enfonça dans une sacoche de selle où elle fut coincée. Pendant ce temps, Henri plongea son sabre dans la poitrine de l'ennemi, qui roula sur le sol dans un flot de sang.

Je me dis que cette fois, Henri allait pouvoir avoir la croix. D'ailleurs, le capitaine la lui promit, devant témoins. Mais il avait l'air dubitatif, sans doute était-il un peu jaloux de ce que son soldat ait tué un officier à sa place. Mais c'était la chute d'Hercule qui avait provoqué la chose.

Peu de temps après, le capitaine reçut l'ordre de rejoindre, avec son escadron, le Treizième Dragons, caserné à Niort. Nous rentrions en France. L'armée anglaise, qui avait été combattue au Portugal par la cavalerie légère, avait rembarqué. La capitulation avait été signée.

Mais il ne faut pas croire que la guerre était terminée.

– Promesse de renard, massacre de poules ! » Avait dit Dumas, qui nous rappelait Bouquet par sa manie des proverbes.

X. Retour en France.

Notre retour ne fut pas de tout repos. Les habitants nous regardaient avec haine, gardaient des armes à portée de main et derrière chaque arbre, chaque rocher, pouvait se cacher un miquelet. Les moines excitaient les paysans et les partisans, et il n'était pas rare que des ennemis pénètrent dans nos campements et poignardent quelques soldats, avant de s'enfuir avec des vivres. Ils visaient de préférence les officiers, poignardaient l'homme puis se sauvaient à toutes jambes, silencieusement. Quand par hasard nous en capturions un, il restait muet ou enchaînait les signes de croix, se vantant d'avoir exécuté un envahisseur afin de gagner sa part de paradis en sauvant la Sainte Espagne.

Un jour, une bande se montra trop audacieuse et quelques bandits et leur chef, un personnage important, tombèrent entre nos mains. Le moine qui les commandait avait été trahi par un de ses miquelets, pour une question de récompense, et avait indiqué le lieu et le moment de l'attaque prochaine au capitaine Germot. Celui-ci avait mis Carbonneau, Dumas, Fourneau et trois autres cavaliers en embuscade derrière des rochers.

Après une longue attente, le chef des miquelets arriva, déguisé en cocher, conduisant une vieille voiture où étaient embusqués trois de ses hommes. Malgré le déguisement, Dumas reconnut le moine, et l'ordre fut donné de tirer. Une des mules s'écroula, et les partisans sortirent de la voiture, décidés à vendre chèrement leur peau. Mais notre escadron, qui se souvenait des supplices horribles que ces hors-la-loi avaient infligés à nos hommes, les massacra dans le passage. Le capitaine, lui, avait capturé leur chef, et était bien décidé à lui faire payer sa cruauté envers nos hommes. Il fit ligoter ses deux lieutenants sur la bouche d'un canon et le coup partir, déchiquetant les deux hommes. Puis, il fit de même avec le moine et son frère. Le bivouac était ensanglanté, l'odeur était insupportable. Je ronflais, je piétinais, ce n'était pas la même chose que de voir mourir des hommes dans une charge de cavalerie ou de supplicier des prisonniers, cela durait trop, l'ambiance était malsaine.

Pendant ce temps, les chefs continuaient à se montrer inflexibles sur la discipline, infligeant des corvées ou même frappant ou allant jusqu'à exécuter des soldats qui s'étaient endormis pendant leur garde ou avaient chapardé de la nourriture. Il fallait des exemples, paraît-il ! Eux ne se rendaient pas compte que les hommes étaient épuisés, affamés, par cette terre qui ne produisait plus rien. Un soir, un sergent d'infanterie qui était de garde, s'endormit et se réveilla en sursaut, criant « Aux armes ! Aux armes ! » Le malheureux avait été frappé de folie et avait pris un troupeau de bœufs pour la cavalerie ennemie.

Nous cantonnions souvent dans des églises, où nos soldats se livraient méthodiquement au pillage. Aussi étions-nous suivis de fourgons chargés d'objets précieux, qu'il fallait garder de la convoitise des miquelets. Nous essuyâmes combat sur combat, escarmouche sur escarmouche, tout au long du chemin du retour. Il n'y avait plus de vivres, les cavaliers en étaient réduits à manger les chevaux blessés, qu'ils partageaient avec l'infanterie. De plus, il pleuvait, les hommes couchaient sur une terre détrempée, et les blessés devaient être laissés dans les villes où il y avait des hôpitaux. Parmi les convois de blessés se cachaient des maraudeurs, et les fourgons remplis de butin allongeaient démesurément nos colonnes, plusieurs de ces voitures ne sortirent pas d'Espagne. Nous étions épuisés, car, en plus, une chaleur lourde alternant avec les orages rendait insupportables les étapes de quinze heures par jour sur des chemins escarpés. Dumas fit remarquer qu'il était heureux que les Espagnols, comme les miquelets, ne connaissent que la guerre d'embuscade, car, en plaine, ils auraient pu nous écraser.

Enfin, nous rentrâmes en France par un endroit appelé Roncevaux, où, d'après le capitaine, un guerrier avait autrefois ouvert la montagne d'un seul coup d'épée.

TROISIÈME PARTIE : LES CUIRASSIERS — La Campagne de Russie (1812)

I. Vers de nouveaux horizons.

Nous arrivâmes à Niort, mais eûmes à peine le temps de nous reposer, qu'il fallut repartir. L'Empereur préparait une guerre contre la Russie. Certes, la paix avait été conclue en 1807 à Tilsitt, mais le tsar Alexandre espérait intégrer la Pologne à son immense empire, et Napoléon avait créé le grand-duché de Varsovie en prenant des territoires à la Prusse et à l'Autriche et entendait bien que les choses restent en l'état. Il avait fait regrouper des régiments dans le Hanovre et en Westphalie, et le Treizième Dragons, dont nous faisions désormais partie, reçut l'ordre de gagner la ville de Brunswick, dans le Hanovre, où étaient formés les jeunes conscrits.

À la fin de la troisième semaine de marche, nous étions non loin de la ville de Clamecy. Ce fut là qu'un long clou pénétra dans mon pied postérieur droit, et je boitais si bas qu'Henri dut entrer dans la ville en marchant et en me tenant en main pour rejoindre notre cantonnement. Il prévint le capitaine, qui fit aussitôt appeler le vétérinaire, qui me déferra et constata les dégâts de ce morceau de fer qui avait presque atteint l'os du pied. De plus, le clou était rouillé, et avait en peu de temps causé un bel abcès. Le praticien dut m'entailler la sole pour le retirer, et gratter la partie abîmée. Ils durent m'attacher avec des chaînes pour pratiquer l'opération, et Henri, qui n'était pas particulièrement sensible, avait les larmes aux yeux en m'entendant hennir, ou plutôt hurler. Mais il me maintenait fermement la tête, afin que les choses aillent vite. Enfin, le vétérinaire fit un pansement à l'eau vinaigrée et introduisit dans le trou un tampon enduit de graisse, et apprit à Henri que je ne pourrai pas travailler avant deux mois, sous peine de ne pas finir une seule étape.

Le capitaine Germot réfléchit. Allait-il me laisser à la garde d'un autre cavalier et donner un autre cheval à son ordonnance ? Ou bien allait-il me laisser à la garde de mon fidèle compagnon et nommer un autre brosseur ? L'officier était bon, aimait ses chevaux et s'était rendu compte de l'attachement que nous nous portions, Henri et moi. Aussi décida-t-il de prendre un autre ordonnance et de me laisser avec Fourneau. Nous rejoindrions le régiment quand je serai guéri. Un couple cavalier-cheval bien entraîné et courageux, cela est plus utile, et doit être ménagé. Il demanda son avis à Henri, qui se retint pour ne pas laisser éclater sa joie, tout en regrettant de devoir quitter le capitaine pour qui il avait le plus grand respect. Il conseilla à son capitaine de le remplacer par le vieux Dumas, qui était de bon conseil et appréciait cette fonction. Le capitaine approuva, et Dumas entra aussitôt en fonction, après qu'Henri l'eût mis au courant des habitudes de son chef.

Le lendemain matin, je vis partir mes camarades qui s'ébrouaient joyeusement, faisant retentir les pavés de la petite ville de leurs fers, comme s'ils narguaient mon immobilisation forcée. Mais Henri sut trouver les mots :

– Ne t'en fais pas, mon bon Nestor, je vais bien te soigner ! En moins de six semaines, nous les aurons retrouvés !

Et il ajouta, malicieusement :

– Dis donc, tu crois que l'Empereur se risquerait à partir en campagne sans s'être assuré que nous faisions partie de son armée ? »

Nous étions logés chez un gros fermier de Clamecy, Monsieur Buffet, dont la fille, une superbe blonde, n'avait pas tardé à produire une vive impression sur mon ami. Celui-ci, au bout de cinq années de campagne, était devenu un superbe dragon aux larges épaules, à la physionomie énergique, et qui soignait ses favoris bien taillés et sa moustache blonde qu'il retroussait crânement. Son allure créait parfois des jalousies chez certains officiers moins bien dotés par la nature. Il était le type même du soldat de la Grande Armée, le symbole de ceux que l'Empereur menait chaque jour sur la route de la gloire.

On lui prêtait ça et là quelques aventures, toutes passagères, et jamais il n'avait senti le besoin de se fixer quelque part. Mais là, je me rendis compte que je ne serais plus le seul à posséder son affection.

Au bout de deux semaines, j'étais dans l'écurie, je contemplais mes jambes, un peu tarées de suros et de molettes[21], et douloureusement je soulevais ma jambe malade, dont le sabot était enveloppé de bandes de toile afin qu'il ne touchât pas le sol. La porte s'ouvrit, et je vis entrer Mademoiselle Buffet, suivie d'Henri qui venait me donner ma ration. Il était en tenue de repos, mais avait gardé son bonnet crânement posé de côté sur l'oreille. La demoiselle était vêtue d'une robe légère toute simple, et ses cheveux blonds, très épais, auréolaient son visage dans la lumière.

Elle avança prudemment, ne me connaissant pas, en personne qui savait se méfier des animaux dont on ne connaît pas les réactions, mais Henri avança franchement et me caressa l'encolure.

– N'ayez pas peur, Mademoiselle Adrienne ! Si vous saviez comme il est gentil !

Puis, s'adressant à moi :

– Hein, mon vieux Nestor, tu es un brave et fidèle camarade, tu es gentil avec les gens qui s'occupent de toi ?

----

[21] Les suros sont des inflammations osseuses, situées généralement sous le genou ou le jarret. Les molettes sont des grosseurs causées par un épanchement de liquide synovial sur les boulets ou le pâturon. Les tares sont généralement causées par un défaut d'aplomb — ce qui ne semble pas être le cas de Nestor — ou par un travail dur, nécessitant un effort soutenu.

En réponse, je me penchai et lui léchai les mains. Henri prit dans sa main celle de la jeune fille et la fit avancer près de moi. Je compris son intention, et léchai simultanément sa main et celle de son amie, puis frottai ma grosse tête contre leurs épaules.

– Tenez, voyez-vous, lorsque j'ai un chagrin, une déception, une angoisse, je viens trouver mon bon Nestor, je l'embrasse, et avec lui j'oublie tout de suite mes misères et les tristesses du métier.

– Comme il paraît affectueux ! dit la jeune fille, je comprends que vous l'aimez ! Dites, il lèche beaucoup, aurait-il besoin d'une pierre à sel ?[22]

– Oui, c'est vrai, je n'ai pas pensé à lui en donner une. Depuis longtemps, nous sommes toujours sur les chemins, il est rarement en box, mais j'ai souvent une pierre dans mon paquetage. Je vais m'en procurer une.

– N'en faites rien, je vous en donne une, nous en avons pour les chevaux de trait et pour les vaches. Je peux bien vous aider à soigner votre fidèle compagnon d'armes.

– Je vous remercie, Mademoiselle, c'est bien mon plus fidèle compagnon. Si vous connaissiez sa vigueur, son endurance, sa vitesse et comme il est courageux au combat ! Ah, sans ce maudit accident !

La jeune fille rougit et son visage refléta la tristesse.

– Cet accident… certes, votre pauvre cheval en souffre, mais sans cela, comment m'auriez-vous connue ?

– C'est vrai ! murmura Henri. Puis il reprit : « Mais il souffre, mon bon Nestor !

---

[22] Le fait de lécher pour un cheval traduit généralement un manque de sel.

– Nous le guérirons, à nous deux ! dit Adrienne.

– Mais, quand il sera guéri, je devrai repartir, quitter la maison de votre père où je fus si généreusement accueilli, vous quitter, Mademoiselle Adrienne, vous qui m'avez fait entrevoir un autre avenir que celui de sabreur... Je commence à ne plus tant aimer ce métier, auquel je tenais avant de vous connaître !

– Mais non ! Vous n'avez pas à maudire votre métier de soldat ! Sans votre retour d'Espagne, sans cet accident, nous ne nous connaîtrions pas !

– Certes, mais maintenant, mes brillantes charges à Iéna, Eylau, Wagram, les combats dans les sierras espagnoles, la prise de Valence, ont moins d'importance pour moi... Dire que pendant tout ce temps, j'ai galopé, avec Nestor, sus à des ennemis, des hommes que je pointais au bout de mon sabre, et des hommes que j'aurais peut-être appréciés, avec qui j'aurais pu être ami...

Il se tut un instant, Adrienne ne répondit pas. Puis il reprit :

– Ma seule consigne, tuer, massacrer des hommes, qui peut-être ont dans leurs pensées un visage comme le vôtre, qu'ils ne reverront peut-être jamais... Bien, j'ai une campagne à faire, je dois l'accomplir, je dois faire mon devoir. Mais, si Dieu veut que j'en réchappe, tout de suite, je rachète un remplaçant et j'accours près de vous.

– Je vous attendrai, soyez-en sûr. De loin, je suivrai vos étapes, vos combats. J'aimerais que mon souvenir vous protège des dangers de la guerre !

– J'en suis sûr. Je veux pouvoir revenir, et vous jurer fidélité.

– Merci, Henri, je prierai pour vous. Mais pourquoi les hommes ont-ils tant besoin de se faire la guerre ? Pour des motifs souvent futiles... »

Je n'entendis pas la fin, Henri et son amie s'étreignirent brièvement et sortirent de l'écurie. J'étais un peu triste, et machinalement, je me mis à grignoter la paille, sans appétit.

II. Prendre une décision.

Dans l'écurie de Monsieur Buffet, à côté de moi, une grosse jument qui servait au labourage et aux divers travaux de la ferme mangeait paisiblement une botte de foin qui sentait très bon. C'était une bête vigoureuse, d'environ huit ans, de robe gris pommelé, avec une crinière coupée court, mais épaisse. Elle était douce et gaie. Nous n'étions séparés que par un bat-flanc, et, tous les soirs, Liza — c'était le nom de la jument — passait la tête par-dessus la séparation et frottait sa grosse tête contre mon crâne cabossé par les horions et les coups de sabre. Nous passions ensemble de bons moments : elle me racontait sa vie, qui était simple et heureuse, comme l'aurait été la mienne si les officiers n'étaient pas venus à Saint-Flour, et quant à moi je lui narrais mes batailles, mes chevauchées, mes nuits de bivouac... Nous passions de bonnes soirées.

Deux fois par jour, Fourneau venait me panser et soigner mon pied malade, puis, lorsque le soleil déclinait le soir, il me conduisait à la rivière où je pouvais pendant un moment délasser mes jarrets engorgés. La nourriture était abondante, la litière épaisse et odorante, l'écurie spacieuse, et je ne travaillais pas, car je boitais toujours. Du coup, je grossis du poitrail et de la croupe, mais mes canons et mes boulets, peu faits à une telle inaction, et supportant de plus en plus de poids, se gonflaient de synovie.

Le vétérinaire de Clamecy me visitait deux fois par semaine, selon les instructions qu'il avait reçues du colonel. C'était lui qui devait signer notre ordre de départ, quand il me trouverait en état de reprendre du service.

Pendant ce temps, Henri, qui avait demandé Mademoiselle Adrienne en mariage, aidait ses futurs beaux-parents dans les travaux de la ferme. Il labourait, ensemençait, fauchait, engrangeait, retrouvant les gestes de sa jeunesse dans la ferme paternelle. S'il n'avait tenu qu'à lui, il aurait de suite quitté l'armée, pour rester à la ferme, mais il était inscrit sur les listes pour la campagne de Russie, et, pour se dédire, il lui fallait payer un remplaçant. Or, vu les précédentes hécatombes, les candidats étaient rares, et les quelques hommes que l'on trouvait réclamaient des sommes considérables.

– Bon, se disait-il, après la campagne, ils seront moins exigeants, et comme il n'y a pas de raison pour que je n'en réchappe pas, c'est tout au plus l'affaire d'une petite année ! Et je peux y glaner un peu d'argent ! »

Toute la famille s'était entendue pour s'arranger à compléter la somme nécessaire au rachat du dragon, dont les noces seraient célébrées dès son retour, Monsieur et Madame Buffet le considéraient comme leur enfant, et l'avaient présenté à tous leurs parents et amis du voisinage.

Au bout d'un mois et demi, je commençai à poser le pied par terre. Henri, qui n'oubliait pas ses devoirs de soldat, me promena dans la campagne, doucement, un peu plus chaque jour. Il me prenait pour confident de son bonheur, me disant :

– J'aime, mon vieux camarade ! Et je suis aimé ! Je vois le soleil sur ma route et dans mon cœur ! »

Souvent, Mademoiselle Adrienne le rejoignait à un endroit qu'ils s'étaient fixé auparavant, et pendant que je broutais, ils ébauchaient des projets d'avenir, et s'embrassaient… Enfin, ils faisaient ce que font les humains qui ne sont jamais tranquilles avec ces choses, et aussi les chevaux que l'on avait gardés « entiers » — ils disaient ainsi — pour la reproduction, qui hennissaient, se cabraient, mordaient les autres dès qu'une jument un peu gaie était dans les parages.

Étant hongre[23], j'étais bien content de n'avoir pas à supporter ces énervements, même si l'opération m'avait fait un peu mal. Mais j'étais jeune, c'était avant que l'on ne commence mon dressage, on avait dit que je risquais d'être dangereux, que l'on ne connaissait pas bien mes origines, et que de toute façon je n'étais pas de pure race. Une mère anglo-normande, mais sans papiers, un père cheval d'Auvergne, cela n'était pas « dans les registres », disaient-ils. Les hommes sont compliqués, avec leurs règlements. En attendant, j'allais de mieux en mieux. Le vétérinaire déclara que dans une quinzaine de jours, je pourrais reprendre la route, il dit à Henri qu'il fallait me faire ferrer à la fin de la semaine.

Quoiqu'il sût depuis le début qu'il devait repartir, mon ami eut de la peine. Mais, comme il n'y avait pas à discuter un ordre, il fut content de recevoir une lettre qu'il fit lire par Adrienne. Il avait l'habitude de faire écrire au curé de son village afin qu'il donne des nouvelles à ses parents, et sa dernière lettre leur avait appris ses engagements avec Mademoiselle Buffet ainsi que ses projets. Le curé s'était chargé de la chose et lui avait écrit en retour, sous la dictée de ses parents. Ceux-ci étaient assez peinés de ne pas pouvoir le revoir, et sentaient bien qu'ils vieillissaient, ils auraient souhaité qu'il revienne reprendre la ferme, la maison où était mort son grand-père, où lui-même était né... Ils étaient contents tout de même qu'il ait choisi une jeune fille du même métier, la terre, c'était la vie. Henri leur avait dit qu'à son retour, il les ferait venir au village et qu'ils vivraient avec lui, ils n'avaient qu'à vendre la ferme et la vache, le métier de la terre était le même partout. Mais, bien que la lettre fût écrite

---

[23] Un hongre est un cheval castré. La plupart le sont, on ne garde un étalon que s'il doit servir à la reproduction, donc s'il a des papiers afin de conserver la race, ou de faire un croisement. L'armée achetait uniquement des juments et des hongres, les entiers ayant souvent trop de caractère.

par le curé, et qu'elle fût lue par Adrienne, Henri sentit bien que ses parents étaient tristes de ne point l'avoir auprès d'eux. Ils n'avaient pas d'autres enfants, deux étaient morts en bas âge et il était le seul soutien de leurs vieux jours. Il souhaita pouvoir les revoir après la campagne. C'était la dernière, il en était sûr !

Arriva le jour du grand départ, Henri me sella. Avant de mettre le pied à l'étrier, il s'approcha d'Adrienne, la serra dans ses bras. Aucun ne dit un mot, tout était dans leurs regards. Monsieur Buffet arriva avec une bouteille, la fermière essuya ses yeux rougis et l'on trinqua sans mot dire. Auparavant, j'avais salué la brave Liza qui aurait bien aimé me suivre aussi… Le prestige de l'armée et le goût de l'aventure !

III. En route vers la Grande Armée.

La première étape fut rapide et courte, car mon cavalier ne voulait pas me fatiguer, il fallait que je reprenne l'habitude des longues étapes. De plus, ma ferrure serrait un peu mon pied, il fallait la rectifier. Ce fut fait à Avallon, puis nous continuâmes notre route par Semur, Langres, Vaucouleurs, Lunéville, Strasbourg, Karlsruhe, Francfort, Kassel et Brunswick. Dès la deuxième étape, je ne pensais plus à ce maudit clou, et mes pensées voguaient entre Henri et ma bonne camarade Liza. Je trottais allègrement, impatient de revoir mes anciens camarades d'Espagne, cantonnés dans le Hanovre. J'étais très heureux, d'autant plus que je réalisai que ces mêmes camarades devaient trottiner en manège en dressant les conscrits, la bouche martelée de « coups de sonnette » par leurs mains malhabiles et les flancs labourés de coups d'éperon mal placés, et je ne pouvais m'empêcher de bénir le sort qui, en risquant de m'estropier, m'avait fait éviter cette corvée. De plus, tout le long du chemin, les habitants furent très aimables avec nous, d'autant plus que Fourneau se mettait en quatre pour aider dans les travaux des champs les cultivateurs chez qui un billet de logement l'envoyait passer la nuit.

Nous arrivâmes à Brunswick à temps, le régiment se préparait à partir, et le capitaine Germot venait d'être nommé chef d'escadron au Neuvième Cuirassiers. Fourneau, tout heureux, courut le saluer. Le nouveau commandant fut très heureux de le revoir, il me caressa en complimentant mon cavalier pour ses bons soins, et il lui demanda s'il voulait le suivre, en qualité de première ordonnance, dans son nouveau régiment. Henri accepta avec joie, d'autant plus qu'il emmenait également Dumas, notre vieux compagnon d'Espagne. C'était une chance : les anciens de la campagne d'Espagne étaient presque tous passés dans les autres escadrons pour y encadrer les conscrits, aussi ne voyait-il que des visages inconnus.

Nous rejoignîmes notre régiment à Wolfenbüttel, tout près de Brunswick. Je retrouvai avec plaisir Hercule, la monture préférée du commandant, et fis connaissance avec Ajax, le cheval de Dumas. Le commandant avait aussi emmené deux chevaux de rechange, Diane, une jolie jument alezane dont le seul défaut était de trottiner, et Saxon, un cheval hanovrien acheté sur place, solide, musclé et endurant, mais qui avait la ruade facile et un tempérament querelleur. Je me méfiai de suite de ses réactions, d'autant plus qu'il n'était quasiment pas dressé.

Ajax, le cheval de Dumas, tiquait à la mangeoire[24], ce qui obligeait son cavalier à lui mettre un collier serré derrière les oreilles, ce qu'il n'aimait pas faire. Mais ce cheval était magnifique : un puissant mecklembourgeois d'un noir de jais — j'en étais presque jaloux — avec des allures magnifiques, mais qui avait également le défaut d'être un peu cornard[25] : quand il galopait, ses naseaux faisaient un bruit terrible, on aurait dit une canonnade.

Le régiment était formé d'hommes de bonne taille, qui avaient beaucoup d'allure. Henri, qu'auparavant on trouvait grand, était plutôt dans la moyenne. La plupart étaient jeunes,

---

[24] Un cheval « tique à l'appui » ou à la mangeoire quand il appuie ses incisives contre un rebord et émet un bruit de déglutition, un peu comme un rot. Ce faisant, il use prématurément ses dents. Mettre un collier juste derrière les oreilles a longtemps été utilisé comme solution, du moins elle supprime l'effet, mais la cause en est souvent un problème digestif, ulcère ou autre.
[25] Le « cornage » est causé par la paralysie de muscles du larynx, ce qui fait que le cheval ne respire pas assez, s'essouffle, et produit en respirant un bruit de « cor de chasse », ou de ronflement. De nos jours, cette paralysie peut dans les cas graves être opérée.

mais solidement encadrés par des soldats expérimentés, que l'on appelait les « vieilles moustaches ». Les chevaux étaient en général originaires du Hanovre ou du Mecklembourg, grands, solides et même un peu gras, les pâturages locaux offrant une excellente nourriture.

Henri dut s'entraîner à porter la cuirasse. Celle-ci lui allait fort bien, mais il avait quelque difficulté à manier son sabre et à le sortir du fourreau. Il finit par s'y habituer et, au bout de quelques étapes, il était devenu un cuirassier expert.

L'ordre était venu de partir pour la nouvelle campagne, nous traversâmes le Hanovre, la Prusse et la Pologne, avant d'arriver au Niémen, où toute l'armée se rassembla avant de se diriger vers Moscou. L'armée comprenait plus de quatre cent mille hommes, disait le commandant. Je ne me rendais pas compte de ce que cela pouvait représenter, mais cela faisait beaucoup.

IV. Le passage du Niémen.

Le lendemain, fanfares et roulements de tambours vinrent mettre un terme à l'impatience générale. Nous fûmes rangés en colonnes et, le génie ayant construit des ponts, nous dûmes traverser le fleuve. Ces ponts nous impressionnaient : ils étaient formés de planches qui oscillaient, flottaient au gré des mouvements de l'eau. Notre groupe avait à peine posé le sabot sur ces planches qu'un coup de tonnerre éclata et qu'un gros orage s'abattit sur nous. Un certain nombre de nos camarades, apeurés, sautèrent à l'eau, entraînant leurs cavaliers qui avaient du mal à se dégager à cause de leur armement et de leurs cuirasses, certains se prirent les jambes dans des herbes et se noyèrent.

Ce fut à partir de ce moment que Fourneau me parut envahi par un lugubre pressentiment. Il serra mes flancs de ses jambes et me caressa l'encolure en disant :

– Ne bouge pas, mon vieux Nestor, reste calme ! Mais l'affaire s'annonce mal !

– Tiens, toi aussi ? On est d'accord ! dit Dumas, secouant la crinière de son casque. En plus, le patelin est pauvre, on fait des lieues et des lieues sans voir un village ni même une chaumière, et on est nombreux !

– Je crois qu'il va falloir nous serrer la ceinture, et économiser les vivres ! répondit Henri. Je suis passé par ici, pendant la campagne de Prusse, j'ai crevé de faim du côté d'Eylau.

Puis, à moitié en aparté, il marmonna :

– Je crois que, cette fois, je vais y rester !

– Moi, ça m'est égal, dit le vieux Dumas, qui semblait indifférent à tout. J'ai pas de pays, mes parents, je ne les ai jamais connus, j'ai grandi à la va-comme-je-te-pousse, je vis où je me trouve, je n'aime personne, à part peut-être mon cheval, je ne sais pas ce que c'est que l'amour ou le bonheur. J'ai longtemps espéré que je les trouverai, ça n'est jamais venu. Si ça arrivait maintenant, je serais déçu de ne pas les avoir connus plus tôt, je suis trop vieux ! Alors, je suis content quand j'ai appliqué quelques bons coups de sabre, bien tué des ennemis, ou si j'ai fait des expéditions qui rapportent un petit bénéfice. La gourde pleine et un beau cheval, voilà ! »

Telle fut la profession de foi du parfait cavalier, brave, mais désenchanté et pillard. Henri soupira, et soudain, pris d'une pensée douloureuse, il retint deux grosses larmes qui allaient jaillir de ses yeux.

– Eh ben dis donc, petiot ! Du chagrin maintenant ? Une amourette ? Ou une passion sérieuse ?

Un instant passa, et le vieux reprit :

– Ah oui, je sais ! À Clamecy ! Eh, ho, courage, tu la reverras, ta bien-aimée, je serai même témoin à ta noce, et tu lui feras beaucoup de jolis petits hussards ou cuirassiers !

Henri secoua la tête, puis ravala sa salive et se redressa :

– Tu as raison, père Dumas ! Prête-moi ta gourde tant que nous ne mourons pas de soif !

Il but une bonne lampée sous l'œil attendri de son camarade, puis il m'amena près d'Ajax.

– Oui, mon vieux, si je viens à mourir, tu pourras aller lui dire que ma dernière pensée fut pour elle.

– Idiot ! T'en as pas fini avec tes bêtises ? Raconte-moi ton histoire, mais du courage, que diable ! Si ta demoiselle te voyait en ce moment, elle aurait une mauvaise opinion de son beau cavalier ! »

Du coup, Henri se calma et raconta son histoire à son camarade tout le long du chemin, sa rencontre avec Adrienne, les soins que tous deux m'avaient donnés, ses promenades dans la campagne, sa demande à ses parents, les travaux des champs, la lettre de ses parents... Nous approchions de Kowno [26], mon Henri parlait toujours de Mademoiselle Adrienne. Cela continua le lendemain, alors que nous étions en vue de Wilna[27], il racontait ses projets d'avenir à Clamecy.

Les choses se gâtaient. Il n'y avait plus rien à manger, le pays était épuisé et ruiné par l'armée russe qui brûlait tout sur son passage afin d'épuiser les ressources de l'ennemi. Pour nous, les chevaux, on nous trouva un peu d'avoine retrouvée dans une ferme incendiée, mais elle sentait si fort le brûlé qu'aucun d'entre nous n'y toucha. Nous marchions, sans rencontrer l'armée russe, nuit et jour : dans cette région, l'été, le soleil se levait très tôt, le jour était très long.

Les Russes s'enfuyaient à notre approche et toujours leur armée incendiait les maisons. Elles étaient en général bâties en planches goudronnées, aussi brûlaient-elles facilement, tout comme les forêts de pins qui avaient pris feu à leur tour, le vent ayant fait s'étendre les brasiers. Nous, les cuirassiers, étions réservés aux grandes charges, aussi n'avions-nous qu'à avancer, ce qui n'était pas le cas de la cavalerie légère à qui était dévolues des missions de reconnaissance. Mais, comme les routes étaient très sèches et poussiéreuses, en plus d'être enfumées par les incendies, nous avancions dans un épais nuage de poussière, les hommes distinguant tout juste les cavaliers qui les précédaient, et étant souvent obligés de fermer

---

[26] Kowno : nom polonais de Kaunas, en Lituanie.
[27] Wilna : nom allemand de Vilnius, capitale de la Lituanie.

les yeux. Heureusement, nous, les chevaux, pouvions de par la disposition de nos yeux et de nos paupières voir suffisamment pour avancer sans trébucher trop.

Le jour, nous supportions une chaleur torride, le soir, le froid tombait, il y avait même des gelées, en plein mois d'août. Et bientôt, un vent venu de l'est, de cette Sibérie que l'on disait si inhospitalière, s'éleva, nous engloutissant dans une trombe de pluie et de neige. Nos cavaliers, couchés sur le sol, étaient complètement engourdis au réveil, ne parvenant plus à boucler leur armement ni à seller leurs chevaux. Henri grelottait, Dumas jurait, toussait, et nous, les chevaux, trébuchions à chaque pas, les membres raidis. Ajax traînait les pieds, Diane n'avançait pas et tremblait, Hercule posait laborieusement un pied devant l'autre. Seuls, en tête, Saxon et moi marchions à peu près normalement, du moins quand le sol n'était pas trop glissant et quand la neige boueuse n'était pas trop épaisse, et tirions sur les rênes, nous avions envie de trotter pour nous réchauffer, mais nos cavaliers nous maintenaient à grand-peine de leurs doigts engourdis de froid. Plusieurs chevaux et plusieurs hommes manquaient à l'appel, morts de froid à l'endroit où ils s'étaient couchés pour dormir. Après cette étape, les officiers firent le point : la cavalerie perdait dix mille hommes et autant de chevaux. Dumas, l'apprenant, courut en avertir Fourneau. Cette campagne commençait vraiment mal. Fourneau, toujours pratique, déclara :

– C'est comme à Eylau, il faut que nous nous procurions de la bonne eau-de-vie, pour tenir. Sinon, cet hiver qui arrive nous achèvera plus vite que les canons russes !

– Ben tiens ! rétorqua Dumas, ils doivent compter là-dessus, eux, ils connaissent leur pays ! Mais bon, laisse faire, le Petit Caporal n'est pas si naïf ! » Le maître d'armes avait confiance en son Empereur.

Le lendemain, nous fûmes témoins d'un fait qui nous révolta nos cavaliers. Le Maréchal Davout avait donné des consignes très strictes contre le maraudage, tout soldat, quel que fut son grade, surpris à voler était passible du peloton d'exécution. Un jeune Maréchal des Logis de dragons, mourant de faim, avait dérobé quelques vivres dans une ferme, et le paysan avait couru trouver le maréchal pour le dénoncer. Il se trouve que des hommes purent traduire ses plaintes, et le maréchal fut inflexible, le voleur fut condamné à être fusillé par son propre peloton, malgré l'intervention du colonel et d'autres officiers qui connaissaient cet homme et le tenaient pour un soldat loyal et courageux. Le Maréchal avait ordonné, l'ordre devait être exécuté. Le sous-officier eut une expression de dédain quand on voulut lui bander les yeux, et il commanda lui-même le feu qui l'abattit.

Nous étions en campagne, tous les hommes étaient épuisés, aussi ne réagirent-ils pas trop. En temps normal, il y aurait eu des démissions, et des officiers auraient couru trouver l'Empereur. Mais, si plusieurs en eurent l'idée, la chose ne se fit pas. Il fallait avancer vers Moscou. Nous nous traînions, les vivres n'arrivaient pas, les hommes déterraient des racines pour parvenir à se nourrir quelque peu, et nous, les chevaux, grattions la neige pour trouver un peu d'herbe dessous.

– Quelle engeance ! Parvint à articuler Dumas. Si seulement nous avions quelques coups de sabre à donner ! Ça réchauffe, la bataille ! »

V. Le Dniepr.

Nous continuions notre avancée, dans ce pays boueux où alternaient une chaleur insupportable et un froid glacial, sans rencontrer les Russes qui laissaient toujours derrière eux des masures et des récoltes incendiées. De temps en temps, une estafette passait pour prévenir Murat que les cuirassiers auraient peut-être à charger. Pleins d'espoir, tout le monde se formait en bataille, mais à chaque fois, l'espoir d'une bonne rencontre était vain, les Russes avaient disparu. Et les hommes remettaient le sabre dans le fourreau, et nous nous reformions en colonne de marche.

Une ou deux fois, nous voyions passer Murat, que nous reconnaissions tous à son costume chargé de décorations et de chamarrures, criant :

– Allez, mes gros frères[28] ! Chargez-moi ces canailles ! »

Mais la canaille en question disparaissait à notre approche, nous ne voyions plus qu'un tourbillon de poussière.

Enfin, le 25 juillet, près d'Ostrowno[29], nous vîmes les éclaireurs et les patrouilleurs se rabattre de part et d'autre de notre division : une armée russe était en vue. Murat hurla « Enfin ! » et commanda la charge. Nous repoussâmes les Russes, mais, après la bataille, le commandant Germot nous apprit qu'une bonne partie de l'armée russe, dont le chef s'appelait Barclay de Tolly — oui, sa famille était d'origine écossaise — s'était repliée vers Smolensk. Au bivouac, les soldats se plaignaient, râlaient, grognaient, affamés et fatigués qu'ils étaient. Mais Murat visitait les campements avant d'aller

---

[28] Surnom donné aux cuirassiers : « Les gros frères » ou « les hommes de fer ».

[29] Ostrowno, de nos jours Astrouna, en Biélorussie, près de Vitebsk.

se reposer, se montrant pour remonter le moral de ses troupes, remarquant les plus petits détails, il était le dernier à se reposer et le premier levé. Germot l'admirait beaucoup « On a un vrai chef ! » disait-il.

Avec Hercule, Diane, Ajax et Saxon, nous devisions sur nos exploits à venir, tandis que nos cavaliers fumaient des pipes bourrées d'herbes sèches, faute de tabac, et toussaient à qui mieux mieux.

Le boute-selle sonna, et nous étions en ligne, prêts à en découdre. Du côté des Russes, on entendait des roulements de tambour et le canon se mit à tonner. Nous vîmes s'avancer les grenadiers russes, qui traversaient un marais qui nous séparait. L'artillerie dirigea le feu vers eux, il ne resta bientôt plus que des cadavres, toujours debout dans la vase épaisse. À cause du terrain, nous ne pouvions charger et nous restâmes sur place, subissant le feu de l'artillerie russe. Un boulet toucha Saxon, le commandant se dégagea habilement, et Dumas lui amena Diane. Un autre boulet pulvérisa la tête de mon infortunée compagne, et atteignit un cuirassier.

Dumas jura, et amena Ajax qui piétinait. Il le caressa :

– Allez, à toi, mon vieux ! Si tu flanches, je rends mes galons ! Regarde, c'est le maréchal ! »

En effet, Murat arrivait au triple galop, et il nous entraîna derrière lui. Nous nous rangeâmes en ligne, une ligne interminable sur la plaine immense et au commandement, nous chargeâmes.

En face de nous, les lanciers brisèrent leurs lances sur les cuirasses de nos cavaliers, tandis que ceux-ci les clouaient sur les arçons de leurs selles. Mais nous vîmes arriver ensuite leurs cuirassiers, des géants montés sur d'énormes chevaux. Heureusement, une division vint nous prêter main-forte, remplissant les vides causés par l'ennemi. Henri se trouva face à un colosse à barbe rousse, dont le sabre était rougi jusqu'à la garde. Mon cavalier serra mes flancs de ses jambes et fonça. Le sabre du cavalier s'abattit sur son casque, mais il sut le faire dévier. Je fléchis, puis pris mon élan et bondis sur le cheval du russe. Dumas était à côté et voulut lui porter secours, mais Ajax glissa et roula par terre. Heureusement, Henri parvint à planter son sabre dans le ventre du géant, mes sabots déséquilibrèrent son cheval qui tomba, faisant se briser le sabre d'Henri. Il sauta à terre, aida Dumas à se dégager et s'empara du sabre d'un officier russe qui était coincé sous son cheval. Dumas s'empara du cheval du géant, un beau pur-sang noir, et attrapa aussitôt après un bel alezan qui galopait sans cavalier.

– Et de deux ! Mon brave Ajax, tu peux prendre ta retraite ! »

Il ne croyait pas si bien dire ! Le cheval noir, d'une action puissante, rua et brisa la jambe de mon compagnon. Ajax hennit, hurla plutôt, mais resta debout, l'os brisé, la jambe ne tenant plus que par les chairs pendillant, et clopina en tendant sa tête vers le vieux cavalier.

– Mon pauvre vieux ! Dit Dumas, des yeux de qui jaillirent deux grosses larmes. Il embrassa son cheval, sortit un pistolet de ses fontes et, fermant les yeux, lui donna le coup de grâce en sanglotant presque. Ajax tomba, délivré. Dumas le dessella et mit la selle sur l'alezan. Il ne manqua pas de vider le paquetage de l'officier russe, qui était garni de viande froide et d'eau-de-vie. Henri sabra encore quelques Russes, avant que leurs trompettes ne sonnent la retraite.

La victoire nous avait coûté cher : des trente-deux chevaux du peloton, nous n'étions plus que dix-huit. Parmi les cavaliers, nombre de jeunes recrues gisaient transpercées par les lances ennemies, plusieurs sous-officiers étaient morts ou hors de combat. Le bivouac eut lieu sur le champ de bataille. Il fallut enterrer les morts, emmener les blessés vers les tentes des chirurgiens. Henri et Dumas s'étaient munis de faucilles pour couper les moissons abondantes des environs, tandis que d'autres récupéraient de l'avoine chez les Russes. Elle n'était pas très bonne, trop sèche, mais abondante. Les cavaliers, eux, dégustèrent des rôtis de cheval. Affamés qu'ils étaient, ils n'allaient pas faire la fine bouche ! D'autant plus que Dumas avait récupéré de la bonne eau-de-vie. Je ne leur en voulais pas, d'autant qu'ils s'étaient d'abord occupés de nous soigner, de nous abreuver et de nous nourrir, prenant soin d'eux-mêmes ensuite. Également, ils inventorièrent les paquetages des Russes et cousirent diverses choses dans les doublures de leurs vestes.

Le soir même, j'avais fait connaissance avec le grand cheval noir, qui s'était avéré un bon camarade, malgré sa férocité au combat. Le commandant Germot apprécia et remercia chaleureusement Dumas. On baptisa ce cheval Saxon II, en souvenir du fidèle compagnon mort. L'alezan, lui, qui devait avoir un nom russe, fut appelé Pylade, Dumas ne savait pas pourquoi, mais il avait entendu ce nom et le trouvait approprié. Germot rit franchement :

– Pylade ? Alors, essayez de prendre Oreste, la prochaine fois !

– Oreste ? C'est qui ? Un officier de cosaques ? Alors, mon commandant, vous me montrerez qui c'est, je vous promets une belle passe d'armes !

– Mais non, mon bon Dumas ! Oreste était un héros de l'Antiquité, le fidèle compagnon de Pylade ! Vous appellerez ainsi le cheval qui remplacera Diane.

– Ah, bon ! Si c'est un cheval, pas une jument ! Bon, mon commandant, je vous en amènerai un fameux, promis ! »

Ce fut une marche forcée, vers le Dniepr, ce fleuve mythique — ainsi l'appelait le commandant, il s'était autrefois appelé le Borysthène dans l'Antiquité. Il était très long. « Plus long que la Loire ? » avait demandé Henri. « Oh, oui, environ trois fois ». Cela avait donné aux hommes une idée de l'immensité du pays qu'il y avait à conquérir. Nous n'avions pas fini de marcher !

VI. De Smolensk à la Moskova.

Notre division faisait toujours route vers Moscou, pourchassant les Russes qui continuaient à brûler tout ce qui pouvait risquer de nous approvisionner derrière eux, fermes, villages, récoltes, et même les villes. Nous les harcelions, mais ils ne se montraient que par petits groupes, vite exterminés, nous marchions sur les cadavres. Le ciel était bizarre, l'air empuanti, je bronchais souvent quand mon sabot effleurait un corps.

À la fin du moins d'août, nous arrivâmes en vue de Smolensk. La ville était traversée par le Dniepr, et surmontée d'un fort perché sur une grande hauteur et pourvu d'une artillerie puissante. Bien sûr, la plupart des maisons étaient en bois, aussi ne devait-elle pas résister longtemps à nos canons. Murat amena son artillerie en face de celle du fort, le plus près possible. La canonnade éclata. Nos cavaliers durent user de toutes leurs forces pour nous retenir, nous, les chevaux, tellement ce bruit déchirait les oreilles. Les maisons volèrent en éclat — il est vrai que les habitants avaient déserté la ville à notre approche. Les Russes avaient entassé dans les hôpitaux et les maisons vides les blessés qu'ils avaient ramenés des diverses batailles, et ceux de ces malheureux qui ne pouvaient se déplacer partirent en fumée. L'odeur du feu nous affolait.

Mais bientôt, les fantassins — les premiers étaient des Polonais, habitués à l'escalade — se lancèrent à l'attaque du fort et nous autres ne pouvions que regarder cet assaut. Notre artillerie démolissait des pans entiers de murailles, les boulets de canon se croisaient. Le lendemain, nous traversions la ville dévastée, les maisons brûlées et évitions les fragments de rochers tombés du fort qui s'écroulait.

Pendant presque deux semaines, nous avançâmes péniblement. Le jour, la chaleur était insoutenable, pire qu'en Espagne. Nous étions heureux quand, le soir, nous trouvions un petit ruisseau bien frais où nous pouvions délasser nos membres endoloris. Mais la nuit, à peine étions-nous endormis, hommes comme chevaux, que le froid devenait glacial et nous réveillait souvent. De plus, les Russes, qui n'avaient fait que nous éviter à tel point que nous avions l'impression de poursuivre des fantômes, nous harcelaient à toute heure du jour, et étaient soutenus par une puissante artillerie. Nous autres, cuirassiers, étions en arrière-garde, aussi ne fûmes-nous pas atteints autant que la cavalerie légère et les éclaireurs qui furent décimés par les canons avant d'arriver à Moscou.

Malgré les conditions de notre route, Henri avait retrouvé son courage et sa gaieté ordinaire, et il attendait avec impatience une bonne charge de cavalerie. Un soir de septembre, il fut servi devant Mojaïsk[30]. La cavalerie russe s'était formée en bataille, nos lanciers furent lancés contre les cuirassiers ennemis, brisèrent leurs lances sur les cuirasses, et ce fut à notre tour de charger. Henri dégaina son sabre, et dit à Dumas :

– Allez, l'ami ! On va leur montrer de quel acier sont trempés les sabres des cuirassiers français ! »

Il me donna une caresse sur l'épaule, puis reprit ses rênes, entendant l'ordre de charger. Je fonçais, à côté de Pylade, qui me dit « Dis donc, ils vont les hacher, les Russes ! », oubliant qu'il avait combattu dans les rangs russes peu de temps auparavant. Nous, les chevaux, n'avons pas de patrie ni de parti politique, seulement ceux de nos cavaliers.

---

[30] Ville russe située à une centaine de kilomètres à l'ouest de Moscou.

En fait, les Russes se réfugièrent dans les bois, nos lanciers les délogèrent, mais beaucoup s'enfuirent. Au bivouac, personne n'avait rien à manger, aussi bien les hommes que les chevaux. La région était aride, desséchée, il n'y avait pas de villages, et l'intendance n'avait plus rien. Dumas, ne s'avouant pas battu, partit explorer les environs. Le vaguemestre remit à Henri une lettre. Celui-ci, le cœur palpitant, alla trouver Jaulin, un jeune conscrit, à qui il avait beaucoup appris du métier de soldat, et qui était instruit, pour lui demander de la lire et peut-être d'écrire une réponse. Jaulin montait un cheval réputé difficile, très grand, appelé Goliath, que beaucoup de jeunes soldats craignaient pour ses réactions violentes et sa force. Mais Goliath était solide, avait du fond et était sobre. En plus, il était bon camarade et ses défenses ne venaient que de ce qu'il ne supportait pas les cavaliers médiocres, et aimait à charger l'ennemi, fonçant comme un boulet de canon géant sur lui. Jaulin, bon cavalier et connaisseur en chevaux, avait su se faire apprécier de ce géant farouche.

Ayant été instruit par Henri, il connaissait sa vie et était au courant de ses amours. Aussi, lorsqu'il vit celui-ci lui montrer une lettre, lui dit-il en souriant :

– Parions que ce billet vient de Clamecy !

– Tiens, dit mon ami en lui tendant sa gourde, bois donc un coup à ma santé, il me reste de l'eau-de-vie que j'ai prise sur un Russe à Ostrowno, ça te donnera des forces pour lire ! »

Le jeune soldat, très assoiffé, lampa avidement l'alcool, respira un bon coup, et prit la lettre.

– De qui est-elle ? demanda Henri, lis-moi la signature !

– Adrienne Buffet, à Clamecy. C'est elle ?

– Oui ! dit Henri tout joyeux. Attends, viens là, entre Nestor et Goliath, que nous ne soyons pas dérangés ! »

L'écriture était un peu tremblée, il y avait des taches — des larmes avaient dû mouiller le papier… à moins qu'il n'ait subi la pluie ! Le papier était froissé, comme de juste au bout de deux mois de sacoche en sacoche, la lettre avait été adressée au Treizième Dragons, pour être ensuite renvoyée au Neuvième Cuirassiers… Enfin, elle était arrivée ! Jaulin lut à voix basse, Mademoiselle Adrienne envoyait ses encouragements à son bien-aimé, l'assurant qu'elle l'attendait, qu'elle espérait qu'il se portait bien. Elle lui racontait aussi que ses vieux parents étaient venus en visite à la ferme, étaient restés toute une semaine, qu'ils allaient aussi bien que possible, vu leur âge. Enfin, elle jurait un éternel amour à son fiancé. Pendant la lecture, Henri pleurait de joie, et, la lecture finie, il dit :

– N'est-ce pas qu'elle m'aime comme personne ? Qu'elle me donne du courage ? Mais… dis, mon ami, penses-tu que je puisse la revoir ?

– Qu'est-ce que tu racontes ? Évidemment que tu la reverras ! Qu'est-ce que c'est que ces idées ? Bon, on va lui répondre tout de suite, et, si nous voyons un courrier, il pourra emporter ta lettre. Si le commandant le permet, bien sûr !

– Il n'y a pas de raison ! Je n'ai jamais quémandé la moindre faveur ! Bon, attendons Dumas qui est allé chercher des vivres, et nous écrirons à mon Adrienne que tout va pour le mieux, qu'avant un mois ces maudits Russes seront battus, et que donc d'ici trois mois je serai à Clamecy !

– Mais… et ton remplaçant, qui va le payer ? Tu as de quoi ?

– Chut ! fit Henri, en baissant le ton. J'ai trouvé pas mal de choses à Ostrowno, dans le paquetage d'un officier russe. J'ai une cinquantaine d'écus d'or cousus dans ma tunique, et, je peux te le dire, Dumas en a aussi, à peu près autant.

Jaulin acquiesça et lui dit, également à mi-voix :

– Moi aussi, j'aime une jeune fille, dans mon pays, en Normandie. Et moi aussi, je veux quitter l'armée pour l'épouser. À Smolensk, en cherchant de l'avoine pour Goliath, j'ai trouvé dans une maison un portefeuille rempli de billets, que j'ai cousus dans ma veste.

– Des billets ? C'est valable ?

– Oui, j'ai regardé ça de près, tu penses. Je paierai mon remplaçant avec ça… si les hasards de la guerre nous sont favorables !

À ce moment, Dumas arriva, l'air mi-figue mi-raisin. Il n'avait rien trouvé, ni vivres, ni avoine, mais il avait aperçu quelque chose, et il s'était fait confirmer par un soldat qui était passé par là qu'il y avait une ferme, pas loin du côté des éclaireurs russes. Il y avait paraît-il de quoi se ravitailler.

– Et bien, alors, dit Henri, nous irons à la nuit tombée. Tu viendras, Jaulin ?

– Ben, bien sûr ! Vous deux, je vous suis en Enfer, s'il le faut !

– Là, c'est un peu trop loin ! Mais, dis, ami, dit Fourneau en se tournant vers Dumas : j'ai des nouvelles !

– De qui ? De tes parents ? De Clamecy ?

– De tout le monde, figure-toi ! Tout le monde va bien, on pense à moi, on espère mon retour, mes parents ont rencontré mes futurs beaux-parents, c'est la joie !

– Bon, alors, il ne nous manque plus que de quoi nous sustenter. Et puisque nous allons être contents, il faut le faire partager à nos chevaux. Dis, Jaulin, je pense que l'Henri veut répondre à sa bien-aimée, tu peux faire vite une réponse, le commandant m'a dit qu'un courrier du général allait passer ce soir, il pourra emporter ta lettre. »

Jaulin alla chercher un crayon et du papier et rédigea une lettre, un peu maladroite et naïve, ces garçons ne savaient pas parler des sentiments. Puis Henri alla la porter au commandant.

– Dites, mon commandant, pouvez-vous joindre cette enveloppe à vos messages ?

– Oui, donne, un courrier va partir pour Paris à franc-étrier. Si tout va bien, dans un mois ta lettre arrivera à destination, tes parents sauront que leur garçon se porte bien.

– Merci, mon commandant ! fit Fourneau, tout ému, en lui tendant la lettre.

– Mais, dis-moi, que peuvent manger nos chevaux ce soir ?

– Ben, là… comme nous, mon commandant, ils mangent leur mors de bride ! Mais, parole d'Henri Fourneau, je vous jure que, cette nuit, ils auront de l'avoine !

Le commandant se mit à rire, et reprit :

– Tu as raison, Fourneau, aime ton cheval, il est ton plus fidèle ami. Mais ne fais quand même pas d'imprudences, songe que la vie d'un brave garçon comme toi est précieuse à l'armée ! Et puis…

Il jeta un coup d'œil sur le nom de la destinataire de la lettre.

– Il ne faut pas que cette gentille demoiselle à qui tu écris se désespère s'il t'arrive quelque chose…

– Mon commandant, elle connaît Nestor, elle l'aime autant que moi, car elle sait que, plusieurs fois, il m'a sauvé la vie. Si elle apprenait notre dénuement, elle serait la première à me recommander de tout tenter pour trouver de quoi sustenter mon fidèle compagnon. Et puis, son souvenir me protégera !

– Bon ! Alors, va, mon ami, bonne chance ! »

Dumas, Fourneau et Jaulin se mirent en route vers la ferme indiquée. Ils marchaient, rampaient, se glissaient entre les fourrés. Ils évitèrent quelques coups de feu de nos lanciers qui les avaient pris pour des Russes et cessèrent le feu en entendant quelques jurons bien français de Dumas.

Arrivant en vue de la ferme, ils aperçurent un poste de quelques dragons russes. Mais également, ils distinguèrent des ombres accroupies, qui rampaient en tirant des sacs gonflés. C'étaient des lanciers français qui avaient eu la même intention et rapportaient du grain pour leurs chevaux. Un peu plus loin, cinq cosaques, épuisés, dormaient sur leurs selles. En un clin d'œil, mes trois amis, aidés des lanciers, les étranglèrent puis poignardèrent la sentinelle qui, se croyant gardée, dormait. Quelques instants plus tard, ils sortaient de la ferme avec chacun un sac d'avoine et un autre plein de victuailles diverses, leurs poches également garnies à éclater.

Hommes et chevaux firent bombance, mais en prenant soin de ne pas nous donner trop à la fois, et en nous fournissant de l'eau par petites quantités, afin que nous ne nous étouffions pas. Le lendemain, nous étions tous fiers et dispos, et nos cavaliers avaient fière allure. Nous attendions la bataille.

VII. La bataille de la Moskova.

Les régiments étaient en ordre de combat, revêtus de leurs plus brillantes tenues de gala. Les trompettes sonnaient des chants de victoire qui nous donnaient envie de piaffer, les tambours roulaient sourdement. Les chevaux, affamés, les cavaliers, affaiblis par le froid et les privations, conservaient un moral d'acier. Nous attendions les ordres.

Non loin de nous, sur une petite colline, il y avait l'Empereur, entouré de son état-major. Napoléon était comme toujours vêtu de sa redingote grise sur son uniforme sans ornements. Mais ses officiers brillaient comme des soleils, leurs armes étincelaient, les chamarrures de leurs uniformes nous éblouissaient, et nous attendions un signe de ce groupe superbe qui nous rendait fiers de notre régiment, de nos chefs, de notre Empereur.

Ce fut l'apothéose quand un soleil radieux se leva à l'Orient, illuminant la plaine et accrochant ses rayons aux sabres, aux baïonnettes, aux ornements, aux harnachements. Une ligne dorée, dans le lointain, scintillait en cadence, suivant le mouvement des troupes.

Les fourriers arrivèrent au galop, pour nous lire les ordres de l'Empereur :

– Soldats, voilà la bataille que vous attendez, que vous avez désirée. Désormais, la victoire dépend de vous, elle est nécessaire, elle vous permettra un prompt retour dans la Patrie et vous donnera l'abondance. Allez, comme à Smolensk, comme à Austerlitz ou Friedland, et que votre postérité puisse dire de vous : « Il était à cette grande bataille sous les murs de Moscou ! »

Des hourras éclatèrent de partout, les soldats agitèrent leurs sabres, leurs chapeaux, toute la plaine résonna de ces cris d'enthousiasme. Le canon commença à gronder, les commandements retentissaient. On nous fit placer en rangs serrés, car le terrain n'était pas assez large pour nous mettre sur une seule ligne. Cette configuration nous exposait aux boulets russes. Cela dura près de deux heures, les artilleurs eurent beaucoup à en souffrir, et nous ne pouvions avancer. Le commandant Germot montait Saxon II, qui bondissait sur place, énervé au possible de ne pouvoir se lancer à la charge. Son cavalier parvenait à le calmer de la main, mais soudain, un boulet ricocha tout près de nous et brisa la jambe de notre malheureux compagnon. Notre chef parut affecté, il sauta vivement à terre et lui donna quelques affectueuses caresses, pendant que Fourneau, resté en selle, amenait Hercule en remplacement. En nous voyant, Saxon II se redressa sur ses trois jambes valides et vint joyeusement nous lécher les naseaux.

– Pauvre vieux ! murmura l'officier. Puis il s'adressa à Henri : « Allez, Fourneau, rend-lui le suprême service ! »

Le cœur serré, mon cavalier arma son pistolet, mais, au moment où il allait en poser le canon près de l'oreille de mon infortuné compagnon, un boulet foudroya le cheval, fit sauter le pistolet des mains d'Henri et réduisit en bouillie le bras de Jaulin, qui, au deuxième rang, encourageait son fidèle Goliath.

Tout se passa ensuite très vite, je n'eus pas le temps de voir les détails. Le canon s'était arrêté, l'infanterie était lancée au pas de charge vers une redoute défendue par des Russes. On nous intima de nous placer au centre d'une ligne formée par les régiments de cuirassiers. Je reconnus Murat à notre tête. Oh, alors, avec lui, cela n'allait pas traîner !

– À l'attaque ! En avant, les gros frères ! cria-t-il en pointant son sabre dans la direction des Russes.

Ce fut un ouragan qui balaya la plaine, la redoute fut enlevée, les cadavres russes jonchèrent bientôt les lieux. Nous avions sabré toute l'infanterie quand nous arrivâmes devant l'artillerie. Devant nous, juste avant les canons de l'ennemi, un fossé très large brisa notre élan. Les Russes firent marcher les canons, nous ne pouvions rester devant ce feu d'enfer. Nous étions si près que je voyais les servants introduire les boulets, viser et lâcher leur mitraille, les nôtres se retrouvaient fauchés par files entières. Brusquement, nous dûmes nous écarter, une division d'infanterie passa entre nous, franchit le fossé et avança, la baïonnette pointée vers les ennemis. Au bout de deux heures d'un combat acharné, nos ennemis étaient contraints de reculer et quittaient leur position. Aux extrémités de la ligne, nos chasseurs et nos dragons faisaient des prodiges de valeur, mais les Russes ne cédaient pas un pouce de terrain, se laissaient massacrer sur place, et les cadavres entassés entravaient la progression.

On nous regroupa, au grand galop, j'entendis un lieutenant informer notre colonel de la mort des généraux Montbrun et Caulaincourt. Les pertes étaient sérieuses. Chez nous, une douzaine de cavaliers, des vétérans, avaient été mutilés ou hachés par les boulets ennemis.

Le commandant Germot passa auprès de moi, en compagnie d'un colonel de cuirassiers, et je l'entendis affirmer que si l'Empereur avait fait donner la Garde Impériale, l'armée russe n'aurait pas pu se reformer.

– Oui, évidemment, dit le colonel, nos hommes et nos chevaux sont trop éreintés pour tenter la moindre poursuite. Mais vous savez bien que l'Empereur conserve sa garde intacte pour le bouquet final, l'entrée à Moscou, pour impressionner les populations ! »

Au retour, j'aperçus Jaulin, qui essayait vainement de se redresser, et de son bras déchiqueté par un boulet, le sang coulait à flots. Henri sauta à terre et voulut essayer de le mettre sur ma selle pour l'emmener à l'infirmerie, mais le jeune homme secoua la tête et murmura :

– Non, laisse, je meurs. Prends dans ma tunique, les valeurs dont je t'ai parlé. Il y a une lettre pour ma mère, une autre pour ma fiancée, dans le même village en Normandie. Promets-moi, si tu en réchappes…

– Mais oui, je le jure ! dit Henri. Mais laisse-moi t'emmener, les chirurgiens sont habiles.

– Non, trop tard… dis-leur que ma dernière pensée… »

Il ne peut achever sa phrase, ses yeux se révulsèrent et il lâcha la main d'Henri en rendant le dernier soupir.

Il n'était pas la seule victime, hélas ! Soixante mille hommes avaient été massacrés sous les murs de Moscou ! L'Empereur, les maréchaux, avaient-ils seulement eu un mot de compassion pour ces malheureuses victimes de l'orgueil des grands… L'aspect du champ de bataille était sinistre, il n'y avait que cadavres entassés dans un fouillis d'uniformes, on ne reconnaissait plus les amis des ennemis, des râles se faisaient entendre, des hurlements de chevaux éventrés écrasant leurs cavaliers agonisant sous eux. Les chirurgiens opéraient avec rapidité, habitués qu'ils étaient à ces hécatombes, sous les tentes élevées en hâte. Ils coupaient, sciaient, posaient des garrots, faisaient transporter les blessés sur des civières souvent improvisées.

Sur tout le camp, des chevaux sans cavaliers galopaient, se regroupant instinctivement comme pour une charge. Nos cuirassiers en firent une rafle qui put remonter correctement la brigade. Dumas, pour lui, récupéra deux grands alezans, des trotteurs russes qui avaient une bonne réputation de solidité, et qui furent baptisés Oreste et Satyre. Leurs paquetages — ils avaient été montés par des officiers d'artillerie — étaient bien garnis de victuailles et d'avoine. Nous fûmes parmi ceux qui avaient su se débrouiller pour récupérer de quoi manger, et moi et mes camarades fîmes honneur au repas, pendant que les hommes maugréaient et se lamentaient devant le charnier qui s'étendait dans le camp. Cela ne les empêcha pas de se rassasier de biftecks de cheval, menu ordinaire des soirs de bataille. Mais il paraît que cela requinque. Je ne leur en voulais pas, puisque les hommes et nous, les chevaux, ne pouvons manger la même chose.

Tard dans la soirée, le commandant fit appeler Fourneau et Dumas, pour leur apprendre qu'il les avait proposés, le premier pour la Croix, le second, déjà décoré, pour le grade de brigadier.

– Mais puisque je ne sais pas lire ! s'excusa Dumas.

– Oh, là, pour une fois ! dit Germot en souriant. En plus, les deux chevaux que vous m'avez donnés valent bien un bout de galon ! Ce qui n'en met pas l'aune à bon marché ! »

Mais ce ne fut pas encore pour cette fois. L'Empereur, ayant analysé la situation, était mécontent de notre général, Monsieur Antoine Decrest de Saint Germain, qui donc commandait notre première division de cuirassiers. Il était un brillant cavalier, un combattant adroit, un sabreur fougueux, mais un pitoyable administrateur, ne sachant pas gérer les réserves, le matériel, qu'il laissait aux sous-officiers qui eux-mêmes confiaient ces tâches à leurs hommes. Le matériel aurait été en mauvais état sans les bons soins de Fourneau et Dumas, nous recevions des ordres de cantonnement contradictoires, les réserves de nourriture pourrissaient sur place faute de les avoir distribuées à temps, ce qui fait que beaucoup de chevaux, qui n'avaient pas la chance d'être soignés par des cavaliers comme les nôtres, étaient épuisés, ne pouvaient plus tenir la route. Ayant subi des reproches, il choisit d'être prudent et nous épuisa par sa méfiance : il refusait que les chevaux soient dessellés, par crainte d'une attaque subite, et alors qu'il y avait profusion de grande garde qui nous permettait de nous reposer en sécurité. Aussi beaucoup d'entre nous souffraient-ils du dos, et se retrouvaient couverts d'ulcères et d'écorchures qui s'envenimaient. Fourneau, Dumas et les hommes de notre groupe ne tenaient pas compte de cet ordre stupide et n'hésitaient pas à nous desseller, à nous laver et bouchonner le dos, mais ils devaient se méfier au cas où le général serait dans les parages. De plus, il se montrait particulièrement coléreux, excité qu'il était par de généreuses rations d'eau de vie qu'il s'octroyait, jusqu'à s'endormir ivre mort parfois.

Hercule, Pylade, Oreste, Satyre et moi, nous mangions parfois de l'avoine, quand nos cavaliers en trouvaient, mais étions souvent réduits à mâchonner sans enthousiasme le chaume moisi des toitures, quand nous trouvions une masure. Pendant ce temps, nos cavaliers se nourrissaient de tranches de cheval grillé. Mais nous approchions de Moscou, où l'Empereur pensait livrer une dernière grande bataille.

Il n'en fut rien : l'armée russe, qui avait cru sa victoire assurée à la Moskova, était totalement démoralisée, la moitié des soldats avaient déserté, et les généraux n'avaient guère envie d'essayer de regrouper ce qui leur restait d'hommes. Quant à nous, de cinq cent mille que nous étions au départ, nous étions seulement cent mille à présent. Nombre d'hommes étaient morts dans les batailles, mais aussi de fatigue et de privations, un grand nombre avait déserté, surtout chez les Saxons, Bavarois ou Hollandais. Ceux qui restaient étaient des braves, des fidèles, mais ils mouraient de faim, étaient épuisés, et des murmures de mécontentement et d'indiscipline se faisaient entendre. Quand tout cela prendrait-il fin ? Moscou, cette ville existait-elle seulement ?

VIII - Moscou

Le 14 septembre, en fin d'après-midi, nous avions dépassé des petits forts abandonnés et à moitié démolis, nous contournâmes un grand cimetière rempli de très beaux mausolées, mais ni nos préoccupations ni celles de nos cavaliers ne touchaient à l'esthétique : allions-nous enfin atteindre cette ville ? Une estafette arriva au galop :

– Le Mont Poklonnaïa ! Nous arrivons, Moscou est derrière ! »

Enfin ! Nous grimpâmes cette colline, et Moscou nous apparut sous les rayons mordorés du soleil couchant. Le spectacle fit un instant passer au second plan les préoccupations plus matérielles de nos hommes : la ville offrait aux regards une profusion de dômes, de croix en or massif, de palais aux murs peints de couleurs vives. Un homme dit que nous n'étions plus dans le même monde, c'était l'Asie, ou l'Orient, notre occident rationnel était bien loin. Cette ville d'or et de pourpre, au milieu de laquelle serpentait le ruban argenté de la Moskova, coupa le souffle à tout le monde et un cri formidable jaillit de toutes les poitrines :

– Moscou ! Moscou !

On aurait dit que tout le monde était guéri de ses fatigues, les cris qui fusaient de partout venaient de voix soudain apaisées. On aurait dit que plus personne ne croyait à l'existence de cette cité mythique, et que soudain une sorte de miracle venait de se produire, comme si la ville était descendue du ciel sur un nuage. Tout le monde pensait au repos, à la fin de cette campagne épuisante, Moscou que nous avions enfin atteinte était comme une oasis au milieu des plaines arides et glacées que nous avions traversées.

Mais Moscou, c'était aussi un mystère : que cachait donc cette cité bizarre, luxueuse et dont étaient venus tant de régiments si brillants, que nous avions eu tant de peine à battre ? Nous entrions en vainqueurs dans la cité des Tsars, où Napoléon avait décidé de nous faire passer l'hiver. Allions-nous passer un séjour de délices, d'abondance, ou serions-nous reçus comme en Espagne, par des fanatiques ? Les régiments ennemis étaient-ils encore là, y avait-il des partisans cachés voués à nous harceler ? Cette ville était-elle le pays de Cocagne, ou était-ce un piège qui venait de se refermer ? Tout le monde criait toujours, à mesure que les hommes découvraient le spectacle grandiose de la ville d'or : « Moscou ! Moscou ! » Nos chefs étaient pensifs, certains même priaient.

Henri avait lui aussi été surpris, soulagé, émerveillé, mais son sens pratique reprit le dessus.

– Enfin, dit-il, on va pouvoir manger !

– Et laisser reposer nos pauvres bidets ! dit Dumas, chez qui le cheval passait toujours avant le cavalier. Il ajouta, après un soupir : « C'est Jaulin qui aurait été heureux d'arriver dans cette "Capoue du nord", comme dit le commandant !

– Hum… dit Henri, secouant la tête, qui sait si son sort n'est pas meilleur que le nôtre ?

– Tu crois ?

– Écoute !

– Quoi ? Je n'entends rien, que nos hommes, nos chevaux…

– Justement… tu ne trouves pas ça bizarre, une armée arrive devant une ville, et il n'y a personne, pas un habitant, le silence total.

Effectivement, la ville semblait déserte ou endormie, nous fûmes saisis d'angoisse.

– Je crois que tu as raison, mon gars ! dit Dumas. Il y a un sale coup là-dessous !

Et Fourneau ajouta :

– Tu vois, tu penses comme moi, il y a une ruse, un piège ! À mon avis, nos misères ne font que commencer ! Ils se laissaient battre un peu trop facilement, ces Russes, ils fuyaient dès qu'ils nous apercevaient, un peu comme s'ils voulaient nous indiquer le chemin. J'ai l'impression que ce ne sont pas leurs sabres ou leurs canons qui sont les plus à craindre !

– J'ai entendu dire qu'ils voulaient nous laisser mourir de froid, mais enfin, le Petit Caporal est trop malin pour tomber dans un piège pareil !

– Malin, oui, avec des Allemands, des Italiens, des gens de l'Europe, oui. Mais avec ces Asiatiques… On est en Asie, ici, j'ai entendu, ils sont retors. Est-ce qu'il a prévu ce genre de coup ? »

Comme pour confirmer les pressentiments de nos amis, les trompettes sonnèrent la halte, et l'Empereur passa près de nous, au galop de mon compatriote Cantal, suivi des chasseurs de la Garde, et il grimpa sur une petite éminence. Prenant sa longue-vue, il examina l'immense cité.

Il jura, la colère se peignit sur son visage. Il ordonna au général Saint-Germain de nous faire contourner la ville, jusqu'à un gué, où nous nous arrêterions pendant que des estafettes le franchiraient à la recherche de renseignements.

Le gué avait apparemment bien servi. On aurait dit qu'une armée entière venait de le traverser. Ses bords étaient défoncés, la vase recouvrait l'herbe bien au-delà de la rive, constellée de traces profondes, de fers, de sillons laissés par des charrettes, des voitures. Çà et là, des roues, des morceaux de charrettes défoncées, des meubles, des sacs, même des charrettes entières embourbées gisaient abandonnées, pêle-mêle, dans la boue.

Nous fîmes halte non loin de la ville, dans des champs de pommes de terre, de choux et de betteraves. Mes deux camarades, avec tous les autres cavaliers de la division, fouillèrent la terre avec leurs sabres, et firent griller leur récolte sous la cendre. Nous, les chevaux, nous mâchions notre mors, il y avait bien peu d'herbe. Les feuilles de chou trompèrent un peu notre faim.

Quelques heures plus tard, à la nuit, les patrouilles rentrèrent, n'ayant rien trouvé, comme nous nous y attendions tous. Nous eûmes l'autorisation de partir en maraude dans la ville.

Henri et Dumas partirent ensemble, suivis de quelques autres cavaliers. Arrivés à la ville, ils prirent une large avenue, mais ne rencontrèrent personne. Tous les volets des maisons étaient clos, aucune lumière ne brillait à aucune fenêtre, aucun réverbère n'était allumé. La ville semblait morte, lugubre, les cavaliers furent saisis d'épouvante.

– C'est ce que nous pensions ! dit Dumas. Adieu le repos, et quant au retour… Ça va être une série de combats, de marches forcées, et l'hiver à affronter, et Dieu sait où nous allons échouer !

Henri ne répondit pas, mais je sentis sa main se crisper sur mon encolure. Un pressentiment le saisit, il se dit qu'il n'allait pas de sitôt revoir son aimée, sa famille, le retour… allait-il y en avoir un ? Il se frotta les yeux avec sa manche, détournant le regard lorsque Dumas le regarda.

– Allons, dit le vieux soldat, ce n'est pas le moment de s'attendrir. Il s'agit de chercher à manger, pour nous et nos chevaux. On devrait trouver quelque chose, quand même !

– Tu as raison. Cherchons ! répondit Henri, sans conviction.

Suivis de quatre autres soldats, ils pénétrèrent sous le porche d'une superbe maison dont la devanture arborait une enseigne que personne ne pouvait lire, même s'ils avaient su. Ces Russes sont bien différents, même leur écriture est bizarre. Ils traversèrent la cour et entendirent des voix, des bruits d'objets remués. Ils mirent pied à terre, deux hommes restèrent avec nous et les quatre autres entrèrent dans un grand salon, se dirigèrent vers une porte qui masquait un escalier descendant vers ce qui semblait une cave. Le bruit des voix augmentait à mesure qu'ils se dirigeaient vers une autre porte.

– Attention ! Sabre en main ! ordonna Dumas.

Ils ouvrirent la porte d'un coup d'épaule, et éclatèrent de rire. Devant eux, des artilleurs, arrivés avant eux, faisaient cercle devant une marmite remplie de vin chaud, et, complètement ivres, chantaient à tue-tête. Ils se montrèrent hospitaliers et leur firent signe de venir, leur tendant des gobelets remplis d'un liquide fumant embaumant la cannelle. Nos cuirassiers ne se le firent pas dire deux fois, puis, une fois réchauffés, inspectèrent la cave, qui était bien garnie de bouteilles et de victuailles. Ils étaient dans la cave d'un restaurant, apparemment. Avec des toiles trouvées çà et là, ils firent des gros paquets de victuailles et de bouteilles.

Quand ils sortirent de la cave, ils se trouvèrent nez à nez avec trois hommes bizarrement vêtus, qui les regardaient, plantés sur leurs pieds, bras croisés, la mine patibulaire.

– Qu'est-ce qu'on en fait ? On les cloue au mur ? demanda un soldat.

– Non, pas de ça ! Coupa Henri. Ils voient leur pays envahi, leur maison livrée au pillage, c'est bien assez, non ?

– Et d'ailleurs, ils laissent faire, ajouta Dumas. Fichons-leur la paix ! Il leur reste à manger, qu'ils en profitent, ils n'ont pas l'air de soldats ni de domestiques, ce doit être de pauvres gens qui cherchent comme nous. Sortons ! »

Nous rentrâmes au bivouac, surchargés de vivres. Non seulement ils avaient ramassé ce qu'il leur fallait, mais ils ne nous avaient pas oubliés, ils avaient aussi trouvé de l'avoine. Mes compagnons et moi, nous pûmes enfin nous rassasier et nous reposer.

Les hommes retournèrent à la ville, histoire de glaner encore d'autres choses, mais, le lendemain, la Garde Impériale entra dans la cité et le Maréchal Mortier, nommé gouverneur par l'Empereur, fit signaler que le pillage était désormais interdit, nous devions rester à l'extérieur. Les soldats de la Garde avaient sans doute envie de glaner quelque chose pour leur propre compte ! Mais aussi, nos médecins tentèrent de donner quelques soins aux blessés russes qui étaient restés dans les hôpitaux.

Mais, le lendemain, une odeur de brûlé monta de divers endroits de la ville. Nous, les chevaux, ne tenions plus en place, hennissant, piaffant, à tel point que nos cavaliers durent s'efforcer de nous calmer. Où nous étions, nous ne risquions rien.

Mais bientôt, la Garde Impériale dut quitter la ville : l'incendie s'étendait, allumé en plusieurs endroits. Nous apprîmes que les portes des prisons avaient été ouvertes, et que les condamnés — des bandits à demi sauvages — avaient reçu l'ordre d'incendier la capitale dès que les Français y seraient entrés. Sans doute les trois hommes que nous avions vus faisaient-ils partie de ces gens, et attendaient-ils de nous voir griller. Le Tsar avait promis la grâce pleine et entière à ces bandits, s'ils s'acquittaient de la tâche qu'on leur avait confiée. Ils furent peu nombreux à profiter de la liberté : la Garde fusilla tous ceux qu'ils purent capturer.

On chercha en vain des pompes à incendie : Rostopchine, le gouverneur de Moscou, les avait fait détruire, toujours par les criminels relâchés. La Garde dut évacuer la ville, l'armée se livra à d'inutiles efforts pour limiter le désastre. Les bâtiments étaient pour la plupart construits en bois goudronné, et brûlaient rapidement, les flammes montaient très haut et chauffaient l'atmosphère.

À mesure qu'une zone était éteinte, les soldats se ruaient pour essayer de récupérer quelque butin. Fourneau et Dumas rapportèrent de grands manteaux de fourrure de renards de Sibérie, en offrirent un au Commandant Germot, qui l'accepta avec joie. L'incendie dura huit jours, ceux des Moscovites qui restaient, malades, blessés ou vagabonds, périrent dans les flammes.

Au neuvième jour, la ville fumait encore, l'Empereur entra et s'installa avec sa Garde et son État-major dans les ruines du Kremlin. Il était trop tard : le Commandant Germot, rapportant un avis qu'il avait entendu de plusieurs membres de l'État-major, dit que l'Empereur admettait avoir fait une erreur en entrant dans la ville déserte : il était encore possible de partir immédiatement à la poursuite des troupes de Koutouzov, cantonnées à proximité, et qui à ce moment étaient moins bien organisées que nous. Mais on ne refait pas l'histoire !

De plus, la Garde, qui s'était installée luxueusement à Moscou et profitait de ce qu'elle avait pu piller, fit interdire l'entrée de la ville au reste de l'armée, confisquant une large partie du butin quand un soldat était pris en flagrant délit de pillage. En revanche, elle vendait à prix d'or ce qu'elle avait en trop. Ceci exaspéra l'armée entière, entre autres mes amis Dumas et Fourneau.

Le vieux Dumas avait découvert un magasin à fourrage, et voulut se servir en avoine. Un maréchal des logis de cette Garde se planta devant lui et lui réclama cinq francs par mesure. Dumas sursauta, paya sans mot dire, mais il attendit le sous-officier et, lorsqu'au soir, celui-ci fermait le magasin, il l'empoigna et lui appliqua un vigoureux soufflet. L'homme sortit son sabre, mais Dumas s'y attendait, il avait déjà l'arme à la main et le transperça. S'installant au magasin, il héla les camarades qui vinrent s'approvisionner. Il se servit aussi dans le petit réduit qui servait de bureau au maréchal des logis, où celui-ci avait caché dans un tiroir à double fond une bonne poignée de pièces d'or.

Mais cette abondance ne dura pas, les réserves s'épuisèrent et bientôt tout le camp souffrit de la famine. La haine fermentait entre les rangs, contre ces traîtres, et la grogne s'installait. Allait-on rester ainsi, à marauder, ou à ronger notre frein, pendant tout l'hiver ?

IX. Avant la retraite.

Le 5 octobre, une nouvelle nous surprit : nous allions devenir amis avec les Russes ! Enfin, pas exactement, mais Murat, en accord avec l'Empereur, avait dépêché le général Lauriston pour qu'il aille proposer à Koutouzov une suspension d'armes. Et cette proposition avait été acceptée, à la grande joie de tout le monde. Les soldats respiraient : enfin, ils allaient revoir leur patrie !

Nous étions tout près du campement des Russes, qui étaient installés à un endroit que leur avait indiqué Murat. Les soldats s'amusaient à s'insulter chacun dans leur langue, se lançaient des mottes de terre, gesticulaient, mais tout cela se déroulait dans une ambiance bon enfant.

Cependant, cette suspension des hostilités ne nous donnait pas de vivres. De plus, il pleuvait, il régnait un froid humide qui pénétrait les os et les hommes continuaient à grogner. Certains mêmes, à bout de forces, ne pouvaient plus se relever. Tout le monde pensait que ces privilégiés de la Garde Impériale avaient des vivres en abondance, il en restait dans les magasins de la ville, où les soldats ordinaires n'avaient pas le droit de pénétrer. On discutait en se demandant ce que l'Empereur avait en tête, à rester dans Moscou où il n'avait plus rien à faire. Certains racontaient qu'il voulait continuer sa poussée vers l'est et conquérir la Chine. D'autres qu'il voulait redescendre vers la Turquie. D'autres encore, qu'il voulait reformer un royaume de Pologne en renégociant des cessions de territoires avec les Russes. Les plus fous disaient qu'il voulait se faire nommer Tsar. Il fallait bien s'occuper quand on n'avait rien à faire qu'à trouver à manger pour les chevaux, et accessoirement pour les hommes.

Dumas racontait n'importe quoi, ressortait ses blagues les plus usées, tâchait d'amuser les camarades et de leur remonter le moral. Mais mon ami Henri, lui, était devenu triste, restait dans son coin et semblait en proie à une grande tristesse. Sans doute songeait-il à sa belle demoiselle de Clamecy, à qui il avait promis de revenir, et ce séjour qui se prolongeait dans ce pays hostile, tout comme la probabilité de batailles à venir, anéantissait peu à peu ses espoirs. Pensait-il également à ses vieux parents, qu'il souhaitait revoir, et il craignait quelque incident, car un certain nombre de soldats insultaient leurs chefs et les menaçaient.

Le 16 octobre, Dumas, les larmes aux yeux, alla annoncer au commandant que Satyre ne pouvait plus se relever. Monsieur Germot courut voir le pauvre cheval qui vivait ses dernières heures. Il était inquiet, n'ayant plus qu'Hercule, encore solide, et Oreste était également malade. Ils essayèrent de donner à manger aux malheureux chevaux, mais Satyre mourut. Aussitôt, les cuirassiers le dépecèrent, se partageant les restes de sa maigre carcasse. Le lendemain, on attela Oreste à un chariot de fourrage, mais le pauvre tomba, ne pouvant plus avancer, et mourut également. Allions-nous tous périr dans cet endroit boueux ? Tant les hommes que les chevaux, nous souhaitions que quelque chose se passe. Tant qu'à mourir, autant qu'il y ait une bataille.

Le 18 octobre, au petit matin, nous entendîmes des coups de feu. Les hostilités reprenaient. Nos cavaliers nous avaient dessellés, et tout le régiment ne put se reformer. Cependant, Murat était parvenu, parcourant les rangs au grand galop, à regrouper la valeur d'un escadron, et il les lança contre les cosaques qui durent reculer.

Je n'avais pu prendre part à la charge, mais nous apprîmes que nous devions nous reformer une fois prêts. Cependant, nous n'étions pas assez de chevaux, alors que les

Russes recevaient des renforts et étaient largement plus nombreux. Pylade reçut dans le flanc un coup de lance d'un cosaque, mais Dumas désarçonna l'homme et récupéra sa monture. Mais nous étions presque cernés et pûmes à grand-peine battre en retraite.

Nous apprîmes ensuite que nous étions en avant-garde, aucun Français n'était allé plus loin que nous en Russie. Le colonel, constatant le désastre, déchira l'étendard dont il partagea les morceaux entre les officiers, dont Germot, et il cacha l'aigle dans ses fontes. Tout était perdu, le Prince Eugène venant d'être battu non loin de là, malgré une défense héroïque. Les hommes étaient démoralisés, tenaillés par la faim, en colère et découragés.

– C'est la fin, soliloqua Henri. Mademoiselle Adrienne, je vous rends votre promesse, car je sens que je ne vous reverrai jamais !

L'entendre parler ainsi me fit peine et, abattu que j'étais, je me pris le pied dans une racine et roulai à terre, projetant mon cavalier dans la boue. Aussitôt, je me remis sur mes quatre jambes, Henri se précipita à ma tête et me caressa les naseaux en disant :

– Et alors, mon Nestor, est-ce que nous sommes venus si loin pour que tu me laisses en route ? Dis donc, il y a quelqu'un qui m'attend au pays, non ? »

Pour montrer que j'avais compris et que je ne voulais en aucun cas le laisser tomber, je m'ébrouai et sautillai sur place. Tout en faisant attention, la boue rendait le sol glissant et des racines affleuraient. Je me promis de regarder où je mettais les pieds, il ne s'agissait pas qu'Henri se blesse en tombant, de quoi aurais-je eu l'air ?

QUATRIÈME PARTIE :
La débâcle

I. La retraite.

Le 24 octobre, le Prince Eugène fut battu à Malojaroslawetz. Koutouzoff, au soir, s'était retiré, afin que l'Empereur croie à un repli et n'engage pas la totalité de ses forces, et, le lendemain, il chargea. Malgré la valeur des hommes, malgré l'artillerie, qui avait peine à avancer vers la ville à cause du terrain boisé et accidenté, l'armée ne put lutter avec 17 000 hommes contre 80 000 Russes. Nous apprîmes la mort du Général Delzons, qui était un vétéran de l'armée d'Égypte. L'Empereur, affecté par ce désastre, prit le parti de fuir le froid qui augmentait, à mesure que les hommes s'affaiblissaient à cause de la pénurie de nourriture. Le manque de vêtements, de chaussures et de fourrage pour les chevaux devenait un grave problème. Les soldats n'étaient plus tenables. Dès qu'ils le pouvaient, ils allaient en maraude pour essayer de glaner quelques provisions, mais souvent ils se faisaient tuer ou prendre par les Russes qui n'étaient jamais loin.

Nous autres, les chevaux, mâchonnions le chaume qui couvrait les cabanes qui existaient encore, et, pour boire, les soldats devaient casser la glace des ruisseaux. La nuit venue, ils arrachaient les planches des maisons de bois pour en faire du feu et prenaient soin de l'entretenir toute la nuit. Ceux qui laissaient le feu s'éteindre couraient le risque de ne pas se réveiller le matin venu. On essayait d'arriver avant les autres afin de pouvoir s'abriter derrière un pan de muraille, une clôture ou une cabane.

Henri et Dumas, quand ils avaient installé leur bivouac, allaient attendre le passage de maraudeurs ou de juifs polonais qui leur vendait à prix d'or quelques provisions. Ils parvenaient à grand-peine à tromper leur faim avec quelques morceaux de cheval grillé, de temps en temps du porc, ils faisaient une espèce de bouillie avec de la farine délayée dans de l'eau qu'ils obtenaient en faisant fondre de la neige. Et encore, ils prenaient soin de faire cuire longtemps la viande qu'ils récupéraient. Certains, affamés, se contentaient de la chauffer et se réveillaient le lendemain avec des douleurs de ventre, des maladies se répandaient. Les hommes, découragés, ne partageaient plus rien avec leurs camarades, gardant pour eux le peu qu'ils pouvaient trouver, ne faisant plus confiance à personne.

Et, en plus de cela, les Cosaques nous tombaient dessus à l'improviste, fondant sur ceux qui s'écartaient de la route, on aurait dit une horde de bêtes sauvages qui sortaient des bois, massacraient les hommes et repartaient sur leurs petits chevaux extraordinairement rapides. Ce qui faisait que tout le monde restait groupé, sans distinction d'arme, de grade ou d'uniforme. Nombre de cavaliers étaient à pied, ils se massaient auprès des régiments d'infanterie.

Plus tard, passant devant un monastère où avaient été regroupés des blessés, l'Empereur avait donné l'ordre de transporter ces malheureux dans toutes les voitures disponibles. Mais les hommes chargés de ce service, ayant trouvé de quoi remplir leurs poches en détroussant les cadavres qui jonchaient le bord de la route, s'avérèrent trop chargés et abandonnèrent les mutilés au bord des chemins.

De temps en temps, nous croisions une patrouille qui escortait des prisonniers russes. Mais, comme personne n'avait rien à manger, on relâcha les captifs qui s'enfuirent comme ils pouvaient. On ne rencontrait que des cadavres ambulants, déguenillés, habillés de ce qu'ils avaient pu trouver, on ne reconnaissait plus un uniforme, et la colonne ressemblait à un long serpent recouvert de chiffons, de couvertures de laine, qui de jour en jour devenaient des nids à vermine, les hommes ne pouvant se dévêtir.

Un soir de novembre, Henri s'écarta du camp et revint avec une botte de paille volée à un campement de cosaques. Il arrivait à l'entrée du bivouac lorsqu'il vit un homme — de quelle arme ? On ne savait plus — qui tenait un petit récipient et saignait Hercule entre les côtes pour boire son sang. Mon ami s'indigna et empoigna l'homme. Mais, devant ce malheureux, efflanqué, tremblant de froid et de fatigue, il le lâcha et lui montra son sabre, en disant :

– Si tu touches encore à un de ces chevaux, surtout au mien, le noir, c'est ça qui te trouera la peau ! Compris ! File ! »

Un soir où le vent était plus violent qu'à l'ordinaire, nous étions tous les trois, Hercule, Pylade et moi, avec Fourneau, Dumas et le commandant Germot, et nous nous écartâmes de la route pour trouver refuge dans une ferme que nous avions aperçue. Mais la neige tombait, le vent la soulevait en tourbillons aveuglants, nous parvînmes à nous réfugier dans un four abandonné. Au matin, la neige avait tout recouvert, il n'y avait plus aucune trace de pas, le chemin avait disparu. Nos cavaliers étaient inquiets et laissèrent flotter nos rênes, faisant confiance à notre instinct pour retrouver nos camarades. Nous avançâmes dans la neige et, devant une petite ferme, nous nous trouvâmes entourés de cosaques. Ils étaient une trentaine, aussi battîmes-nous en retraite.

Plus tard, Monsieur Germot mit brusquement pied à terre : il avait aperçu un paysan qui avait l'air de savoir où il allait, et, le menaçant de son pistolet, il le somma de nous indiquer le chemin. L'homme nous accompagna un moment, puis le Commandant le laissa aller. Nous avions retrouvé les débris de notre régiment. La route était facile à suivre, car jalonnée de cadavres, de voitures brisées, de canons sans affûts, de morts dépouillés par nos camarades, certains encore vivants, mais dont le râle indiquait la fin prochaine.

– Dis donc, Dumas, chuchota Fourneau en arrivant au campement, nous n'arriverons jamais ! Il y a plus de deux cents lieues à faire…

– Ah, bon ? dit le vieux cuirassier en souriant. Regarde donc, petit !

Et le vieux se mit à danser sur place.

– Tu vois ? Le vieux a encore de bonnes jambes ! Alors, toi qui es plus jeune… »

Dumas flatta la croupe de son petit cheval cosaque.

– Alors ? Qu'est-ce que tu en dis, mon petit Baskir ?

Mais le cheval cosaque ne comprenait sans doute pas le français, car il ne daigna pas répondre, ni même regarder son cavalier.

– Bon, d'accord, dit Henri, mais tu sais que je n'ai rien mangé depuis deux jours ?

– Tope là ! répondit le vieux briscard, en lui tendant la main. J'en ai autant à ton service !

– Non, arrête, je ne te demande pas de danser devant un buffet imaginaire, mais de faire quelque chose. J'ai entendu dire qu'il y avait, pas loin, un champ de pommes de terre. Allons-y !

– Si tu veux, quoique ma danse ait achevé de m'épuiser ! »

Le vent ayant ralenti et la neige ayant pour le moment cessé de tomber, les deux amis se dirigèrent vers l'endroit où ils espéraient trouver de quoi se sustenter. En chemin, ils rencontrèrent trois chasseurs qui faisaient cuire un cuissot de cheval dans une grande marmite. Des fantassins, attirés par le feu, se ruèrent vers eux, voulant leur dérober la nourriture.

Henri et Dumas prêtèrent main-forte aux chasseurs et mirent les fantassins en fuite. Ils purent partager un peu de bouillon qui les réchauffa, et leur indiquèrent le champ de pommes de terre. Chacun en ramassa de quoi remplir ses poches.

Au bivouac, les pommes de terre furent cuites sous la cendre, et Henri, une fois rassasié, voulut en garder pour le lendemain.

Au réveil, les pommes de terre avaient été volées, et, un peu plus loin, il en retrouva plusieurs, piétinées, car les voleurs avaient dû se battre. De plus, Pylade présentait une énorme estafilade sur sa croupe, un homme affamé avait dû tenter d'y découper une tranche de viande. Un autre cheval, couché sur le flanc et perdant son sang, avait été ainsi traité, car il était trop faible pour réagir. Mon camarade avait dû se défendre. Hercule, lui, présentait un trou béant sur sa croupe où le sang avait coagulé.

Le 8 novembre, un feu nous réchauffa. Mais il s'agissait d'une grange remplie de fourrage, dans laquelle plusieurs soldats qui s'y étaient abrités avaient trouvé la mort. Malgré notre répugnance pour l'odeur de brûlé, nous mangeâmes ce qui avait échappé aux flammes. Mais nos cavaliers avaient les entrailles rongées par la faim. Un soir, un grenadier, vêtu de haillons, sans chaussures ni chemise, les jambes entortillées dans des bottes faites de paille tordue, s'approcha de moi, un canif à la main. Henri réagit à temps, malgré sa faiblesse.

– Misérable ! cria-t-il.

– Vas-y, tue-moi, murmura l'homme, puisque tu préfères un animal à un chrétien. Et il lâcha son canif et croisa les bras.

Sa détresse était telle qu'Henri lâcha son sabre, mais l'homme reprit :

– Tue-moi donc ! Tu me rendras service ! Sans vêtements, sans chaussures, crevant de faim, où veux-tu que j'aille ?

– Sauve-toi, dit Henri. Va-t'en ! »

Henri se tâta : il constata que, sans la pelisse de fourrure qu'il avait récupérée à Moscou, et les bottes de cosaque qu'il avait prises sur un mort pour remplacer les siennes qui n'avaient plus de semelles, il aurait été vaincu par le froid.

Je me rendis compte que, pour le remercier de prendre soin de moi, je n'avais d'autre ressource que de marcher vite et longtemps, pour le ramener le plus tôt possible vers la terre natale et vers son aimée.

Un peu plus loin, nous croisâmes un campement d'artilleurs, ou plutôt ce qui avait été un campement. Les hommes, les chevaux et les canons étaient ensevelis sous la neige. Nos cavaliers et le commandant se construisirent un abri avec les restes des pièces de canons, les caisses, les morceaux de chariots, et nous tentâmes tous les six, serrés les uns contre les autres, de nous reposer. Mais les cosaques galopaient sans cesse sur nos flancs et, à tour de rôle, les hommes durent monter la garde et tirer des coups de fusil. Nous étions tous, hommes et chevaux, étonnés de voir que la nature humaine — et équine — pouvait à ce point résister au froid, à la fatigue et à la faim !

Le lendemain, le soleil daigna se montrer et tout ce qui respirait encore se mit à marcher. Des hommes à demi morts surgissaient d'abris de fortune, d'autres sortaient des bois avoisinants. Il restait encore quelques chevaux, efflanqués, blessés, comme mes camarades, comme Hercule qui souffrait de sa blessure, je n'osais me regarder. Quelques jours auparavant, Henri avait percé un trou de plus dans ma sangle pour pouvoir faire tenir la selle… On fit halte pour attendre les autres, il nous fallait rester groupés. Il y avait par endroits des faisceaux formés par les fusils, mais il n'y avait plus personne pour ramasser ces armes.

II. Adieu, mes amis.

Pylade mourut le lendemain. Le soir suivant, à bout de forces, Hercule tomba sur la route. Fourneau, Dumas et le commandant essayèrent de le faire relever, en vain, mon malheureux ami restait couché dans la neige. M'approchant, je lui soufflai dans les naseaux, mais il remua faiblement la tête et ses yeux devenaient vitreux. Je l'embrassai sur le front, comme il aimait souvent qu'on le fasse, mais déjà il se refroidissait.

Près de moi, le commandant Germot pleurait, ayant passé ses bras autour du cou du vaillant cheval. Puis il s'éloigna.

Quelques minutes plus tard, Hercule était découpé en tranches et les soldats faisaient griller ce qu'ils récupéraient. Le commandant, lui, bien qu'affamé et se soutenant à peine, refusa de toucher à ce qui était pour lui un sacrilège.

– Je ne toucherai pas à cette nourriture, mon pauvre Hercule, mon brave ami ! » Mais il n'arrivait plus à marcher, affaibli qu'il était. Fourneau, épuisé également, mais qui était parvenu malgré la peine que lui causait la mort de notre compagnon à se nourrir quelque peu, trouva un moyen de lui procurer un peu de repos.

– Mon commandant, j'ai trop froid aux pieds, il faut que je marche. Montez donc sur Nestor, nous alternerons si vous voulez. » Et on aida le commandant à se hisser sur mon dos, tandis qu'Henri me tenait par la bride. Nous avions l'espoir de trouver des vivres à Smolensk. Or, la Garde nous avait précédés, il ne restait quasiment rien. Ils n'avaient de toute façon pas dû faire bombance, la ville était en ruine, couverte de neige.

Dans une maison dont les murs étaient restés debout, ils trouvèrent deux lieutenants de la Garde qui faisaient cuire une viande dont il valait sans doute mieux ne pas chercher la provenance. En les voyant, Dumas grogna « Les traîtres, les profiteurs ! Hors d'ici ! » Les deux lieutenants le traitèrent de « Cosaque », mais Henri cria :

– Nous sommes français, mais pas comme vous ! À Moscou, vous vous êtes réservé toute la nourriture qu'il pouvait y avoir dans la ville, vous en avez fait commerce, et nous et nos chevaux, nous crevions de faim !

– Dumas ! Fourneau ! Le commandant essaya de les calmer, mais il était trop faible pour élever la voix et mes amis sortirent leurs sabres.

– Misérables ! dit un des chasseurs, vous oubliez que nous sommes vos chefs !

– Des chefs qui laissent crever leurs hommes ? Allez dire ça à l'Empereur, vous verrez ce qu'il fera de vous ! »

Et, en un clin, d'œil, les deux lieutenants étaient désarmés. Mais le commandant, rassemblant ses forces, se dressa et, d'une voix ferme, somma Fourneau et Dumas d'arrêter. Surpris par le ton autoritaire venant de cet homme épuisé, mes amis baissèrent leurs sabres.

– Bon, nous leur laissons la vie sauve, dit Dumas, mais il faut qu'ils s'excusent ! Allez, les traîtres ! Demandez pardon !

Complètement abasourdis, les deux lieutenants rengainèrent leurs armes et se répondirent en excuses avant de s'en aller d'un pas rapide, en se retournant par moments pour voir si ces forcenés de cuirassiers n'étaient pas à leurs trousses.

Le commandant leur reprocha leur attitude, à l'égard de soldats français, et de la vieille garde, ils s'étaient assez mal conduits. Mais Dumas, se mettant au garde-à-vous et esquissant un salut, prit la parole :

– Pardon, mon commandant, mais permettez ! Devant Moscou, rappelez-vous, nous nous sommes tous serré la ceinture, tandis que ces profiteurs, ces escrocs faisaient commerce de ce qui nous revenait aussi bien qu'à eux !

Germot haussa les épaules, il le savait bien et ne pouvait pas vraiment blâmer ses hommes. Dumas continuait :

– Pylade, Oreste et Hercule sont morts, pour ne parler que d'eux, tués par la famine autant que par le froid, et les hommes qui n'en pouvaient plus les ont dévorés ! S'ils avaient pu avoir de quoi se sustenter, jamais ils n'auraient porté la main sur les chevaux ! »

Le commandant détournait la tête, et je pus voir qu'il pleurait, de grosses larmes coulaient sur ses joues creuses et il tremblait de froid et d'épuisement. Henri lui fit signe de venir se sustenter quelque peu avec la viande qu'avaient laissée les lieutenants. Au moins, ils pouvaient avaler quelque chose de chaud, et il restait également un peu de pain qu'ils trempèrent dans le bouillon pour le ramollir. Ils étaient parés pour quelques heures. Mais après ?

Henri alla fureter dans les rues de Smolensk, en quête de fourrage ou de victuailles. Tout ne pouvait pas avoir été détruit ! Dans les rues boueuses et bordées de ruines et de débris, il croisait des hommes à l'allure fantomatique, les restes de la Grande Armée.

Tout à coup, laissant passer un chariot qui transportait des malades ou des blessés, il regarda de côté, voyant arriver un homme en uniforme de chasseur. Et il sursauta :

– Mazet ! C'est toi ! C'est bien toi !

Le soldat, un chasseur de notre ancien Vingtième, s'arrêta et son visage changea d'expression.

– Fourneau ! Mais oui ! Mon ami Fourneau !

Mazet, qui avait été avec nous à Wagram, portait encore un uniforme, ou du moins il avait encore un galon de maréchal des logis-chef. Les deux hommes tombèrent dans les bras l'un de l'autre, et le sous-officier raconta à Henri ce qui lui était arrivé.

Après Wagram, il avait lui aussi fait la campagne d'Espagne, mais on l'avait envoyé au Portugal, où il s'était battu contre les Anglais, et avait été promu maréchal des logis. Il ajouta qu'il avait en plus gagné les galons de chef à Smolensk, le même jour où Bouquet avait été promu capitaine. Au nom de son vieil ami, Henri sursauta :

– Bouquet ? Le brigadier Bouquet ? Mais je le croyais mort à Wagram !

– Eh bien non, répondit Mazet. Il était vraiment fait d'un matériau solide, le vieux ! Il était blessé, mais on l'avait soigné, et il était reparti, comme tout neuf ! Mais bon, il en avait trop subi, avec le froid et la faim, il s'était affaibli, de vieilles blessures s'étaient rouvertes, il crachait du sang. Il est mort la semaine dernière. Nous avons dû — à sa demande — l'abandonner sur le bord de la route. Le soir, au campement, j'ai eu des remords, je suis reparti à sa recherche. Le pauvre avait été dépouillé de son manteau, de ses armes, de toute façon il n'aurait pas pu s'en servir. J'avais voulu lui donner une gorgée d'eau-de-vie, d'une gourde que j'avais trouvée dans le paquetage d'un cosaque que j'avais tué. À ce moment, un fantassin m'a arraché la gourde en criant : « Tu ne vas pas donner à boire à cet homme, il est mort, ou presque ! » Cet individu n'a pas eu le temps d'aller loin, je te jure ! Mais Bouquet venait de mourir.

Les deux hommes soupirèrent, pensant à leur camarade.

– Ce brave Bouquet, ajouta Mazet, je le revois, passant ses soirées, ses nuits même à apprendre à lire, à compter, pour devenir officier ! Avec l'âge il avait pris de l'ambition, voulait monter en grade. Qui sait ? Peut-être aurait-il fait un général !

– Le pauvre ami ! dit Henri en se signant discrètement, imité par Mazet : tous deux, en bons paysans, avaient gardé un peu de religion.

– Mais dis-moi, dit le maréchal des logis, ton cheval, le brave Nestor… Enfin, je ne veux pas te faire de la peine, s'il est…

– Nestor ? Mais il est toujours là ! Viens le voir, nous ne nous sommes jamais quittés, il tient le coup. Combien de temps encore ? Je ne veux pas y penser. Certes, ce n'est plus la fringante monture d'autrefois, il a eu bien de la misère, comme nous tous. Mais il me porte toujours, nous rentrerons en France tous les deux !

– Oh, oui, allons voir ce fidèle camarade, il me rappellera notre jeunesse ! Mais tu sais que tu as changé, Fourneau ! Je t'ai connu robuste, beau garçon, on te donnerait… enfin, nous avons tous vieilli en peu d'années ! Tu as vingt-sept ans, c'est ça ?

– Oui, cinq ans de moins que toi. Oui, je sais, nous en paraissons cinquante maintenant, déjà des cheveux blancs, et nous n'avons plus que la peau sur les os. Mais nos jambes nous portent toujours…

– Et nous pensons toujours à ce qui nous attend en France. Ma pauvre femme, mes chers enfants, les reverrai-je ?

– Tu es marié ?

– Oui, je me suis marié à Nantes, avant de partir pour l'Espagne. J'ai deux enfants, je pense à eux quand la peine est trop forte, cela m'aide à tenir. Et toi, Fourneau ?

– Moi ? J'ai mon cœur à Clamecy, mais il y a plus d'une année… Elle doit me croire mort !

– Si elle t'aime, elle attendra !

– Oui, mais combien de temps ? Je ne lui en voudrais pas, il y a quelques mois que, en pensée, je lui ai rendu sa promesse, qui sait ce qui nous attend ? Mais bon, cela ne sert à rien de se tourmenter, à chaque jour sa peine, comme disait mon vieux père. Avec qui fais-tu la route ?

– Nous sommes trente-huit chasseurs, survivants du Vingtième. Et toi ?

– Le commandant Germot, mon ami Dumas et moi, nous sommes avec quarante cuirassiers du régiment, dont une quinzaine d'officiers. Une trentaine de chevaux, dont le mien.

– Vous avez plus de chance que nous, nous ne sommes que six à être montés, nous nous relayons. Mais tu ne crains pas que ton commandant te prenne ton cheval ?

– Le commandant Germot est un ami, nous montons à tour de rôle. Viens voir Nestor, et je te présenterai mes amis.

– Avec plaisir !

À ce moment, un lieutenant du Vingtième Chasseurs arriva en courant vers le maréchal des logis-chef.

– Courez vite au bivouac, pour prendre le commandement des hommes. Il y a des ordres qui sont arrivés.

En même temps, Dumas arrivait près d'Henri :

– Va voir le commandant, il y a du nouveau !

– Bon, dit le sous-officier, embrassons-nous, mon ami !
Si tu revois la France, tâche d'aller à Nantes... en face du
quartier de cavalerie...

– Ne te désespère pas, dit Henri, nous la reverrons
ensemble, la France, toi, ta famille, et moi, ma fiancée ! »

Les deux hommes s'étreignirent et se rendirent à leurs
bivouacs respectifs.

Murat avait décidé, pour la sécurité de l'Empereur, de
former des escadrons avec les officiers qui restaient, du moins
ceux qui possédaient encore un cheval. Et c'était pour me
demander à Fourneau que le commandant le faisait appeler.
Henri n'osa refuser, d'autant qu'il faisait confiance au
commandant.

Pendant huit jours, je vécus en compagnie de l'Empereur
et de mon compatriote Cantal. Il était aussi fatigué que nous
tous, triste, amaigri, notre Napoléon, sur le passage de qui
même les mourants criaient « Vive l'Empereur ! » Mais sa
force de caractère était grande, il n'en laissait rien paraître, et je
ne savais son abattement que par Cantal, qu'il venait parfois
caresser quand son moral lui faisait défaut. Et mon camarade le
connaissait bien et le ressentait.

Cantal, lui non plus, n'avait guère envie de gambader. Il
avançait, et, bien que mieux nourri que moi, il ne mangeait pas
vraiment à sa faim. Je gardais le moral, car Fourneau, étant le
brosseur du commandant, devait suivre l'escadron d'assez près
et s'occupait de me panser comme il pouvait.

L'« escadron sacré », comme on disait, était doré, sous
toutes les coutures, les officiers avaient mis un point d'honneur
à rafistoler leurs uniformes. Mais leurs galons, leurs dorures
étaient effilochés, leurs vêtements déchirés rapetassés avec les

moyens du bord et la paille remplaçait souvent ce qui manquait.

Au soir arrivaient des renseignements. On pensait qu'il pouvait y avoir une offensive à tenter, mais rien ne se passa. Au bout de huit jours, l'Empereur décida de se replier vers Minsk, les officiers reprirent le commandement des hommes qui leur restaient, et nous arrivâmes à Krasnoï le 15 novembre. Nous n'avions pas de nouvelles de l'armée russe, dans quelle direction Koutouzov s'était-il replié ? Son armée souffrait-elle autant que la nôtre ?

III. La bataille de Krasnoï et la Bérézina.

Nous étions le 16 novembre. Devant la ville, quatre-vingt mille Russes nous barraient le passage. Nous avions eu l'ordre de nous présenter le plus propre possible, les chevaux devant être pansés, les armes nettoyées... Pour les vêtements, les hommes faisaient ce qu'ils pouvaient ! Résultat, nous devions quand même être assez impressionnants, ou alors nous conservions un certain prestige, car les Russes hésitèrent avant de nous charger.

Le choc eut lieu sur l'infanterie, qui se battit admirablement. Nous chargeâmes — pardon, nous arrivâmes — ensuite. L'Empereur commandait lui-même la bataille, nous encourageant. Il fallait « vaincre ou mourir ». Certes, il y eut des morts, mais davantage chez nos adversaires qui se replièrent. La Grande Armée avait encore des réserves ! Nous apprîmes que nous étions vainqueurs, et que les Russes avaient qualifié cet affrontement de « Bataille des Héros », tant ils avaient été impressionnés, par des chasseurs du régiment de Mazet qui revenaient d'une patrouille.

Fourneau était allé chercher le chaume d'une toiture écroulée pour me donner à manger, et, comme un cuirassier était mort dans l'affrontement, le commandant récupéra son cheval et Dumas s'occupa de lui. Nous avançâmes, toujours affamés. Des paysans proposèrent un peu de farine aux cavaliers, mais, apprenant qu'il y avait beaucoup de soldats derrière nous, ils s'empressèrent de tout cacher sans vouloir nous vendre quoi que ce soit.

Enfin, des renforts arrivèrent : c'était des escadrons de cavalerie légère qui rentraient d'Espagne. Mes amis en saluèrent quelques-uns, qui furent surpris de les voir aussi misérables, les encouragèrent, mais devaient continuer pour former la garde de l'Empereur.

Le 25 novembre, des cris annoncèrent une charge des cosaques, et nous dûmes nous défendre. J'avais mangé un peu de paille la veille, aussi pouvais-je porter mon cavalier. Henri, qui n'avait rien mangé, avait à peine la force de tenir son sabre, les mains gelées sur la poignée, mais il continua à sabrer comme il l'avait toujours fait et put abattre quelques ennemis. Dumas, à pied, parvint à désarçonner un ennemi dont, à son habitude, il récupéra le cheval. Apparemment, il avait su le choisir : c'était une toute petite jument, mais pleine d'énergie et robuste comme le sont tous ces diables de cosaques.

Le lendemain, nous arrivions devant la Bérézina. Pendant la nuit, les pontonniers du général Éblé avaient fait établir des ponts de bateaux. Les malheureux avaient travaillé toute la nuit et au-delà par vingt-cinq degrés au-dessous de zéro, nous dit le commandant, et la plupart étaient morts, prisonniers de la glace qui s'était reformée.

Les Russes étaient sur la rive opposée, certains que ce fleuve gelé serait notre tombeau. Leur canon tonnait, les boulets décimaient nos rangs. Ceux qui échappaient au canon étaient souvent foulés aux pieds par leurs camarades qui fuyaient en désordre. Dans cette débâcle, les hommes s'entretuaient, on ne savait plus qui était qui. Des chevaux tombèrent, des hommes furent étouffés sous le poids des fuyards, des chariots chargés de matériel et de butin se renversèrent, tombèrent dans le fleuve. De toute part, c'était une bouillie de sang, de fragments humains ou animaux, de morceaux de bois, d'où montaient des cris d'agonie.

Comment nous pûmes traverser, je me le demande, je ne savais plus sur quoi je marchais, j'essayais de ne pas piétiner d'êtres vivants, mais je glissais, me rattrapais comme je pouvais. Tout à coup, je me sentis piqué au flanc par une baïonnette. Affolé, je bondis, furieux, entraînant mes deux voisins, sautai par-dessus des corps, et la tempête que nous étions avança de quelques pas en écrasant quelques hommes. Nous voyions enfin l'autre rive, mais la foule était trop compacte. Henri, Dumas et le commandant brandirent leurs sabres, mais les grenadiers qui nous précédaient se retournèrent, pointant leurs baïonnettes vers nous.

À un moment, je me trouvai tout près de la rive. Alors, je ruai, me cabrai, et fis un peu de place avant de plonger dans la rivière dont la glace avait cédé. Deux fantassins s'étaient accrochés à mes rênes, ils allaient me faire couler et noyer Henri. Mais celui-ci réagit, les frappant du plat de son sabre, et les deux hommes disparurent dans l'eau glacée.

– Ils passent ! Entendis-je le commandant crier.

En effet, l'artillerie avait réussi à passer sur un pont que l'on avait déployé à son usage. Leurs chevaux prirent le galop sur la rive et les canonniers se mirent en batterie, pointant les canons sur l'artillerie russe qu'ils parvinrent à neutraliser. Je repris pied sur la rive et Henri me sécha vigoureusement avec les tresses de paille qui entouraient ses jambes, Dumas en faisait autant avec son cheval cosaque et le commandant avec un cheval qu'il avait récupéré. Nous étions saufs. Pendant ce temps, le maréchal Ney avait chargé à la tête de ses grenadiers et culbuté l'infanterie russe de Tchitchakoff.

On nous fit mettre en ligne pour attendre l'ordre de charger. Nous attendîmes longtemps, nous étions transis de froid, et il n'y eut pas de charge. Pendant ce temps, les hommes et les chevaux continuaient à traverser le fleuve comme ils pouvaient, en s'écrasant les uns les autres, tandis que l'arrière-garde contenait les cosaques qui hurlaient en chargeant.

Les Russes finirent par disparaître, et nous nous engageâmes sur la route de Wilna. Nous suivions des escadrons bavarois, venus de leurs dépôts. Le froid empirait, tout au long du chemin nous trouvions les cadavres de nos éclaireurs. Non loin de là, des hordes de loups, gras et repus, se disputaient les restes des hommes et des chevaux. Ah, ils étaient bien nourris, les loups ! Notre unique consolation était de savoir qu'ils dévoraient aussi bien les Russes que nos amis…

– Un Français, un Allemand, un Russe… c'est toujours de la viande ! » avait commenté Dumas.

IV. Sur la route de Wilna.

Le tempérament méridional de Dumas, enclin à la gaieté et à la plaisanterie, peu versé à la méditation, supportait mieux les rigueurs du climat que le commandant Germot, trop calme et pondéré, qui, fataliste, se laissait aller au découragement. Un matin, Fourneau et Dumas se levèrent, et constatèrent qu'il ne se réveillait pas. Tous deux savaient que celui qui dort profondément dans le froid peut se retrouver gelé et mourir. En effet, tous ceux qui s'étaient arrêtés et étaient tombés sur la route, pris d'un irrésistible besoin de dormir, commençaient à cracher du sang quelques instants plus tard, le visage tordu dans un horrible rictus, le sang jaillissait de leur bouche, de leur nez, de leurs oreilles, et un bref instant plus tard, ils s'écroulaient, morts. Aussi, tous deux secouèrent-ils le commandant qu'ils déshabillèrent pour lui frotter le corps avec de la neige. Après une bonne heure de cet exercice qui avait eu au moins le mérite de les réchauffer, ils constatèrent qu'ils avaient sauvé leur commandant, qui parvint à se lever et qu'ils aidèrent à se mettre en selle.

Au soir, Fourneau rencontra Mazet, qui lui cria :

– Frotte-toi vite le nez, Henri, tu vas le perdre ! »

Mon ami ramassa une poignée de neige et se frotta le nez, qu'il ne sentait plus. Il continua, et, bientôt, une douleur intolérable lui apprit que le sang avait recommencé à circuler dans son appendice nasal. Il continua à se frictionner, tant et si bien que, le lendemain, une croûte de neige entourait son appendice nasal, qui heureusement était sauvé.

Dumas, lui, n'eut pas de chance, il eut deux doigts de sa main gauche gelés. S'en étant aperçu trop tard, il dut les couper. La blessure ne saigna pas et, sur le moment, il ne sentit rien.

Un soir, Fourneau avait trouvé assez de bois pour allumer un grand feu de bivouac, autour duquel hommes et officiers venaient se réchauffer et soigner leurs engelures avec ce qu'ils pouvaient. Une douzaine de grenadiers de la garde se précipitèrent, mains tendues, vers le brasier. La moitié d'entre eux tombèrent pour ne plus se relever. Il y en eut deux qui devinrent comme fous et avalèrent des charbons ardents. La réaction que cause le passage du froid extrême à la chaleur avait été trop brusque. Les quatre derniers, qui avaient été plus prudents, se précipitèrent sur les cadavres qu'ils dépouillèrent, récupérant vêtements, chaussures et ce qui pouvait avoir une quelconque valeur dans les poches des malheureux.

L'un des morts possédait une gourde d'eau-de-vie, prise à un cosaque. Un homme s'approcha et but une gorgée, prudemment. Un malheureux dont les mains étaient gelées l'implora de lui donner une gorgée. L'homme, un caporal, lui en demanda deux Louis. L'autre lui fit signe de les prendre dans ses poches, ce que l'autre fit sans se prier. Mais, alors que le moribond levait la tête pour boire, le caporal retira la gourde en disant :

– Tu vas mourir, pas la peine ! Au suivant ! Qui a deux Louis ?

Henri, indigné, lui arracha la gourde des mains et l'approcha des lèvres du moribond, qui avait perdu conscience et, quelques secondes plus tard, cessa de vivre. Le caporal, furieux, dégaina sa baïonnette et s'approcha d'Henri. J'étais tout près, je hennis et esquissai une ruade. Mon ami avait gardé ses réflexes et l'étendit d'un coup de pistolet.

Nous étions le 1er décembre, et avions encore trois jours de marche à faire avant d'atteindre Wilna, où nous espérions pouvoir nous reposer un peu. Mais, en attendant, nous étions près d'un petit village où les habitants ne voulurent rien nous vendre, prétextant que nos devanciers avaient tout raflé. Henri cherche un peu et trouva un juif polonais qui consentit après un bref marchandage à lui céder, ainsi qu'à Dumas, un peu d'avoine, du genièvre et un méchant ragoût de mouton. Nos amis n'avaient que très peu touché à leurs réserves et étaient prêts à tout donner pour un peu de pain. Nous, les chevaux, avions presque oublié le goût de l'avoine, et nos cavaliers celui de la viande autre que celle des chevaux morts.

Mais nous continuions à marcher, les hommes en haillons avaient leurs barbes recouvertes de glaçons qui cliquetaient. Comme la neige continuait à tomber, nous ne voyions la route qu'en suivant les cadavres contre lesquels nous butions. En fin d'après-midi, quand le soir tombait, les débris de l'armée se dispersaient vers les masures des alentours, pour chercher à manger ou un abri. Seule l'arrière-garde couchait sur place, pour empêcher l'approche des Russes. Le lendemain, elle se remettait en marche, et des bandes débouchaient de tous côtés pour reformer une longue file qui ondulait lentement. Il nous fallait rester groupés, car ceux qui s'arrêtaient voyaient arriver des cosaques, qui, comme des nuées de corbeaux, les massacraient sur place. La plupart des soldats n'avaient plus d'armes, et ceux qui avaient encore un fusil n'avaient plus de poudre.

Heureusement, au dernier bivouac avant Wilna, on distribua des biscuits, mais l'on apprit une triste nouvelle : l'Empereur avait envoyé en France le vingt-neuvième bulletin, dans lequel il annonçait la destruction de notre armée. Et il était reparti pour Paris, ayant appris la conspiration du général Malet et voulant reformer de nouvelles troupes.

À la nouvelle de cet abandon, que tout le monde qualifia de fuite, Henri fut désespéré.

– Si cela est publié, elle va me croire mort ! Elle ne va plus m'attendre ! Si ce n'était pas une lâcheté, je voudrais mourir !

Dumas se précipita vers lui et lui tapa sur l'épaule :

– Dis donc, petit ! Encore tes idées noires ! Juste au moment où les choses s'arrangent un peu. Du nerf, enfin, tu la reverras, tu es vivant !

– Et mes pauvres parents qui n'ont que moi ! Penser que j'allais revenir les soutenait encore, mais ce bulletin les tuera ! Maudite guerre !

– Attention, petit, ne maudis pas la guerre. Oui, elle nous a pris tous nos amis, elle nous a fait souffrir, mais tu as appris à vivre, elle t'a montré ce que tu valais. Elle t'a donné la gloire ! C'est en héros que tu vas rentrer ! Avec les misères que nous avons eues, on peut être fier de soi, non ?

– Et on a envie de recommencer ? dit Henri, avec un rictus ironique, étouffant un soupir.

– Ah, non, pas pour le même prix, la résistance du corps a des limites, et on n'a plus le même âge ! En tout cas, si j'en réchappe, je pourrai vivre de mes rentes. Non, mais !

Il frappa sa poche :

– Il y a dix mille francs dans mon petit sac ! Hein ? Tu vois !

Mais il se tâta, et bientôt son expression passa de l'inquiétude au désespoir. Il se déshabilla, mais ce fut en pure perte : le sac où il avait rangé les précieux écus lui avait été volé. Fourneau, surpris, s'adressa à lui :

– C'est bien triste, mais, vois-tu, puisque je n'ai plus besoin de me faire remplacer, et que sans doute on me croit mort, je t'offre la moitié de mon pécule, et ainsi…

Mais Dumas l'interrompit :

– Arrête, petit. Merci, mais tu dois reprendre courage ! On t'attend à Clamecy, tes vieux parents mettront encore une fois leurs habits de fête pour te recevoir. Moi, j'ai juste fait un beau rêve. Je t'ai déjà dit que l'espoir d'une vie tranquille me soutenait, mais je suis tout seul, je ne sais rien faire d'autre que la guerre, et je suis vieux. Alors, si je m'arrête, je ne me relèverai plus. Et, tu sais, j'ai résisté, par habitude, mais à trop tendre la corde, elle finit par se casser.

Il y eut un moment de silence, seulement troublé par quelques hennissements de chevaux affamés. Je regardais le vieux cavalier, il me semblait que son visage changeait, qu'il s'adoucissait. J'eus l'idée que le vétéran venait de sentir la venue de la mort. Henri fit un geste de protestation, mais Dumas reprit :

– C'est normal, petit, c'est mon tour. C'est justice, non ? Apparemment, j'ai été créé pour tuer, j'ai tué, c'est mon tour de l'être !

– Comment, Dumas, toi, si gai, qui nous remonte à tous le moral, voilà que tu penses à nous lâcher, à déserter ?

– Ah, non, certainement pas. Je pense à la mort, ce n'est pas une désertion, c'est une précaution. Je suis un tireur, je dois toucher le but. Or, la mort est le but de la vie… J'ai fait mon devoir, j'ai obéi aux ordres. Et avec ça, je suis tranquille, on meurt tranquille quand on a fait son devoir. Le dernier coup de sabre que je verrai, il sera pour moi ! Je m'y attends, je ne serai pas surpris. Pour les copains, ce ne sera qu'un mauvais jour.

En l'entendant, je voyais Henri qui serrait les dents, se retenant visiblement de pleurer. Histoire de détourner l'attention, je m'ébrouai, tapai du pied — avec le froid qui m'engourdissait, j'en avais besoin de toute façon —, secouai la tête. Il n'empêche que les paroles de ce soldat, qui restait calme devant le sentiment de sa fin prochaine me faisaient oublier la tempête de neige, le vent glacial de l'hiver russe. Dumas continua :

– Un vieux cavalier comme moi, qui a dû apprendre à tuer pour ne pas être tué, doit forcément penser à la grande faucheuse ! Chaque fois qu'un ennemi tombait sous mon sabre, je pensais « Tu me reconnaîtras, hein, ma vieille ! Je t'envoie des clients qui te donneront mon adresse ! » Tu vois, je ne ferai pas le grand saut sans m'être préparé. La mort, elle est toujours prête, il n'y a qu'à faire comme elle !

– Ne plaisante pas avec la mort, parvint à articuler Henri, tu ne la connais pas, pas plus que moi !

– Possible, mais elle, elle nous connaît. Et moi, je la respecte, comme je respecte la vie. Mais je ne la crains pas, sinon je n'aurais jamais fait ce métier. J'ai vécu comme une brute, mais sans méchanceté vraiment, je n'ai pas beaucoup réfléchi puisque les chefs réfléchissent pour nous. J'ai eu des succès, mais je vieillis. Depuis Moscou, je sens que je suis fini.

– Dumas ! Arrête !

Fourneau écrasa une larme. Dumas lui prit la main.

– C'est notre lot à tous, on vit où on peut, on meurt où on doit. Toi, courage, quelque chose me dit que tu ne resteras pas en Russie.

– Dumas ! Arrête ! dit Henri, ça va, j'ai compris !

– Et puis, assez causé. J'ai faim, moi, il faut se trouver à manger.

À ce moment, le commandant vint nous trouver pour nous dire que son cheval était mort.

– Tu vois ! Dit Dumas, voilà le dîner qui arrive. Dépêchons-nous de le découper et de le faire cuire avant que les autres ne se servent ! »

Au soir, le vieux briscard fit don de son petit cheval cosaque au commandant, en lui annonçant qu'il sentait sa mort prochaine. Il alla vers Henri et lui proposa de se mettre en quête de fourrage pour nous. Ils allaient être servis : ils marchaient depuis quelques minutes seulement, quand apparut une charrette de foin escortée par cinq cosaques à cheval.

– Voilà ton affaire pour ce brave Nestor, et pour le cheval du commandant. Hardi, petit !

Ils bondirent sur les Russes, en tuèrent deux. Pendant que Fourneau chargeait le troisième, évitant sa lance, les deux autres s'élançaient vers le vieux soldat. Celui-ci désarma l'ennemi le plus proche de lui, mais le second lui enfonça sa lance dans le dos. Un flot de sang sortit de la bouche de Dumas qui s'écroula, et les deux cosaques s'enfuirent au triple galop en laissant la charrette.

Henri se précipita vers son compagnon qu'il serra dans ses bras :

– Dumas ! Mon vieux ! Non, ce n'est pas vrai, tu n'es pas mort ! »

Déjà, le cadavre se raidissait et son sang se congelait. Henri se servit de son sabre pour creuser un trou sous la neige afin d'ensevelir son ami. Il resta un instant devant cette tombe improvisée, se rappelant vaguement que dans sa prime enfance il avait appris quelques prières. Puis, tenant par la bride les petits chevaux qui tiraient la charrette, il regagna le bivouac. Il se précipita vers moi et posa à terre deux bottes de fourrage, et en fit de même devant le cheval du commandant.

– Mon pauvre Nestor, je n'ai plus que toi, désormais ! Ne m'abandonne pas, mange ! »

Puis il alla trouver le commandant pour lui raconter ce qui venait de se passer.

Le 9 décembre, nous étions à Wilna, sous un froid encore plus fort. La cavalerie légère, qui était arrivée quelques jours auparavant, était encore plus démoralisée que nous, s'il était possible, ayant perdu une grande partie de son effectif.

Henri entra dans la ville parmi les premiers, avec le commandant. Cette cité était calme, opulente et les habitants ne semblaient pas agressifs. Nous entrâmes dans une auberge et, pendant que nos cavaliers se faisaient servir à manger, pouvant enfin profiter d'un repas chaud, le cheval cosaque et moi, bien bouchonnés, nous nous régalions d'avoine, dont nous avions presque oublié le goût.

Quelques heures plus tard, le gros de l'armée arriva et nos cavaliers mirent des provisions en lieu sûr avant d'aller au-devant de leurs camarades. Ceux-ci arrivaient traqués par la faim, à tel point qu'ils se précipitaient dans les maisons où ils prenaient tout ce qu'ils pouvaient trouver. Les habitants, épouvantés, s'enfermèrent chez eux et se barricadèrent, et la garnison qui défendait la ville, croyant à une attaque, s'enfuit.

Les soldats à peu près rassasiés, le calme revint. Nous prîmes deux jours de repos, nos cavaliers nous firent ferrer de frais, bouchonner, soigner, avant de reprendre le chemin du retour, par un froid de vingt-huit degrés.

Non loin de la ville, il fallait franchir une montagne, qui ressemblait à un énorme bloc de glace. Nombre de chariots ne pouvaient la gravir, ceux des chevaux qui n'avaient pas été ferrés convenablement durent également être abandonnés. Pour que nos munitions ne tombent pas aux mains des ennemis, les artilleurs firent sauter les caissons. La détonation fut effroyable, on aurait dit que la terre s'était mise à trembler, et certains crurent à une bataille, d'autant que des bandes de cosaques arrivaient. Plusieurs de nos soldats furent pris de panique, redescendirent dans la ville, et, apercevant des voleurs qui faisaient main basse sur les chariots de butin abandonnés, commençaient par les amadouer puis se battaient avec eux.

Nous étions passés, avec quelques petits canons et des chariots plus légers, et étions parvenus à mettre en fuite un petit groupe de cosaques. Plus loin, le froid était toujours aussi vif, mais le pays n'avait pas été incendié et nous pouvions réquisitionner des maisons pour nous abriter la nuit. Un reste de l'armée, qui était passée avant nous, avait dû abandonner des caisses de vêtements et de chaussures, et nos hommes furent rhabillés à neuf. Ce n'était pas du luxe !

Après Kowno, il y eut encore un incendie, provoqué par la maladresse de chasseurs qui, ayant trouvé des réserves d'eau-de-vie, s'étaient enivrés à tel point qu'un geste maladroit avait enflammé les barriques et que plusieurs des hommes avaient péri soit carbonisés, soit d'une congestion causée par l'excès d'alcool. Fourneau se demandait combien il pouvait encore rester d'hommes dans notre régiment, et le commandant ne savait que répondre.

Cependant, la route devenait plus facile. Henri et le commandant avaient conservé les deux petits chevaux qui avaient tiré la charrette à foin, et changeaient de monture à intervalles réguliers. Aussi étions-nous en meilleur état, d'autant plus que l'on trouvait de la nourriture. Fourneau, quand le souvenir de son brave ami Dumas ne venait pas l'attrister, reprenait espoir et chantonnait parfois, pensant à sa bien-aimée.

Nous passâmes le Niémen, qui était gelé sur une forte épaisseur, et nous arrivâmes en Pologne. Mais le bonheur d'arriver dans un pays hospitalier fut tempéré par de nombreux incidents : beaucoup d'hommes, privés qu'ils avaient été, mangeaient trop, buvaient trop, s'étouffaient ou mouraient de congestion, le passage du froid au chaud était trop brutal, et il y eut de nombreux décès.

Le commandant se remettait, lui et Henri récupérèrent les cavaliers valides qui avaient pu récupérer un cheval, et nous nous mîmes en marche vers Königsberg, au nombre de vingt-trois. Un peu plus loin, un chariot qui restait du régiment du train — la plupart avaient sombré dans les eaux glacées de Russie — nous apporta du fourrage, et nos cavaliers furent habillés de neuf. Ce n'était pas du luxe ! Et encore, j'étais de ceux dont les cavaliers veillaient à l'entretien de la ferrure, et Henri n'oubliait jamais de me bouchonner le soir, avec ce qu'il pouvait trouver.

Nous étions tout de même obligés de rebrousser chemin, les ennemis avançant toujours derrière nous, et les habitants, nous sachant affaiblis, mettant beaucoup de mauvaise volonté à nous fournir le vivre et le couvert, sans parler des voitures de réquisition, ou des chevaux de trait.

Le commandant Germot donna des ordres très stricts, imposant aux soldats de se montrer disciplinés, mais prenant les mesures les plus rigoureuses vis-à-vis des habitants afin que nous soyons logés. Munis qu'ils étaient d'armes nouvelles et solides, les cavaliers les exhibaient le plus possible, les chargeant quand ils croisaient des villageois, et ne se privant pas d'annoncer la venue d'une armée importante dont nous étions l'avant-garde. Moyennant quoi, nous obtenions vivres et fourrage, et le commandant n'avait qu'à montrer un billet de réquisition pour que les portes s'ouvrent.

CINQUIÈME PARTIE :
Vers la paix.

I. Réformé !

À la fin du mois de février, nous rejoignîmes un dépôt du régiment près de Brunswick, où l'on regroupait les nouvelles recrues, hommes comme chevaux, afin de leur faire suivre un entraînement sérieux. Les chevaux arrivaient du Hanovre, du Holstein, du Mecklembourg, les hommes d'un peu partout. Rapidement, on les réunissait en compagnies, sous les ordres d'un capitaine, et ensuite on regroupait deux ou trois compagnies pour en former un régiment, commandé par un officier supérieur. Ces régiments partaient rejoindre le corps d'armée auquel ils étaient affectés.

La plupart des blessés de Russie avaient été soignés, et ils formaient dans ces nouveaux régiments, un noyau dur, qui impressionnait les jeunes recrues, et ceux-ci s'efforçaient de leur ressembler. Les jeunes soldats étaient solides, courageux et avaient hâte d'en découdre, les chevaux étaient jeunes et robustes, mais nous manquions de maréchaux-ferrants, de selliers et l'intendance avait besoin de renforts.

Mais il fallait vite envoyer des troupes, afin de mettre au pas — si j'ose dire, s'agissant d'hommes et non de chevaux — des corps francs qui, dans toute l'Allemagne, semaient le désordre dans les petites compagnies. Un régiment de près de deux mille hommes pouvait les impressionner et se faire respecter.

Le régiment dont je faisais partie était placé sous les ordres du commandant Germot, aussi mon ami Henri était-il quasiment certain d'obtenir l'autorisation de rentrer en France. Il lui restait quelques jours à faire avant une permission de plusieurs mois, et durant ces jours il avait à débourrer un jeune cheval, pendant que j'étais de service pour apprendre à une jeune recrue à monter correctement.

Mais voilà. Le jeune cheval holsteiner qu'il dressait avait de bonnes allures, mais, à un moment, il prit peur et obliqua brusquement à droite. Étant au galop sur le pied gauche, il trébucha, glissa et tomba. Il se releva aussitôt, mais son cavalier resta le pied dans l'étrier et eut la jambe cassée. On le transporta tout de suite à l'hôpital, où le chirurgien l'assura qu'il se remettrait sans encombre et pourrait marcher et remonter à cheval comme avant, mais qu'il devait pendant quelque temps se tenir bien tranquille. Le commandant, qui vint le visiter, ne voulut pas ajouter à sa peine, mais pensa que c'était bien la peine d'échapper à la mort et de subir toutes les souffrances qu'ils avaient connues en Russie pour se casser la jambe alors qu'il était presque arrivé en France !

Henri appela un sous-officier pour lui demander d'écrire une lettre à ses vieux parents, ainsi qu'à Mademoiselle Adrienne. Il espéra que la lettre pourrait partir, car le service des postes était assez irrégulier. Mais, deux mois après l'envoi, alors que sa jambe était presque guérie, il n'avait reçu aucune réponse. Inquiet, il ne savait que faire. La guerre continuait, les nouvelles étaient inquiétantes, aussi n'osait-il redemander son congé. Mais il avait le désir de revoir sa famille et sa fiancée, il en perdait le sommeil et l'appétit.

Cependant, pour tromper l'ennui, il avait demandé à un sous-officier amputé d'une jambe de lui apprendre à lire. Aussi fut-il tout joyeux lorsqu'il peut déchiffrer seul les lettres qu'il avait promis de porter aux parents et à l'épouse de Jaulin : « *À Monsieur Jaulin, métayer, Le Buc, près Mézidon, Eure* », « *À Mademoiselle Pagereau, à la ferme de ses parents, Ouézy* ». Mais pourrait-il tenir la promesse qu'il avait faite à son camarade mourant ? Et quand reverrait-il, s'il les revoyait, la ferme de Clamecy, et ses vieux parents, et l'Auvergne ? Personne ne répondait, avait-on reçu ses lettres, ou s'étaient-elles perdues ? Y avait-il par là-dessous quelque perfidie, ses parents étaient-ils toujours en vie ? Adrienne l'attendait-elle toujours ? Peut-être ne voulait-on pas lui écrire pour ne pas lui annoncer une triste nouvelle ? Ou le croyait-on mort ? S'il était sûr de les retrouver, il pouvait s'arranger pour se payer un remplaçant : il n'avait rien perdu de l'argent trouvé en Russie, et s'il touchait un peu de sa solde...

On venait de lui annoncer sa sortie prochaine de l'hôpital, quand le Commandant Germot arriva.

– Je t'apporte une bonne nouvelle, Fourneau !

– Mon Commandant ! Vrai ? Une lettre ?

– Mieux, enfin, presque. Tu as l'autorisation de partir, tu vas retrouver ta bien-aimée et ta famille que tu ne quitteras plus !

– Mais... je suis guéri, et la guerre continue...

– Écoute, Fourneau. Bien sûr, je tiens beaucoup à toi, il m'en coûte de te laisser aller. Mais tu m'as été si dévoué, et depuis longtemps, j'ai décidé de faire quelque chose pour toi. Mais surtout, que cela reste entre nous, tu dois jurer de n'en rien dire !

– Comment...

– Je vais te faire réformer. Tu as largement payé ta dette à la Patrie, tu peux laisser les autres partir à ta place. Une fois réformé, tu vas toucher ta solde, et tu pourras t'en aller retrouver celle qui t'attend à Clamecy.

– Mais, et vous, mon Commandant ? Vous en auriez le droit, vu votre âge et votre grade !

– Moi, je suis un soldat de métier, et je suis trop vieux pour changer. Toi, tu es encore jeune, et tu as l'expérience des travaux de la ferme, tu peux continuer ta vie dans cette voie. L'armée, cela a été pour toi une expérience, tu as souffert, mais tu as gagné de l'expérience, tu as appris le prix de la liberté, le sens de l'honneur. Tu as encore ta vie à faire ! »

Henri était très ému, il ne put répondre. Il était heureux d'être débarrassé de la guerre, de ce cauchemar, de ces massacres, mais il s'était attaché à l'armée, il avait été le témoin de tant de grandeur, d'héroïsme, il avait vu tant de gens extraordinaires, il avait même approché l'Empereur, ce mythe vivant ! Il avait du regret à se séparer de tout ce qui avait fait sa vie pendant plusieurs années. Et, brusquement, il pensa à son ami, à moi sans qui il n'aurait peut-être pas revu son pays.

– Mais, et Nestor, que va-t-il devenir ? Nous sommes ensembles depuis 1806, tous les chevaux sont tombés, ou n'ont pu continuer, lui a toujours été vaillant, m'a porté dans toutes les batailles, m'a aidé à traverser les marécages, les rivières gelées, m'a permis de revenir de cette retraite. Sans lui, aurais-je pu traverser la Bérézina ? Oh, mon Commandant, je n'ai pas le cœur à le laisser, en plus, on le connaît à Clamecy, on l'aime, je lui ai promis de…

– Oui, Henri, je sais, et j'y ai pensé. D'abord, à ma demande, les chirurgiens majors te déclareront impropre au service. Tu tâcheras de boiter un peu plus que tu ne fais. Et moi, je vais acheter Nestor, mon grade m'obligeant à posséder deux chevaux à moi.

Il déposa trente Louis sur le lit de mon ami, en ajoutant :

– Je sais, il vaut plus que cela, mais les finances de l'Empereur sont basses, je n'ai pas encore touché ma solde, prends donc ce petit acompte.

– Mais enfin, mon Commandant, vous ne me devez rien, Nestor m'a au début été attribué par le régiment, il appartient à l'armée…

– Mais tu l'as gagné en le soignant, tu as fait économiser plusieurs chevaux à notre Empereur. Voilà, donc Nestor m'appartient. Je te signale que le capitaine qui tient l'office de trésorier a été payé.

– Mon Commandant, me séparer de Nestor me fait moins de peine maintenant que je sais qu'il sera avec vous. Mais gardez cet or, si vous voulez le garder.

– Attends, un instant. IL faut faire les choses dans les règles. Maintenant, Nestor est porté sur les registres comme m'appartenant, donc je peux en faire ce que je veux. Eh bien, je te le donne !

– Mon Commandant ! Vous…

– Ne dis rien, c'est chose faite. Mon petit, j'aurais voulu t'apporter la Croix, on me l'avait promise, on s'excuse, il y a du retard, l'Empereur n'a pas encore reçu les papiers qu'il doit signer. Les plumes vont moins vite que les boulets de canon ! Mais je maintiens ton nom sur les listes, tu auras peut-être des nouvelles. Mais va ! Demain, le régiment partira pour la Saxe, je dois prendre mon commandement. Mais, puisque tu as appris à écrire, donne-moi de tes nouvelles, cela me fera plaisir. Quand je serai trop vieux, trop mutilé, je viendrai te voir et ferai sauter tes enfants sur mes genoux, je leur serai un grand-papa de plus ! Et si Nestor n'est pas trop vieux, je l'attellerai à ta charrette, et nous irons nous promener en nous racontant nos campagnes, comme deux vieux soldats, nous parlerons d'Hercule, du vieux Dumas… Bon, Nestor est à l'écurie de l'auberge à côté, je vais retrouver mon nouvel ordonnance. Au revoir, Fourneau, embrassons-nous ! »

Les deux hommes s'étreignirent et, un instant, leurs larmes se mêlèrent.

II. Retour au pays.

Le lendemain, Henri était réformé. Il vint me voir, appuyé sur des béquilles, et m'expliqua qu'il n'en avait pas trop besoin, mais préférait en donner l'illusion. Une semaine plus tard, il avait son autorisation de sortie de l'hôpital, et il arriva tout content.

– Nous partons, mon brave Nestor ! »

J'étais assez content. Évidemment, j'étais bien soigné à l'écurie, on me faisait sortir, tenu en main, afin que je ne sois pas engorgé. J'avais repris — comme le disent les hommes — « du poil de la bête », j'avais grossi. Mais je commençais à m'ennuyer, et j'avais envie d'avoir Henri avec moi, sur mon dos, j'avais l'habitude de cheminer en compagnie. Bref, je manifestai mon contentement en piaffant, en lui donnant des bourrades dans le dos, en lui léchant les mains, il devait me dire d'avoir un peu de patience : il n'avait comme vêtements que son uniforme. Aussi s'absenta-t-il un bon moment, pour revenir habillé en civil, avec un chapeau qui lui faisait une tête toute drôle, pour moi qui l'avais toujours vu avec son casque ou un shako à plumet.

Il m'emmena d'abord chez le maréchal-ferrant qui me para les pieds et changea mes fers, puis chez un sellier qui ajusta à ma mesure bride, collier, bricole : je compris que j'allais être attelé, ce que je n'avais pas fait depuis mon engagement dans l'armée. Il sortit de sa remise une petite charrette légère à deux roues, dont la peinture était un peu passée, mais dont l'essieu et les roues étaient en bon état. Il en demanda un prix raisonnable, et Henri l'ayant réglé, je fus attelé.

Je fus surpris, cette charrette m'allait très bien. J'avais l'impression de n'avoir rien à porter. Effectivement, tirer une petite voiture était autrement facile que de porter un cuirassier, avec la selle, le paquetage, les armes. Je me mis en marche, trottant allègrement, avec tant d'entrain qu'Henri devait me modérer :

– Du calme, mon bon Nestor ! Certes, nous avons hâte d'arriver, mais entiers ! Nous n'avons pas réchappé de toutes ces campagnes pour finir dans un fossé ! »

Il avait raison, je me calmai. Henri, tout joyeux, chanta tout le long du chemin. Il semblait renaître, être délivré d'un énorme fardeau. Certes, il avait apprécié son passage dans l'armée, il s'était rendu utile, avait eu de bons amis, avait voyagé, mais justement cette absence lui avait rendu plus cher le pays où il se rendait. Comme nous étions seuls, il me racontait ses rêves de bonheur, et combien il avait hâte de revoir Clamecy, sa demoiselle et, espérait-il, ses vieux parents. Du coup, il me fit faire des étapes plus longues que celles prévues au départ, mais peu m'importait, la charrette était légère comme une plume, les harnais étaient en bon état et ne me gênaient pas, et j'étais avec Henri qui savait me guider et aussi bien tempérer mon ardeur que me faire presser sans me brusquer. Malgré toute sa hâte à arriver, il savait s'arrêter, voulant ménager mes forces et me ramener en bon état.

Il faisait chaud, cela nous changeait de la Russie ! Aussi partions-nous très tôt le matin, nous faisions une halte, nous nous sustentions tous les deux, et nous repartions. Nous ne mîmes qu'une cinquantaine de jours à arriver à Clamecy : c'était le 5 septembre.

Quelques lieues avant d'arriver, nous fûmes dépassés par de grandes carrioles à plusieurs chevaux, dont les harnais étaient agrémentés de grelots qui tintaient joyeusement. Elles transportaient des paysans vêtus de leurs beaux habits du dimanche, des enfants qui riaient, l'air gêné d'être habillés de vêtements de fête qu'il ne fallait pas salir, de ceux que l'on garde dans les armoires et que l'on se repasse de génération en génération, que l'on lave soigneusement et que l'on replie et range en mettant entre les piles des sachets d'herbes odorantes. De la ville nous parvenait le son des cloches battant à toute volée.

– Tiens ? dit Henri, il y a une fête ? Sûrement un mariage ! Bientôt, ce sera le mien, mon bon Nestor !

Puis il ajouta :

– Mais, et si c'étaient des amis, ou des parents de la famille Buffet ? Pressons-nous, mon bon Nestor, si j'arrive à temps, peut-être pourrai-je servir de cavalier à ma chère Adrienne !

Il fut confirmé dans son idée en voyant s'approcher une petite carriole conduite par un fermier habillé d'une belle veste brodée, et qu'il reconnut comme un voisin de la famille Buffet. Il salua l'homme, mais celui-ci ne le reconnut pas, habillé comme il était, les traits ravinés par les souffrances de la retraite de Russie, les cheveux blanchis. Il se décida à l'interroger :

– Pardon, Monsieur, que se passe-t-il dans cette ville, pour que l'on entende les cloches et que l'on voie arriver tant de monde ? Une fête ?

Le paysan eut un grand sourire :

– Ah, ça, pour une fête, c'est une belle fête, c'est la noce de mon gars ! Un bon garçon, il a servi trois ans dans les cuirassiers, il est revenu sans se faire trop abîmer, il a monté en grade, maréchal des logis, qu'il est ! Mais bon, il a fini par me demander de lui racheter un remplaçant, il voulait revenir à la ferme, il en a assez vu, à la guerre !

Henri approuva, lui disant qu'il y était allé aussi, à la guerre. Le paysan continua :

– C'est toute une histoire ! Il a fallu le faire remplacer, et ça n'a pas été facile, ça m'a coûté cher, c'était pour partir en Russie, on a eu du mal à trouver. On s'y attendait, parce que la Russie… il paraît qu'il y fait vraiment très froid, que les Russes sont des durs, que leur armée est nombreuse, qu'il en vient de partout, et qu'ils résistent au froid, à la faim, ils sont habitués, quoi ! Vous le savez sans doute, toute l'armée, notre Grande Armée, a été exterminée, dans les combats ou morts de froid ou de faim, c'est ce qu'un officier qui venait lever des recrues nous a raconté, il n'est pas resté grand monde, et on ne sait pas en quel état sont ceux qui sont revenus !

– Je le sais, brave homme, je puis en parler, moi aussi ! J'étais à Moscou. J'ai été blessé, j'ai dû être réformé, mais je suis vivant, et valide.

L'homme sursauta :

– Comment ! Vous revenez de cet enfer ? Vous avez un ange gardien, pour sûr !

Et il se signa.

– Mais dans quel régiment étiez-vous ?

– Le dernier était le Neuvième Cuirassiers.

– Pas possible ! Celui de mon fils ! Dites, vous l'avez peut-être connu ? Paul Caron ?

– Non, répondit Fourneau après une seconde de réflexion. Peut-être nous sommes nous croisés, il quittait le régiment quand j'y entrais ? J'étais ordonnance d'un officier, et je venais des dragons.

L'homme acquiesça, et reprit :

– Que vous le connaissiez ou non, mon gars sera heureux de voir un autre soldat ! Venez, vous allez assister à la noce !

– Vous êtes bien aimable, cela me fera plaisir. Mais, dites, avec qui se marie-t-il ?

– Avec la fille Buffet, une enfant charmante, et jolie comme tout !

– Avec Mademoiselle Adrienne ? Henri pâlit.

– Tiens ? Vous la connaissez, peut-être ?

Henri se mordit les lèvres et contint son émotion pour répondre :

– Je l'ai connue petite, il y a longtemps. Alors, vous disiez ?

– Voilà : elle avait promis d'épouser un soldat que je connaissais vaguement, il avait mis son cheval chez Buffet pour le soigner. Il s'appelait Fourneau, il était dans un régiment de dragons qui a été anéanti en Russie. Le père Buffet et le père du jeune homme économisaient tout ce qu'ils pouvaient pour payer un remplaçant au jeune homme. Et puis, mon Paul est revenu. Un beau gars, mon fiston, un grand brun, costaud, tiens, un peu comme vous, mais les cheveux encore foncés. Fourneau, vous le connaissiez, peut-être ?

– Non… Mais, articula Henri, puisque la demoiselle avait promis à l'autre, elle n'aurait pas dû accepter votre fils !

– Oh, attendez ! On lui a écrit, au gars, on n'a pas eu de réponse. Trois fois, on lui a écrit !

– Il a bien dû répondre ? Un camarade, ou un officier, auraient dû donner des nouvelles ?

– Possible, mais le courrier de l'armée n'est pas très bien fait, et puis, depuis ces pays de misère, avec tous ces morts…

Peut-être le courrier a été tué, les lettres ont fondu sous la neige, c'est bien loin, la Russie. Mon Paul, lui, nous a écrit une douzaine de fois, je n'ai reçu que trois lettres, vous voyez ? Pour en revenir à Fourneau, on s'est dit qu'il était sans doute mort pendant la retraite. Mademoiselle Adrienne ne voulait pas y croire, elle disait que c'était le courrier qui n'arrivait pas, que ce n'était pas possible qu'on n'ait pas de nouvelles, qu'elle ne remettrait sa promesse que si elle avait la confirmation que son soldat était mort. Elle est allée se renseigner au bureau du recrutement, ils ont bien voulu chercher, mais ils n'ont rien pu lui dire, seulement que toute l'armée avait été détruite, et que c'était même miracle que l'Empereur lui-même ait pu rentrer. Ah, elle a pleuré ! Elle refusait de voir mon Paul, mais il a insisté. Et le père Buffet était bien triste de la voir comme ça, elle en était malade, tournait en rond sans rien faire, il l'a raisonnée doucement, lui a fait comprendre qu'un deuil, ça doit prendre fin un jour. En plus, mon fils a un bien assez conséquent, je suis fier de le dire, finalement elle s'est fait une raison. On les marie ce matin.

– Ce matin ?

– Enfin, ils sont mariés depuis trois jours, à la mairie, parce que c'est comme ça qu'il faut faire, maintenant[31], et le maire ne pouvait pas hier ni aujourd'hui, des histoires de papiers, c'est l'administration, qu'ils disent... Mais la vraie noce ne commence qu'à midi, après la messe.

Henri pâlit et se retint aux bras de son siège. Mariée ! Adrienne était mariée… L'homme continuait :

– Vous entendez les cloches ? On arrive, il est temps de partir pour l'église ! »

---

[31] Le mariage civil a été instauré en France par la loi du 20 septembre 1792. Il doit toujours précéder le mariage religieux, s'il y en a un.

Nous arrivions devant la ferme que je connaissais bien, je hennis joyeusement, mais Henri me retint, assez brutalement, je devinai que quelque chose n'allait pas, ce n'était pas son genre de me tirer sur la bouche, comme un « coup de sonnette ».

– Vous venez ? Vous allez voir mon gars ! Ça lui fera plaisir de serrer la main à un ancien du même régiment, nous trinquerons au revenant de cette affreuse retraite !

– Veuillez m'excuser, dit Henri, retenant ses larmes. Je vais un peu plus loin, une affaire urgente. Mais je repasserai plus tard…

– J'y compte bien ! Vous allez danser, ça vous fera oublier vos soucis et vos mauvais souvenirs, avec un petit vin qu'on a, je ne vous dis que ça ! »

J'allais suivre la carriole et entrer dans la cour de la ferme, mais Henri me fouetta et me dirigea brutalement vers la route. J'avais eu le temps de voir la cour de la ferme, remplie de monde bien habillé et joyeux. J'avais reconnu Mademoiselle Adrienne, sur le perron, entourée de jeunes filles couronnées de fleurs. Visiblement, elle était triste, avait un air résigné, on aurait dit une sainte allant au supplice. Henri, lui, n'avait pas eu le courage de tourner la tête, et à présent il ne retenait plus ses larmes. Je l'entendais sangloter et fulminer à la fois.

– Mariée ! Elle est mariée ! Qu'est-ce qu'il m'arrive ? Mon bon Nestor, pourquoi n'avais-tu pas des ailes, pour que nous arrivions trois jours plus tôt ? Et pourquoi aucun courrier n'a-t-il pu arriver, pourquoi m'ont-ils fait ça ? Je suis maudit, à coup sûr ! »

Nous entrâmes dans la ville, mon ami me conduisit à une auberge et me détela, me fit nettoyer les naseaux, doucher les membres et donner un peu d'avoine, puis lui-même se passa de l'eau sur le visage et sortit, se dirigeant vers l'église. Il entendit des violons, une cabrette, et se dirigea vers la noce qui arrivait. Derrière les musiciens arrivaient les jeunes mariés, il se rejeta derrière un arbre. Le marié était un gaillard robuste, à la physionomie avenante, qui respirait la bonté. Au moment où ils arrivaient à sa hauteur, il le vit se pencher vers son épouse, lui murmurer quelques mots, et elle eut un timide sourire.

– Elle est résignée, elle, elle me croit mort. Mais lui, c'est un brave garçon, cela se voit. Elle arrivera à l'aimer, il la rendra heureuse. Quant à moi, je n'aurai pas la vie que j'espérais… Pourquoi ne suis-je pas resté sur la route de la retraite ! Non, il ne faut pas dire des choses comme ça, mais comment vivre à présent ? Je dois continuer ma route !

Il retint ses larmes et revint en courant à l'auberge. Sans manger ni boire, n'attendant même pas que j'aie fini mon picotin, il m'attela et nous partîmes au grand trot. Il avait l'air vraiment triste, aussi ne lui en voulais-je pas de sa brusquerie.

Au bout de quelques lieues, il me fit ralentir et commença à me parler :

– Je n'ai plus qu'à rentrer à Andelat, chez mes parents. Eux, au moins, ils m'attendent. La ferme n'est pas grande, je rachèterai de la terre, je leur ferai une vieillesse plus tranquille, plus douce. Allons, mon bon Nestor ! Nous rentrons au pays ! »

III. La fin du voyage.

Quatre jours plus tard, nous arrivions en vue d'Andelat, et le clocher-peigne de l'église Saint Cirques se profilait à l'horizon. Henri semblait un peu rasséréné de revoir ces lieux familiers. Passant devant l'église, il ne vit personne et se dirigea vers la maison paternelle. Mais il lui sembla recevoir un coup de poignard en pleine poitrine : la chaumière était abandonnée, en ruines. Il s'arrêta, s'approcha, vit les fenêtres brisées, la porte sortie de ses gonds, et la toiture de chaume pleine de trous qui laissait voir le ciel. Dans l'étable, plus de vaches, plus de volailles. Il fut frappé de tristesse : rien ne lui serait épargné !

Il revint vers moi, posa la main sur mon encolure, prêt à s'écrouler de douleur, quand il aperçut sur le chemin une paysanne portant un fagot, il la reconnaissait, elle avait à peu près on âge.

– Dites-moi, Madame, qu'est devenu le père Fourneau ?

La femme le dévisagea, ne le reconnut pas et répondit :

– Le père Fourneau, il est mort depuis six mois ! Son gars, Henri — je l'ai bien connu quand j'étais gamine, on jouait ensemble, il est mort en Russie, dans l'armée de l'Empereur. Le père et la mère ne vivaient plus que dans l'espoir de le revoir, et le chagrin les a tués.

– Ils sont morts ? Tous les deux ?

– Le père le mardi, la mère le mercredi ! On les a enterrés le même jour, c'est le maire qui a fait faire la tombe et mettre une croix. On les aimait bien, les Fourneau, le fils était un brave gars, il était revenu avant la guerre avec les Russes. Ses parents disaient qu'il allait se marier du côté de Clamecy, avec une fille charmante… vous le connaissiez, lui ? »

Henri fit « Non », de la tête, remercia la femme, dont il se retint de prononcer le prénom, qui lui était revenu d'un coup, et remonta en voiture pour se diriger vers le cimetière. Il alla vers la petite croix qui portait le nom de ses parents — il savait lire, à présent — et pria comme il put, laissant couler ses larmes. Il lui semblait que là, dans cette tombe, gisaient tous ceux qu'il avait connus, aimés, tous ceux qui avaient porté ses espoirs, il lui sembla que sa vie était manquée, finie. Il se rendit chez le curé — ce n'était plus le vieux prêtre qu'il avait connu, c'était un jeune, costaud, visiblement un fils de paysan — et lui remit une somme d'argent en lui demandant d'entretenir la tombe des époux Fourneau et de dire des messes pour le repos de leurs âmes.

Revenant vers moi, il me parla :

– Mon pauvre Nestor, je n'ai plus que toi ! Pardonne-moi, je t'ai bousculé, ces jours-ci. Ma vie est finie, semble-t-il. Allons, encore une visite, chez les parents du pauvre Jaulin, en Normandie. Après… Qui sait, nous verrons ! »

Il relut l'adresse des deux enveloppes, qui indiquaient une adresse dans l'Eure, à la ferme dite « Le Buc » près de Mézidon.

IV. Retour au régiment.

Vers la mi-octobre, nous arrivâmes à Mézidon et se fit indiquer le chemin de la ferme appelée « Le Buc ». Il rencontra un vieux couple triste, abattu, qui n'attendait plus le retour de leur fils, car ils savaient que l'armée avait été à moitié détruite. Quand Henri, après s'être présenté, leur annonça la fin de leur vaillant soldat, ils ne furent pas surpris.

– Il est mort à la veille de passer brigadier ! C'était lui qui écrivait mes lettres, je l'aimais comme un frère. Sa dernière pensée fut pour vous, et il m'a chargé de vous remettre cette lettre, ainsi que ces valeurs, qu'il gardait pour s'établir à son retour. Vous pourrez les montrer à un notaire qui vous aidera à les négocier.

– Le brave enfant ! dit son père, tandis que sa mère ne pouvait articuler un mot.

– J'ai aussi une lettre pour sa fiancée, Mademoiselle Pagereau.

Le vieux couple se signa.

– Mon Dieu ! La pauvre, elle ne pourra jamais la lire ! Quand nous avons appris que l'armée avait été écrasée, que plus personne ou presque n'était revenu, elle est tombée dans un état de langueur, elle ne parlait plus, ne bougeait plus, ne semblait plus rien voir ni entendre, elle est morte peu de temps après ! Mais cela fera un peu de plaisir à ses pauvres parents si vous leur portez le souvenir de celui qu'elle aimait.

Puis, semblant reprendre des forces, le vieil homme se redressa et dit à Henri :

– Vous reverrez l'Empereur, non ? Alors, dites-lui ce qu'il a fait, dans quel état il a réduit les familles, combien de larmes il a fait couler. Dites-lui bien que nous, les gens de la campagne, nous le maudissons ! La France était belle, grande, et, à vouloir avaler tous les autres pays, il est en train de la rendre pauvre, de l'assassiner, elle meurt de son ambition !

La femme sembla se réveiller, et prit la parole :

– Il a fait mourir mon pauvre enfant ! Et ma bru, si douce, si gentille, nous n'aurons pas de petits-enfants à aimer ! Nous allons partir, tous seuls, et c'est lui qui nous aura tués ! Il a tué les jeunes, il fait mourir les vieux de chagrin ! »

Les deux vieux haletaient, comme s'ils venaient de faire sortir d'un coup toute la colère trop longtemps contenue qu'il y avait en eux. Reprenant leur calme, ils indiquèrent à Henri le chemin de la ferme Pagereau, afin qu'il rencontre les parents de la fiancée, et en lui offrant de revenir l'héberger ensuite, ils avaient envie de parler encore de leur fils et de sa vie à l'armée.

Fourneau se présenta aux parents Pagereau, qui le reçurent gentiment, mais avec indifférence, comme s'ils avaient refermé le livre de leur vie. Ils avaient un fils, plus jeune, qui s'occupait de la ferme et ils vivaient dans l'angoisse perpétuelle qu'il soit appelé à rejoindre l'armée. Ils remercièrent Henri, qui retourna rejoindre les Jaulin et passa la soirée à leur raconter la campagne, les batailles, n'oubliant pas d'ajouter maints détails amusants afin de détendre l'atmosphère et de leur faire comprendre que l'on pouvait aimer l'armée, sa camaraderie, sa vie bien réglée, et que la fougue des jeunes les poussait à se lancer avec ardeur dans les batailles.

Au matin, il me rejoignit, et me dit :

– Maintenant, mon vieux Nestor, il faut partir.

Je me tournai vers lui et le regardai comme pour lui demander où nous allions. Henri me comprenait toujours et me répondit :

– Eh, nous allons rejoindre notre régiment ! Qu'est-ce que tu veux que nous fassions dans la vie civile ? Nous sommes nés, toi et moi, pour devenir des soldats, nous resterons soldats. L'armée nous attend, allons en Lorraine, rentrons dans le rang, mon ami ! »

Au cours de nos étapes, Henri s'était renseigné, avait déchiffré quelques titres des journaux, en particulier le *Bulletin de la Grande Armée,* et avait pris connaissance de la campagne de Saxe, des batailles de Lützen, Bautzen, Dresde, aussi savait-il où nous risquions d'aller. Cependant, il décida de passer par Paris, afin de savoir où il pourrait être incorporé.

Il pleuvait sans cesse, le chemin fut assez désagréable, mais nous arrivâmes à Paris le 20 octobre, pour nous rendre aussitôt aux bureaux de l'État-major. Fourneau demanda des nouvelles du commandant Germot, et on lui apprit qu'il était devenu lieutenant-colonel, et commandait le Neuvième Cuirassiers, cantonné à Mayence. Nous nous mîmes en route et y arrivâmes le 5 décembre 1813.

La bataille de Leipzig avait été terrible. Les cuirassiers saxons, qui faisaient partie de l'armée française, s'étaient retournés contre nous et avaient rejoint la coalition. Et il y avait le Maréchal prussien Blücher, et le Roi de Suède Bernadotte, ancien maréchal d'Empire, qui s'était opposé à Napoléon et rallié aux Russes. L'Empereur Napoléon avait dû se retirer.

Il fallait que nous arrivions, il avait besoin de nous !

SIXIÈME PARTIE :
La fin de l'épopée.

I. Les deux amis.

Nous arrivions à Mayence, lorsque, au tournant d'une rue, Henri m'arrêta brusquement. Je grognai, je n'aimais pas qu'il me tire sur la bouche quand nous n'étions pas en train de nous battre. Mais il avait déjà sauté à terre et s'élançait vers un lieutenant de hussards, vêtu d'un splendide uniforme bleu et rouge, décoré de la croix, qui marchait dans sa direction.

– Mazet !

– Fourneau ! répondit le lieutenant, toi ! Ici ! s'exclama-t-il, en l'étreignant de son bras droit. Henri fit de même, mais le hussard eut un cri de douleur et se dégagea.

– Pardon, ami ! J'ai le bras cassé, il est coincé dans un appareillage compliqué, que je cache sous ma pelisse. Accompagne-moi chez le chirurgien, je vais faire arranger l'appareil, nous discuterons ensuite !

Henri, voyant son ami pâlir, au bord de l'évanouissement, se répandit en excuses.

– Mais non, je t'en prie ! Tu ne pouvais pas deviner ! Après tout, j'ai tort de cacher ça, du coup on peut me bousculer ! Bon, parlons d'autre chose, de toi, par exemple !

– Pas avant que tu ne m'aies dit comment mon ami, parti malade pour Nantes…

– Eh bien, j'en suis revenu, guéri ! J'ai eu un congé, je suis allé revoir ma famille. Tu imagines l'accueil ! On me croyait mort ! Mes enfants sont grands, ils deviennent costauds, faut voir ! Bon, évidemment, le service est ce qu'il est, je suis reparti, mon congé terminé. Je suis allé retrouver mon régiment, au dépôt on m'a fourni un cheval, de quoi acheter mon équipement, et j'ai rejoint le régiment, qui s'était distingué dans la campagne de Saxe, mais avait été éprouvé.

– Oui, j'ai su. Les traîtres qui nous ont lâchés…

– Ça, on m'a dit que c'était de la politique, pas de la stratégie militaire. J'ai donc retrouvé les camarades, ils m'ont reçu avec joie, et même, j'ai eu mes galons de sous-lieutenant. Tu vois la fête ! Bien sûr, le lendemain, j'avais la gueule de bois. Je suis parti avec mon peloton pour Leipzig. À peine arrivés, on s'est battus ! Je ne te raconte pas ! Mais maintenant que j'avais revu ma femme et mes enfants, je me battais pour quatre !

– Ben, tiens, ton existence avait quadruplé de valeur !

– Nous étions battus, et même, j'ai failli me noyer dans l'Elster, comme le maréchal Poniatowski. Mais, par chance, mon cheval nageait mieux que le sien, et, du coup, j'ai gagné la croix. Mais j'ai eu le bras cassé par un artilleur dont le cheval s'était emballé. Bref, soixante mille morts, vingt mille prisonniers. À part ça, tout va bien. Bon, alors, et toi ? Qu'est-ce que tu fais en civil ?

Fourneau baissa le nez, l'air sombre tout à coup.

– Moi, c'est complètement idiot. J'ai été réformé : une chute en dressant un jeune cheval, j'ai été soigné, tout va bien, et je suis reparti chez moi. Mais, aujourd'hui, j'ai envie de pleurer.

– Pardon ? Toi, Henri Fourneau, le plus brave des cuirassiers, pleurer ? Raconte !

Henri raconta brièvement son retour à Clamecy et ses déconvenues, les malheurs accumulés, et son voyage en Normandie. Ces souvenirs lui étaient pénibles, et il se mit à pleurer. Les soldats qui les croisaient s'arrêtaient, surpris de voir ce groupe formé d'un civil en sanglots, tenant son cheval par la bride, et d'un lieutenant de hussards s'appuyant à son bras.

– Bon, alors ? Qu'est-ce que tu as décidé ?

– Que veux-tu ! Nous n'avons plus que l'armée pour prendre soin de nous, Nestor et moi ! Nous sommes venus vous retrouver.

– Comment ! C'est Nestor, ton cheval de la retraite ? Il est toujours là ?

– Toujours. Sans lui, je ne sais pas ce que je serai devenu, aussi bien dans les combats, pendant la retraite, et durant mon retour au pays qui s'est si mal terminé, il suffisait que je le regarde pour reprendre courage. Et maintenant, nous cherchons à rejoindre notre ancien régiment.

Nous étions arrivés devant la maison où cantonnait le chirurgien major, et Mazet demanda à son ami de l'attendre, le temps de réparer son attelle. Il redescendit peu après, l'appareillage remis en place. D'après le chirurgien, il n'en avait plus pour bien longtemps, mais il devait un peu ménager son bras qui avait certainement perdu de la force pendant cette immobilisation. Henri se souvint de son accident et lui recommanda la prudence, pas la peine de s'abîmer tout seul, laissons faire la coalition !

Passant à côté de moi, le lieutenant me caressa, en disant :

– Lui, il a bien profité dans la vie civile ! Pour nous, la cantine est bonne, mais lui, il va certainement se plaindre ! Enfin, les braves chevaux comme lui ne désertent pas, heureusement qu'on les a !

Plusieurs officiers passaient, Mazet nous présenta en racontant brièvement notre histoire, en commençant par la retraite de Russie. Nous étions des héros, et tous les hommes, navrés de la fin de l'histoire, vinrent serrer la main d'Henri, et proposèrent de s'occuper de moi, me caressant et me dételant pour m'emmener à l'écurie. Mon ami fut convié à déjeuner, durant lequel il s'informa de la situation du Neuvième Cuirassiers. Mazet le savait :

– Ils sont à Germersheim, sous les ordres du général Bessières.

– Et n'y a-t-il pas le Colonel Germot ? Il me semble qu'il avait la charge de ce régiment ?

– Le lieutenant-colonel Germot ? répondit un jeune lieutenant. J'étais sous ses ordres pendant un temps, le Neuvième Cuirassiers a été reformé au retour de Russie, il est maintenant en second au deuxième régiment, à Sarrelouis. C'est tout près, vous y serez en deux jours. »

Vers le milieu de l'après-midi, Henri m'attela, et, le lendemain, après une nuit passée dans une auberge, nous arrivions dans la soirée en vue de la ville. Henri chantonnait, mais sa gaieté était factice, il se forçait quelque peu. Je me disais qu'une fois de nouveau sous l'uniforme, il allait redevenir le soldat qu'il avait toujours été, et laisser ses idées noires avec la charrette et les habits civils. Entrant dans la ville, nous aperçûmes un officier de cuirassiers montant un superbe alezan, suivi d'un cavalier sur un trotteur gris. Henri me retint, laissant échapper une exclamation. L'officier s'arrêta, nous regarda, et se dirigea vers nous au grand trot. Henri n'en croyait pas ses yeux.

– Fourneau ! Mais c'est bien toi, mon brave enfant !

C'était le lieutenant-colonel Germot, qui s'arrêta et sauta à terre, pendant que l'ordonnance était venu prendre les rênes du cheval. Henri descendit de la carriole, et salua militairement. L'officier le serra dans ses bras.

– Comme je suis heureux ! J'espérais ta lettre, nous avions un armistice dont je me proposais de profiter pour venir, peut-être à ta noce… Mais tu as préféré faire la route… Dis-moi, est-ce une bonne nouvelle que tu m'apprends, ou bien… ?

Henri baissa la tête et des sanglots douloureux secouèrent sa gorge pendant qu'il racontait à l'officier ce qui était advenu de ses espoirs.

– Mon pauvre ami ! dit Germot, tu aurais mieux fait de rester avec nous, finalement ! Ah, si les communications avaient mieux fonctionné… Mais qu'as-tu décidé, à présent ?

– J'étais désespéré, ma promise, mes parents, et les pauvres parents de Jaulin… Dans ma peine, c'était vous que je cherchais, vous êtes ma seule famille ! Voulez-vous encore de moi ?

– Si je veux de toi, toi qui m'as sauvé la vie dans cette retraite terrible ! Mais oui, viens, mon enfant ! La vie militaire est ce qu'elle est, dure, ingrate, on rencontre des jalousies, des épreuves, on sert les manœuvres des politiques, mais les amitiés y sont sincères, l'obéissance appréciée, on se sacrifie avec bonheur ! Les grands ne savent pas que nous sommes des hommes, ils nous manipulent au gré de leurs ambitions !

En un geste amical, j'allais poser ma tête sur l'épaule de l'officier, lorsqu'il se recula en posant sa main sur sa poitrine. Henri lui demanda s'il était blessé.

– J'ai eu deux côtes cassées, un boulet m'a touché, ma cuirasse arrachée, j'ai un morceau de poitrine en moins. Je porte un gilet de métal, mais tout va bien. Pendant mon séjour à l'hôpital, deux mois, j'étais loin de mon régiment, et quand je l'ai retrouvé, tout était désorganisé par les jalousies des officiers venant de différents corps, certains avaient fait la retraite, mais d'autres arrivaient des écoles, inexpérimentés, d'autres encore venaient des dépôts, n'avaient pas l'habitude de commander des hommes, enfin, tu imagines ! J'ai pu reprendre les choses en main, mais il y a eu cette terrible bataille à Leipzig, j'ai perdu mon brosseur, celui qui t'avait remplacé, mon petit cheval cosaque, j'ai failli être touché à la tête, seul mon casque a été emporté. Enfin, mes contusions ont été guéries par la remise de la croix. Tout de même. Mais je m'aperçois que je vieillis, je commence à être usé. À la fin de cette campagne, je me retirerai.

– Vous exagérez, mon colonel ! Vous êtes toujours aussi robuste ! Et puis, je reviens, nous combattrons ensemble… et advienne que pourra, nous finirons ensemble !

– Et, en plus, je reconnais ton cheval, c'est toujours Nestor ?

– Toujours le même, toujours content de son sort, pas d'état d'âme, pas de jalousies, de mesquinerie, c'est un brave cheval sans complications !

En devisant, nous nous étions dirigés vers le cantonnement, et le colonel regagna son local, tandis qu'Henri et moi nous dirigions vers une auberge. Le soir même, Henri avait vendu la charrette et les harnais, racheté une selle et une bride, et, le lendemain, le colonel avait réglé les détails de la réincorporation de mon ami. Nous étions de nouveau des soldats.

Le colonel fit appeler Henri :

– Maintenant que tu sais lire, tu ne veux plus rester ordonnance, tu veux monter en grade, je pense ?

– Mon colonel, est-ce que vous ne voudriez plus de moi ?
À quoi bon être gradé, tout ce que je cherche, c'est une
occasion de me débarrasser de la vie qui me pèse, en étant utile
si possible ! Quelle différence entre mourir simple soldat ou
brigadier, quand on n'a plus de famille ? Auprès de vous, je
suis chez moi, nous avons vécu assez d'épreuves ensemble.

– Je n'osais te le demander, Fourneau ! J'accepte et t'en
remercie ! Je ne cherche pas à faire de toi un domestique, j'ai
déjà deux ordonnances, cela te fera une vie moins pénible. Tout
ce que je te demande est de rester à mes côtés pendant les
batailles, comme tu as toujours fait.

– Oh, merci, mon colonel, rester auprès de vous était mon
seul espoir après mes rêves détruits. Merci, Nestor et moi
saurons bien vous servir !

Le cantonnement s'animait, les trompettes sonnaient, et
Henri alla revêtir son uniforme après m'avoir emmené à
l'écurie rejoindre les autres chevaux du colonel.

II. La campagne de France.

Le colonel avait trois chevaux : deux beaux alezans dorés, Castor et Pollux, et un gris, Mercure. Au début, ces jeunes et fringants coursiers me regardèrent avec un peu de condescendance, moi, le vieux, moins racé qu'eux, cheval de simple soldat, et ils se vantaient de leur endurance et de leurs belles allures. Mais, quand je leur racontai que j'avais supporté la retraite de Russie, ils me regardèrent autrement et je gagnai leur respect. Même des chevaux de l'Empereur avaient péri au cours de cette campagne, avaient-ils entendu dire. Je devais donc être une sorte de héros !

De son côté, Henri avait retrouvé certains officiers ou hommes de troupe qu'il connaissait, le colonel Germot avait parlé de lui, il était considéré par tout l'escadron comme un miraculé, et certains disaient qu'il devait porter bonheur. Henri laissait dire, il se sentait mieux à présent.

Nous traversions une mauvaise période, il y avait une épidémie de typhus dans toute l'armée, car de mauvaises conditions d'hygiène avaient causé des invasions de poux et de puces, et les rats avaient envahi les caves. L'armée perdit un tiers de ses effectifs, et l'on dut réorganiser les différents corps en les regroupant. Monsieur Germot exigea de faire nettoyer les chambrées, et lui et Henri s'efforcèrent d'adoucir le sort des malades en leur distribuant des vivres et du vin. Ceux dont la fièvre tombait étaient plus vite remis sur pieds.

Le 29 décembre, l'armée fut passée en revue par le maréchal Marmont, duc de Raguse. Henri était à l'aile droite, et le colonel, qui chevauchait auprès du maréchal, s'arrêta à sa hauteur.

– Que regardez-vous, colonel ? Lui demanda Marmont. Le beau soldat, ou le joli cheval ?

– Les deux, maréchal ! Ce sont mes deux sauveurs de la campagne de Russie.

– Vrai ? Ce cuirassier vous a sauvé la vie, et il n'a pas la croix ?

– On la lui a promise souvent, on l'a oublié, quelle importance ?

– Ne faites pas de manières avec moi, colonel, vous me raconterez toute son histoire ce soir, vous dînez avec moi. Comment s'appelle ce soldat ?

– Henri Fourneau.

– Et il vous a sauvé la vie ?

– Un brave, un héros !

Le maréchal s'adressa à Henri :

– Ce que ton colonel me dit me porte à croire que l'on a été injuste envers toi, Fourneau. J'ai quelques croix que l'Empereur a mises à ma disposition, je voulais décorer le plus méritant du régiment, ce sera toi.

Et le maréchal Marmont tendit au colonel une croix que Germot épingla derechef sur la poitrine d'Henri, lui donnant l'accolade. Le fait impressionna tout le bataillon, un officier décorant un simple soldat sur l'ordre du maréchal. Tous les hommes s'unirent en un seul cri :

– Vive l'Empereur ! Marmont salua en levant son épée, et tout le régiment défila.

Quelques jours plus tard arrivèrent de mauvaises nouvelles : la sixième coalition ennemie passait le Rhin, forte de plus de cent mille hommes, alors que notre armée était dix fois moins nombreuse. Nous devions reculer.

L'opinion n'admettait pas la défaite. Napoléon avait si souvent fait parler de lui comme d'un conquérant, d'un chef invincible, que la retraite de Russie suivie de cette invasion de la Champagne avait d'abord laissé les gens incrédules, puis hostiles. Le public n'admet pas la défaite de ses idoles et un signe de faiblesse leur fait aussitôt brûler ce qu'ils ont adoré jusqu'à présent. On disait que Napoléon devenait fou, qu'il voulait faire exterminer tout le pays pour satisfaire son orgueil, on l'appelait « l'Ogre Corse », et, à mesure que nous reculions, on entendait dire que le pouvoir en France allait revenir à la royauté, que l'on allait rétablir Louis, dix-huitième du nom, sur le trône avec le concours des alliés.

Nous avancions, et, le 13 janvier, nous étions à Metz. L'ennemi nous pourchassait, nous reculions toujours, nous apprîmes que les hussards avaient été défaits. Fourneau eut peur pour son ami Mazet. Nous rejoignîmes l'Empereur à Troyes, et le 11 février, ce fut la charge contre les Autrichiens et les Russes à Montmirail. L'Empereur conduisait la charge contre les Russes sur la droite, et nous fûmes lancés par le Maréchal Marmont contre un régiment de grenadiers autrichiens qui, à notre vue, n'attendirent pas leur reste et repassèrent la Marne à toute allure. Le colonel sabrait gaillardement, mais à un moment, son cheval fit un faux pas et s'écroula. Le cavalier se relevait avec peine lorsqu'un grenadier blessé à mort trouva encore assez de forces pour tirer sur lui. Henri sauta à terre et dévia le bras du blessé qui lâcha son arme en rendant le dernier soupir. Un cosaque arriva au grand galop et porta un coup de lance à Fourneau qui se pencha à temps, le fer se brisa dans le cimier du casque et le cosaque fut abattu par le colonel.

Cette bataille fut meurtrière, le régiment perdit beaucoup d'hommes, il y eut des ordres et des contre-ordres successifs, sans doute l'Empereur devait-il souvent changer ses plans, mais les finesses de la stratégie militaire m'échappaient, à moi, simple cheval de soldat. Et apparemment, mon cavalier ne comprenait lui non plus rien à ce qui se passait, se contentant de suivre le mouvement ordonné, en s'efforçant de ne pas se poser de questions. Même le colonel semblait inquiet et jurait souvent dans sa barbe. Cependant, nous arrivions à Meaux, précédant Napoléon. Mais, entre le gros de la troupe et nous, s'était massé le régiment de Blücher. Heureusement, nous reprîmes l'offensive, grâce à Marmont et Mortier, et Napoléon lui-même qui refoulèrent l'armée autrichienne.

À présent, nous nous retrouvions sous les ordres directs de l'Empereur. Le pays était ravagé par les ennemis, les paysans que nous croisions étaient dans le plus complet dénuement, les alliés ayant emporté tout ce qui pouvait leur servir et ayant souvent brûlé maisons et récoltes. Il y eut encore Craonne, puis Laon où les Russes résistèrent, nous n'étions plus assez nombreux. Des renforts arrivèrent, mais les cavaliers, bien que courageux et pleins de bonne volonté, étaient à peine entraînés, les chevaux mal dressés. Henri eut à dresser un cheval nouvellement acquis, tandis que je devais aider un conscrit à se tenir en selle, tandis que mon ami lui apprenait les soins à nous donner. L'accroissement du nombre et la bonne volonté aidant, nous parvînmes à refouler les russes près de Saint-Dizier. Mais l'Empereur avait été mal renseigné : pendant que nous étions occupés, l'avant-garde des alliés était tout près de Paris. Marmont et Mortier reçurent en catastrophe l'ordre de monter vers la capitale à marches forcées, mais Joseph Bonaparte leur donna l'ordre de capituler. Joseph déserta, et l'Empereur apprit que son épouse Marie-Louise avait fui. Les alliés embauchaient les généraux français, afin de les pousser à faire capituler Napoléon. Ils expliquaient que ce n'était qu'à lui, à lui seul et à son orgueil démesuré, qu'ils faisaient la guerre. Ils aidaient les émigrés à rentrer à Paris, ces derniers fraternisant avec les Russes.

Nous étions toujours avec Napoléon, qui nous réunit près de Troyes, et nous arrivâmes à Fontainebleau. Le colonel Germot fut pressenti pour lâcher l'Empereur. IL refusa, indigné, tandis que de plus en plus d'hommes se laissaient embaucher dans les rangs ennemis.

Le soir, Henri, qui avait eu quartier libre, partit dans les rues de la ville pour chercher son ami Mazet, car il avait appris que son régiment venait d'arriver. Un chasseur se renseigna, il était dans le même escadron. Oui, c'était le même qui avait eu le bras cassé, il était à présent lieutenant. Il le mena à son ami et les deux hommes s'étreignirent, heureux de se retrouver. Mais Mazet se pencha à l'oreille de Fourneau et lui glissa :

– Le temps où nous faisions la guerre chez les autres est bien révolu… C'est la fin ! L'Empereur a l'air d'être toujours le même, mais il s'énerve, il change d'avis, il veut continuer la guerre, mais les généraux veulent lui imposer la paix. Et je suis dans la Garde, je sais de quoi je parle !

– C'est si triste que ça ? Tu exagères, non ?

– Eh, non, ami ! Le pays n'en peut plus ! Notre corse d'Empereur a beau être quelqu'un, il a été trop loin !

Henri approuva, tristement, et abonda dans son sens en parlant du colonel Germot, qui laissait entendre qu'il était de cet avis, bien que cela lui déchire le cœur.

– Alors, reprit Henri, et ta femme et tes enfants ?

– J'ai reçu des nouvelles, tous vont bien. Ils touchent à peu près régulièrement ma solde, ils vivotent, comme tout le monde.

– Tu as de la chance, toi, tu as une femme, une famille… fit Henri, soudain attristé.

– Oh, là ! Coupa Mazet. Celui qui est seul n'est pas trop à plaindre : dans Paris, les officiers disent que l'Empereur va être exilé, que le Roi va revenir, que les officiers de la Garde seront licenciés et mis en demi-solde, pour être remplacés par les émigrés qui reviennent. Moi, je m'en moque, j'en ai assez de tuer tout ce qui arrive devant moi, je quitte l'armée. Diable, à mon âge, j'ai à peine trente ans, je pourrai trouver de l'ouvrage ! En plus, je me suis fait quelques relations, on peut avoir besoin de recommandations. Mais, et toi, et ton Nestor ?

– Moi, je suis toujours avec le colonel Germot, je le suis. Et mon fidèle Nestor est toujours là, mon colonel et lui sont la seule famille qui me reste.

– Bon, mais dis donc, es-tu libre ? Viens dîner avec moi ce soir !

– Oh, oui, avec plaisir !

Mais à ce moment, une estafette arriva à toute allure pour dire à Mazet que l'Empereur le demandait au palais. Le lieutenant dit à son ami de l'attendre à l'auberge voisine.

Mais, au bout d'une heure, la même estafette vint prévenir Fourneau que l'Empereur était parti à cheval, escorté par le peloton du lieutenant Mazet. Henri soupira avec philosophie. Il regrettait de n'avoir pas pu discuter plus longuement avec son ami, et aussi d'avoir raté un bon dîner…

III. L'abdication de Napoléon.

L'Empereur s'était dirigé vers Paris, mais il apprit en chemin la capitulation de Marmont, la défense désespérée de Moncey à Clichy, et revint à Fontainebleau. Il échafaudait des plans pour reprendre la capitale, mais, le 2 avril, le Sénat proclama sa déchéance. Il avait beau rager contre la conduite des émigrés, la chose était faite. Il nous passa en revue.

Cantal était toujours le beau cheval que toute l'armée admirait, bien qu'il fût amaigri, que ses jambes fussent gagnées par des tares, mais il dressait toujours fièrement la tête et l'Empereur le préférait à ses autres montures.

Les souverains alliés refusaient de traiter avec Napoléon, ils ne voulaient que son abdication. Ney, Macdonald, Lefebvre et Oudinot insistèrent et finirent par le convaincre de signer, pour le salut du pays. On disait que Marmont était passé à l'ennemi, qu'un traité de paix avait été annulé... Henri rageait :

– Alors que nous pouvions vaincre ! Quel malheur !

Germot expliqua les faits :

– Eh, Marmont a obéi au Sénat qui a proclamé la déchéance de l'Empereur et le rétablissement de la royauté. Tu sais, si les choses avaient continué, peut-être Paris aurait-il subi le sort de Moscou, tu te souviens ? Sans doute avons-nous évité pillage et incendie, et pense à tous ces paysans qui n'en peuvent plus, dont la terre est ravagée par ces batailles qui ne donnent rien, il y a sans doute assez de morts comme cela ! »

Le 20 avril, Napoléon réunit sa garde et leur fit ses adieux. Ses paroles arrachèrent des larmes aux plus endurcis des membres de la vieille garde. Il avait retenu la déclaration entière de l'Empereur déchu, et l'avait répété à Fourneau. Je ne comprenais pas grand-chose, sauf que la guerre se terminait. Le soir même, Napoléon prenait la route de l'exil, on l'envoyait à l'île d'Elbe, dans la Méditerranée, pas loin de sa Corse natale, plusieurs généraux qui lui restaient fidèles l'accompagnaient, ainsi que douze cents hommes de sa Garde. Le même jour, le roi Louis XVIII rentrait dans Paris.

Les régiments furent dissous. Le colonel Germot, connu pour sa trop grande fidélité à l'Empereur, fut remplacé par un émigré entouré de sous-officiers prussiens. Il alla trouver Henri :

– Voilà, je quitte l'armée. Écoute, j'ai le droit d'emmener une ordonnance, veux-tu me suivre ? Choisis, je ne t'en voudrais pas de rester dans l'armée, même si le commandement en a changé.

– Mais que deviendrai-je ? Je ne suis pas non plus très bien vu. Si je reste, on va me cantonner dans une caserne où je m'ennuierai à mourir, et où on me reprochera constamment de n'être pas mort sur les champs de bataille !

– Et puis, ne t'en fais pas, tu gardes ton fidèle Nestor. J'ai laissé mes deux alezans sur les listes, je garde Mercure, le cheval gris qui me suffit. Dans le civil, nous n'avons pas besoin de quatre chevaux, et si nous n'avons plus d'argent, je pourrai toujours le vendre.

– Quant à moi, je n'aurai jamais le courage de me séparer de Nestor ! D'ailleurs, il est trop vieux pour l'armée. Mais comment allons-nous pouvoir vivre, mon colonel ?

– Écoute, j'ai envie de me reposer, dans une campagne calme, loin des complots, des batailles et des trahisons. Il me reste un peu d'argent, j'ai un traitement de demi-solde. Je n'ai pas besoin de beaucoup pour vivre ; je suis un soldat.

Henri l'interrompit :

– Moi, j'ai deux mille francs, nous pouvons louer une petite maison quelque part, en Normandie, en Auvergne… tiens, du côté de Clamecy…

– Ah, tu penses encore à Clamecy ! Il ne faut pas que cela te fasse du mal. Mais quant à moi, l'endroit m'est égal, on peut essayer. Sommes-nous encore capables de nous habiller en bourgeois ? »

Le jour même, Henri et son colonel, qui ne l'était plus, mais que mon ami allait toujours appeler ainsi, quittaient leurs uniformes pour s'habiller en civils, et sortaient de la ville, prenant la direction de Paris.

IV. Les revenants.

Après une petite heure de chemin, nous aperçûmes un groupe d'hommes qui se dirigeaient à pied vers Paris. Le spectacle qu'ils offraient nous fit peine : ils marchaient, ou plutôt ils se traînaient, vêtus d'uniformes déchirés, dépareillés, certains vêtus d'habits civils recouvrant des restes d'uniformes déguenillés. Soldats, officiers, il y avait des hommes de tous les grades, et la plupart étaient blessés, la tête bandée, le bras en écharpe, ou clopinant en s'appuyant sur un bâton. Nous regardâmes un peu plus loin, un autre groupe du même aspect arrivait par la route, et ça et là un cadavre attestait de l'état de misère de ces hommes. Tous discutaient bruyamment. Visiblement délivrés du poids de la discipline militaire, tous épanchaient leur cœur, s'indignant contre l'abandon des supérieurs qui avait selon eux causé la débâcle de celle qui avait été la Grande Armée.

Nous approchâmes suffisamment pour entendre ce qui se disait dans leurs rangs. Un cuirassier de haute taille, dont la tête était bandée sous son casque, parlait plus fort que les autres :

– Alors, c'est pour ces traîtres de chefs que, pendant vingt ans, j'ai galopé, chargé, sabré l'ennemi au mépris de ma vie. Pour la République, pour l'Empereur, je fonçais ! On l'a aimé, le Bonaparte, on l'a suivi, il a mis au pas les ennemis de notre pays, nous a débarrassés des despotes, et voilà, il est devenu un despote pire que les autres ! J'avais foi en lui, en mes supérieurs, en l'armée, je combattais pour ma Patrie, et maintenant, voilà… je me traîne sur la route, en guenilles et ne sachant pas si je vais manger ce soir !

Ceux qui l'entouraient renchérirent :

– On a eu de la gloire, des médailles ! Et qu'est-ce qui nous reste, maintenant ? dit un dragon qui s'appuyait sur son sabre en guise de béquille. On a cru que Napoléon était un génie…

– Tu parles ! Il a fait peur à tout le monde, ça, il a su. Mais il n'a pas su s'arrêter quand il a vu qu'il ne lui restait plus de soldats. Un pays n'est pas inépuisable ! Et maintenant, on est à la merci de l'envahisseur, il s'est bien fait avoir !

Un officier plus âgé, au bras bandé, objecta :

– Il voulait la France toujours plus grande, plus brillante… Il voulait que notre pays soit un modèle pour les autres nations…

– Tu parles ! reprit le cuirassier. Il voulait sa propre gloire, oui ! Et il n'a pas hésité à nous faire massacrer pour ça !

– Tu oublies les maréchaux, dit le dragon. Eux, ils cherchaient à singer les nobles, rien de plus. Ce sont des fils d'aubergistes, de palefreniers, des hommes comme nous, et ils ont renié leurs origines, ils ont amassé de l'or, ils sont devenus princes, rois, gouverneurs, et maintenant ils pactisent avec n'importe qui pour garder leur rang. J'ai vu Augereau…

– Augereau ! Il n'y a pas que lui ! J'ai vu Ney, Rapp, Soult, Murat, Davout… Ah, celui-là, le Davout ! Je l'ai eu sous mes ordres, il y a longtemps ! Il aurait vendu père et mère pour un avancement ! La manœuvre, il connaissait, mais pour son compte à lui ! Il a été exclu de l'armée, pour y rentrer par la petite porte, et il a profité des troubles qu'il y avait pour se faire connaître en arrêtant le vieux Dumouriez ! Qui a su lui échapper, en plus ![32]

Les autres acquiescèrent, et l'officier soupira :

– Et dire que nous avons fait la Révolution pour supprimer les privilèges… cette nuit du 4 août 1789, j'étais

---

[32] Le 4 avril 1793, après la bataille de Neerwinden.

tout jeune, je m'en souviens bien, nous étions tous pleins d'espoir...

– Ben oui, dit le dragon. Et on s'est dépêché de créer l'Empire pour les rétablir ! Mais, les amis, se plaindre ne sert à rien, on est là, il faut pouvoir s'en sortir, pas la peine de regarder derrière nous... Ceux qui ont lâché leurs hommes, l'avenir les jugera. Il faut en parler, le faire savoir, et leur descendance saura à quoi s'en tenir sur leurs exploits !

– Ça, oui ! reprit le cuirassier. Je te parlais de Davout. Je me suis trouvé à côté de lui à Eckmühl, j'étais maréchal des logis et je servais de guide. Tu crois qu'il m'aurait regardé ? Non, il ne m'a pas reconnu. Bon, nous étions prêts à charger, il regardait devant lui, bref... Il a donné l'ordre, on a chargé, et un uhlan a levé son sabre vers lui. Il allait se faire fendre le crâne. Mais je l'ai vu à temps et j'ai eu le lascar, d'un coup de sabre sur le cou, son sang a giclé. Je me suis dit que je tenais mes galons. Je lui ai crié : « Eh bien, mon petit, tu l'as échappé belle : heureusement que les copains d'hier sont là au bon moment ! » Et là, j'ai eu vraiment l'impression de recevoir un coup de poing entre les deux yeux, à la façon dont il m'a regardé. Il m'a dit : « J'ai bien l'honneur de te nommer officier, en remerciement de ton action habile, mais j'ai le regret de te casser de ton grade, pour familiarité excessive avec un maréchal de France ! »

– Oh ! Le s... firent les autres d'une même voix. L'officier reprit :

– Tu ne m'étonnes pas ! Moi, je les ai vus, les maréchaux, à Fontainebleau, je commandais le poste de garde. Tous ces gens, maréchaux, ducs, princes, ont insulté celui à qui ils devaient leur position, sans qui ils seraient restés de simples valets d'écurie ! Là, Napoléon a eu le bon mot : il leur a dit : « Je sais que plus il devient vieux, plus l'oiseau tient à ses plumes. Gardez donc celles dont je vous ai parés ! Cela vous suffit ? Vous voulez les miennes, aussi ? »

– Ils ont dû se dire que c'étaient des paroles, de la littérature, et ne rien comprendre ! Du moment qu'ils se partageaient la caisse…

Un hussard qui n'avait encore rien dit et écoutait en silence prit la parole :

– Ce qui est juste, c'est que l'on dit que la fortune est aveugle. Et elle rend aveugles tous ceux qu'elle a favorisés. Bernadotte, par exemple…

– Lui, je l'ai connu sergent. Et aujourd'hui, il est roi ! Il doit être content de se servir dans la caisse de son pays qui n'a pas encore appris à le connaître !

– Mouais… fit le cuirassier. S'il ne se fait pas assassiner avant ! Mais en attendant, il est à l'abri du besoin. Mais nous, où est-ce que nous allons dormir ? Qu'est-ce qu'on va devenir ? En dehors de l'armée, je n'ai appris aucun métier.

– Et même si tu en avais appris un, tu l'aurais oublié, objecta le dragon. Ou tu ne pourrais plus le faire, moi, avec ma patte folle, je ne peux même plus labourer la terre ! Alors que les villes ont été dépeuplées par la conscription, que les champs ont besoin d'être cultivés, que l'on n'a plus personne pour faire tourner les fabriques… On a des chances de trouver du travail, en étant patients… Mais pourrons-nous être bons à quelque chose ? » Acheva-t-il en montrant sa jambe qui ne le portait presque plus.

Mercure et moi, avec nos cavaliers, nous les avions rejoints et les hommes se saluèrent. À un moment, le hussard se retourna et nous reconnûmes notre vieux camarade Mazet.

– Mazet ! Toi ! s'écria Henri en mettant pied à terre et en courant vers lui.

– Fourneau ! Je suis heureux de te retrouver. Tu vois, je te l'avais annoncé, c'est fini. Moi, je retourne au pays, retrouver ma femme et mes enfants. Et toi ?

– Moi, je suis toujours avec le colonel Germot, je l'accompagne…

– Le colonel Germot ! Les amis, regardez !

Les soldats rectifièrent la position et saluèrent l'officier. Le grade, la vue du colonel et la bonne réputation qui l'avait précédé avaient suffi pour que ces hommes découragés retrouvent d'instinct la discipline. Ils n'avaient plus envie de se plaindre, les récriminations se turent en un instant. Ils oubliaient les maréchaux, leur trahison, la défaite, ils étaient encore des hommes de la Grande Armée. Il avait suffi pour cela qu'un chef respecté arrive. Le colonel sauta à terre et prit la parole :

– Il n'y a plus de Grande Armée, mais il en reste quelques éléments, mes amis ! Serrons-nous la main, nous sommes tous unis dans cette lamentable aventure ! Vous savez, vous perdrez plus de temps à déplorer votre misère qu'il n'en faudrait pour la réparer. Ne désespérons pas de la liberté, maintenant que nous pouvons y goûter ! Nous sommes vivants, en plus ou moins bon état, certes, mais il va encore s'en passer, des choses !

Nous étions arrivés au sommet d'une côte et avions, Mercure et moi, envie de prendre un peu le trot. Il était temps que l'on s'occupe un peu de nous ! Nos cavaliers le comprirent, et remontèrent en selle.

– À bientôt, mes amis ! dit le colonel. Et bonne chance !

– Oui, à bientôt ! répondit Mazet. Qui sait ?

– Allez, dit l'officier, nous nous retrouverons en selle plus tôt qu'on ne le pense ! »

Monsieur Germot eut un sourire désabusé. Fourneau et Mazet s'étreignirent, puis chacun partit vers son destin.

V. La fin des espérances.

Nous reprenions une fois encore le chemin de Clamecy. Tout le long des chemins, nous rencontrions des groupes de soldats étrangers, ou des Français vêtus d'uniformes en loques, comme ceux que nous avions déjà croisés, qui fuyaient une armée qui s'était rangée sous une bannière ennemie. Ils avaient perdu leurs illusions, leur courage. Certains officiers, pressentant la chute, s'étaient rangés du côté de l'ennemi. On leur avait fait payer leur traîtrise en leur faisant sentir qu'on ne les gardait que par charité, et en les reculant d'un grade ou deux. En revanche, ceux qui avaient suivi les émigrés, nobles, parents ou amis d'émigrés, ceux qui avaient rejoint les alliés, eux étaient très vite promus aux grades supérieurs. Certains étaient soldats de métier, mais la plupart ne connaissaient rien de l'organisation de l'armée, des rapports qui régissent les hommes, et ils se comportaient avec arrogance et méprisaient ceux qui auraient dû être au moins leurs égaux.

Cependant, la France respirait, le régime cherchait à établir la paix. Les campagnes commençaient à produire de nouveau, les villes reprenaient leur essor industriel et commercial, pendant que les restes de l'armée impériale, ces épaves humaines, tentaient de revenir dans leurs provinces où ces héros d'hier étaient parfois mal accueillis. Parmi eux, la révolte grondait.

Peu avant Clamecy, Henri laissa le colonel se diriger vers une auberge de la ville, pour tourner vers la ferme du père Caron, le beau-père d'Adrienne. Il était midi, et il rencontra le fermier qui rentrait des champs et qui le reconnut.

– Bonjour, l'ami ! Vous voilà de retour, alors ? Vous nous restez, mon Paul arrive tout à l'heure avec sa femme, ils habitent ici. Et savez-vous... dans peu de temps, le papa que voilà sera grand-père !

Henri sentit le rouge lui monter aux joues, et il fit mine de s'éponger le visage. Ce que voyant, le paysan lui dit :

– Mais entrez donc boire un verre, en attendant le fils ! Eh, c'est le même cheval que l'autre fois ? Attendez, le vais le faire conduire à l'écurie...

– Oh, non, merci, dit Henri, je ne puis rester. Mais vous m'avez si gentiment invité lors de mon dernier voyage, que j'ai voulu vous présenter mes amitiés. Alors, votre fils est heureux ?

– Ah, ça oui ! Mais il a failli avoir un gros malheur ! Un gros !

– Que dites-vous ? s'exclama Henri.

– Eh bien, figurez-vous qu'on l'a pris pour la Garde Nationale ! Il nous a fallu donner deux mille francs pour un remplaçant, heureusement nous avions un domestique qui voulait voir du pays, et n'avait pas de famille, pas d'attache par ici. Le pauvre gars, il n'est pas revenu. Mais faudrait pas qu'ils fassent encore une levée de troupes, je n'aurais plus assez pour le racheter ! Les temps sont durs, la récolte n'a pas trop bien donné, et il faut toujours payer les impôts ! Tenez, le v'là, mon gars !

Un jeune homme coiffé d'un grand chapeau de paille, au visage intelligent sur lequel se lisait la bonté, arriva en souriant.

– Bonjour, l'ami ! Un cavalier est toujours le bienvenu chez un ancien cuirassier !

Henri serra la main, le père présenta « le voyageur dont j'ai fait la connaissance le jour de ta noce ! »

– Enchanté de vous connaître ! J'aurais été heureux de vous voir ce jour-là, et ma femme aurait été peut-être plus gaie de voir une nouvelle tête ! Parce qu'au retour de l'église, je ne sais quelle tristesse l'a prise. Elle parlait de pressentiments, de malheurs, elle a pleuré toute la journée, en jurant qu'elle avait fait du tort à quelqu'un, qu'elle aurait dû attendre. Vous voir l'aurait peut-être distraite de ses souvenirs… Mais entrez donc, il fait chaud, vous devez avoir soif ! Ma femme va rentrer d'ici peu !

– Je vous remercie, j'accepterais avec plaisir, mais on m'attend à Clamecy, je ne suis pas seul. Mais je dois séjourner dans les environs, je reviendrai vous saluer… »

Fourneau avait hâte de quitter les lieux, craignant d'être reconnu par Adrienne qui apparemment ne l'avait pas oublié. Il ne voulait pas apporter le trouble dans cette âme et le regret chez ces braves gens. Non, il ne serait pas le revenant qui retourne le couteau dans la plaie, non, pas ça.

Le père Caron, qui était descendu à la cave, revint avec une bouteille de vin frais. Les trois hommes trinquèrent dans l'entrée, Henri leur serra les mains, et se remit en selle.

Un peu plus loin, il aperçut une jeune femme qui tournait le coin de la route. Il hésita, tiraillant sur ma bride, ne sachant visiblement pas quel parti prendre. Moi aussi, je craignais que la jeune femme me reconnaisse, et de là à reconnaître le cavalier… À droite, un petit sentier étroit s'enfonçait dans la forêt. Je m'y engageai, arrachant les rênes des mains de mon cavalier, et Henri, tout à ses sombres pensées, me laissa faire. Je pris le trot et disparus sous les arbres.

Peu après, nous arrivâmes à Clamecy. Le colonel s'était installé à l'auberge, où il avait commandé à déjeuner. Voyant le visage décomposé de mon ami, il devina :

– Tu l'as revue ?

Henri baissa la tête.

– Elle t'a reconnu ? Vous vous êtes parlé ?

Mon ami esquissa un geste de dénégation, puis, retrouvant la parole, expliqua qu'il était parti avant son arrivée.

– C'est mieux ainsi, dit le colonel. Mais tu as eu tort de nous amener par ici. Pourquoi rouvrir d'anciennes blessures ? On en a assez comme cela, non ? »

Henri ne put répondre, il courut s'occuper de moi et pleura dans ma crinière. Le colonel le força à manger quelque chose, et lui dit qu'il fallait que nous partions tout de suite. Nous nous dirigeâmes vers l'ouest.

VI. Le colonel et l'intendant militaire.

Nous reprîmes la route, et si Mercure et moi nous sentions plutôt bien et avancions gaillardement, nos cavaliers n'avaient pas le moral. Ils devisaient au sujet de cette malheureuse campagne de France, et de la fin de notre Empereur, honteusement exilé. Peu avant d'arriver à Tours, nous aperçûmes un attelage qui venait vers nous au grand trot, dans un épais nuage de poussière. Nos cavaliers se rangèrent, eux n'étaient en rien pressés. L'équipage, qui comprenait deux trotteurs normands solides, un cocher et une voiture découverte dans laquelle trônait un homme corpulent, arriva à notre hauteur. Et, soudain, deux cris partirent simultanément :

– Colonel Germot ?

– Monsieur Rambourg !

Le cocher arrêta son attelage et lui fit faire demi-tour. Pendant ce temps, le colonel murmura entre ses dents :

– Mauvais, ça ! Un ex-intendant de l'armée… Attention !

Les deux hommes se saluèrent. Monsieur Rambourg était un gros homme plutôt petit, mais solide, aux yeux fureteurs dissimulés derrière des sourcils épais et aux bajoues flasques, avec un gros nez aplati et une bouche mince, qui barrait d'un trait dur le visage rasé de près, à part d'épaisses côtelettes soigneusement taillées. Ça et là, le visage présentait des taches rosâtres ou jaunâtres qui trahissaient les excès de bonne chère.

– Que faites-vous par ici, mon colonel ? Vous vous retrouvez demi-solde, sans doute ! Vous savez, je suis au courant. J'avais vu venir le coup, et j'ai démissionné juste après la débâcle de Russie. Ça ne pouvait que mal finir, tout ça !

– À qui le dites-vous ! Le gouvernement actuel remercie de belle manière les services rendus au pays ! Que nous avons servi sans nous poser de questions… La politique, ce n'est pas notre affaire !

– Eh, oui, évidemment ! Ah, mon colonel, le pays a beaucoup perdu en perdant notre Empereur ! Même si personnellement je m'en suis sorti, je plains les braves comme vous, que l'on traite de si vilaine façon ! Mais, enfin, vous allez sans doute me juger indiscret, mais où vous rendez-vous ainsi ?

– Je vais tout droit, dit le colonel, sans argent, sans but.

– Oh ! Mon colonel, faites-moi l'amitié de venir passer quelques jours dans ma bicoque ! Je viens d'acheter un petit manoir, je serais si heureux de vous faire visiter mon domaine !

– Quelques jours, je ne sais pas, mais j'accepte avec plaisir votre hospitalité pour ce soir !

Monsieur Rambourg regarda Fourneau et dit à mi-voix :

– Votre ordonnance, sans doute ?

– Non, mon ami ! répondit le colonel.

Et nous suivîmes la voiture au petit trot. En peu de temps, nous arrivâmes devant le « petit manoir » de l'ancien intendant, qui s'avérait être un château Renaissance superbe, précédé d'un magnifique jardin à la française aux arbres taillés avec soin, décoré de petits bassins de marbre rose et blanc où chantaient des jets d'eau. Monsieur Rambourg expliqua qu'il avait acquis ce domaine à « un prix intéressant » à un ancien acquéreur des Biens Nationaux, ruiné par la banqueroute qu'avait provoquée la débâcle. Nous passâmes devant l'entrée principale pour contourner le bâtiment et rejoindre les écuries. Derrière le château s'étendait un grand parc à l'anglaise, prolongé par des prés, des bois, et l'on apercevait dans le lointain quelques fermes et du bétail.

Mercure et moi fûmes logés dans une écurie superbe où se trouvaient déjà plusieurs chevaux de trait de bonne race, trotteurs et percherons. Henri remercia les palefreniers qui s'empressaient et insista pour s'occuper de nous lui-même, nous pansa, nous doucha les membres et nous donna à manger. Puis il se rendit dans le bâtiment principal pour rejoindre le colonel et le maître de maison.

Dans la soirée, Henri revint. Je crus qu'il allait nous seller pour repartir, mais il me dit :

– Mon vieux Nestor, je crois que nous avons une chance de nous fixer. La tête du bonhomme ne me revient qu'à moitié, j'ai cru comprendre que le colonel est à peu près du même avis, mais il paraît qu'il a décidé de rester ici pour le moment. Monsieur Rambourg a chassé son intendant, qui le volait et traitait mal les domestiques, qui s'en plaignaient et se rebiffaient, et il vient d'offrir le poste au colonel. Comme mon officier a accepté, je reste attaché à sa personne, comme toi et Mercure, tu vois ? Voilà notre prochain office : faire les commissions, surveiller les terres, encaisser les fermages. Ça te va, mon vieux ?

Évidemment que ça m'allait ! Nous avions déjà commencé à faire connaissance avec nos collègues chevaux, et il apparaissait que la maison était bonne, nourriture abondante et travail pas trop dur. Moi, du moment que je restais avec mon ami Henri et que j'avais mon avoine… Cela se passait le 30 mai 1814. Nous devions rester huit mois dans cet endroit, huit mois de promenade, durant lesquels nous nous refîmes une santé.

Tous les matins, nous allions dans les fermes, visiter les métayers, ils nous recevaient très bien, heureux de trouver en la personne du colonel un intendant sympathique et honnête. Mais les paysans ne nous cachaient pas leur mépris pour Monsieur Rambourg, dont ils disaient que sa fortune avait une origine malhonnête. Les plus âgés d'entre eux l'avaient connu petit clerc de notaire à Loches, puis commis aux écritures chez un fournisseur aux armées de la République. Ce fonctionnaire avait une fille, un grand échalas acariâtre, laide et qui n'avait pas trouvé de mari assez intéressé pour se l'attacher. Le jeune Rambourg ne s'était pas arrêté à la laideur de la demoiselle ni à son caractère, et l'avait épousée. Cela avait tranquillisé le beau-père, qui avait pu se permettre de mourir, et le commis avait pris sa place. Il avait peu de capitaux, mais empruntait habilement et, ayant senti venir le vent, traitait avec des entreprises de fournitures militaires, puisant dans une caisse pour en remplir une autre, sachant Napoléon toujours victorieux et peu sourcilleux d'examiner de près les comptes des usuriers qui vivaient à ses crochets.

Devenu veuf après Austerlitz, l'ex-fournisseur était apparu nanti d'un grade élevé dans l'intendance. Sans doute avait-il habilement manœuvré, mais personne n'avait su comment. Il était parti pour la campagne de Russie en tant qu'intendant. La retraite avait fait sa fortune, tandis qu'elle avait été le tombeau de nombreux soldats et de la gloire de l'Empereur.

En octobre, l'ambiance était devenue tendue entre le colonel Germot et Monsieur Rambourg. De chargé qu'il était au départ de toutes les écritures comptables, il n'avait plus que l'administration des métairies, et ses appointements avaient diminué en proportion. En fait, en examinant les mémoires des campagnes d'Espagne et de Russie, il avait constaté que certaines traites avaient été payées plusieurs fois, par un jeu d'écritures. Également, l'intendant était cité à la fois comme fournisseur et comme contrôleur et payé pour les deux offices.

Au début, le colonel en avait simplement fait la remarque à Monsieur Rambourg, qui lui répondit, avec un sourire méprisant :

– Mais d'où sortez-vous, colonel ? La chose était courante et l'exemple était donné par le haut de la hiérarchie ! Il fallait être bien naïf pour ne pas profiter de la situation !

Le colonel avait cru recevoir une douche froide, et avait su seulement répliquer :

– Et dire que, pendant ce temps, nous nous faisions estropier pour la Patrie, et notre solde n'était versée qu'avec des mois de retard ! Vous et ceux de votre office attendiez notre mort pour empocher notre petit viatique…

L'intendant s'en était tiré par une pirouette :

– Quand j'étais fournisseur, les intendants me ruinaient en pot-de-vin. Eh bien, lorsqu'à mon tour je suis devenu intendant, je me suis ruiné en cadeaux à mes fournisseurs. Il fallait que tous soient traités à égalité, sinon, ma réputation était ruinée ! Si vous trouvez que ce n'était pas un travail de romain, cela !

Il avait beau plaisanter, Monsieur Rambourg s'était méfié et avait repris les comptes au colonel. Et à partir de ce moment, les discussions tournèrent à l'aigre entre les deux hommes, qui se parlaient de moins en moins. Le nouveau châtelain faisait cyniquement l'apologie des guerres :

– Et alors ! Il en faut ! Ceux qui s'en tirent y trouvent leur compte ! Moi, elle m'a enrichi, vous, vous y avez trouvé la gloire. C'était cela que vous cherchiez, non, pas à vous enrichir ! Moi, je ne demandais que la fortune, et je suis franc, au moins, je ne me plains pas des événements !

– Et les morts, vous les oubliez ? rétorquait le colonel.

– Ils sont morts, alors ils ne regrettent rien, non ?

– Et leurs familles ?

– Leurs familles ont hérité de ceux qui avaient de l'argent. Ceux qui n'avaient rien, cela n'a rien changé. Bon, colonel, je vous accorde que la mort est triste, mais si l'on veut gouverner toute l'Europe… On ne fait pas d'omelette sans casser des œufs ! »

À partir de cette période, le colonel évita l'ex-intendant et ne lui adressa plus la parole que pour des explications concernant les fermages. Henri voyait bien que cette ambiance agaçait profondément son ami et qu'il hésitait à rompre brusquement avec cet homme qui l'avait tout de même accueilli et bien traité alors qu'il était abandonné de tous. Il en venait presque à souhaiter une querelle qui aurait mis fin à cette atmosphère qui devenait de jour en jour plus lourde, comme un nuage d'orage qui ne se décide pas à crever.

À la fin de janvier 1815, la neige était tombée dru et recouvrait tout le paysage d'un manteau blanc uniforme. Rambourg avait reçu un courrier, puis des hommes de loi, s'était rendu chez des juristes, il était menacé d'un procès intenté par le gouvernement royal à propos d'un règlement de compte suspect, relatif à la campagne de Russie, et qui atteignait des sommes colossales. Débordé par la paperasse, il avait prié le colonel de l'aider à classer les factures, les notes et les actes officiels. L'affaire concernait des approvisionnements en armes, uniformes et fournitures qui avaient été déposés dans différentes villes de Prusse et dont nos soldats n'avaient pu récupérer que des bribes.

Le colonel et Monsieur Rambourg travaillaient dans le grand bureau du château, à une immense table couverte de papiers officiels et devant une vaste cheminée où brûlaient de grosses bûches. Germot classait les dossiers, récupérait les factures éparses, et l'ex-intendant empilait les additions, prétendait que les magasins avaient été pillés par les Prussiens, et il doublait, triplait ses bordereaux, les transformant en pertes nécessitant réparation.

Or, le colonel s'était occupé lui-même de faire charger sur des chariots des caisses contenues dans un magasin de Kowno. Voyant un dossier concernant les fournitures de cette ville, il redoubla d'attention. Il était fait mention de deux cents caisses à mille francs chacune. Ce chiffre fit bondir le colonel.

– Il doit y avoir une erreur, là ! Il n'y avait pas deux cents caisses au magasin de Kowno !

– Mais, pardon, si, répondit Rambourg. Il y avait bien deux cents caisses, regardez le mémoire du fournisseur.

– Peut-être le mémoire mentionne-t-il ce chiffre, mais je sais bien qu'il n'y avait pas deux cents caisses à Kowno. De tête, j'en avais compté quatre-vingt-trois, à une ou deux près, et leur contenu valait tout juste quatre ou cinq cents francs de l'époque. Je m'en souviens très bien. Le mémoire, si vous l'aviez rédigé vous-même, sans doute était-ce pour « arroser » les fournisseurs, ce dont vous vous vantez constamment.

– Comment pouvez-vous être si sûr de ce chiffre ?

– Mais j'ai fait moi-même évacuer le magasin, sur trois chariots, ils n'auraient pas pu contenir deux cents caisses, j'en suis sûr.

– On avait dû en voler avant votre arrivée !

– Certainement pas, j'avais posté un garde, et il y avait un poste de surveillance tout près.

– Et alors, on a pu attaquer le poste et voler le matériel !

– Je l'aurais su par l'officier.

– Dans l'était où étaient vos hommes, il aurait pu oublier, perdre la tête, ou être lui-même corrompu, et avoir peur d'être accusé ! Et comment prouver le contraire de ce que j'avance, les témoins sont morts, ou, s'il en reste, ils ont autre chose en tête que de compter des caisses de munitions !

– Et moi ? Je suis là, et ma parole vaut bien…

– Vous ? Rambourg pâlit. Vous n'allez pas m'accuser, vous qui êtes mon obligé ! Je vous ai recueilli, non ?

Le colonel se leva, furieux.

– Mais, c'est un vol ! Je ne veux pas être complice… Notre malheureux pays n'est-il pas assez épuisé, pour que vous le rançonniez de la sorte !

– Un vol ! Des grands mots, maintenant ! Allons, mon pauvre, vos souffrances vous ont dérangé l'esprit. Qu'allez-vous chercher…

– Je le maintiens, vous êtes un voleur ! je ne resterai pas une minute de plus chez vous, et je vous dénoncerai !

– Encore faudrait-il que l'on vous croie ! Essayez donc de me dénoncer, je dirai que c'est vous le voleur, que vous avez vendu le contenu du magasin !

– On me croira ! La parole d'un officier vaut plus que celle d'un usurier doublé d'un voleur !

Et le colonel leva la main, une gifle sonore claqua, que toute la maisonnée, attirée par les éclats de voix, entendit, y compris Mercure et moi, qu'Henri était en train de panser.

Les glapissements de Rambourg, qui réclamait réparation, n'arrêtèrent pas le colonel, qui s'emparant du dossier de Kowno, écrivit en grosses lettres sur le bordereau officiel : « Le colonel Germot, ayant fait l'inventaire de ce magasin, affirme sur l'honneur qu'il ne contenait que quatre-vingt-trois caisses ». Et il signa bien lisiblement, avant de quitter le bureau, laissant le misérable hoqueter d'indignation sur son fauteuil, après une dernière pique « Vous erriez sur le chemin comme un vagabond, et je vous ai recueilli. Quelle ingratitude ! »

Une heure plus tard, nous étions sellés, les paquetages chargés, et nos deux cavaliers sortaient du château. L'ex-intendant s'était renfermé dans son bureau et les domestiques ne se montraient pas. En route, le colonel dit à Henri :

– J'ai honte, petit ! J'ai honte d'avoir mangé le pain de cette canaille !

– Pardon, objecta Henri avec son bon sens paysan. Certes, il ne nous revenait pas vraiment ni à vous ni à moi, mais vous ignoriez qu'il était un escroc pareil ! Il vous a payé, mais vous avez fourni un travail ! S'il avait embauché un comptable et un intendant, cela lui aurait coûté bien plus cher ! Ne regrettez rien, mon colonel, c'est lui qui s'est servi de vous ! Mais à présent, que faisons-nous ? Où allons-nous ?

– Eh, mais, je n'en sais rien ! Je me sens vidé, mais il faut avancer. Peut-être notre bonne étoile nous aidera-t-elle à trouver notre route ?

– Mon colonel, j'ai toujours mon argent, et je pense que vous…

– Mais oui, tu as raison, nous sommes riches, pour le moment, je n'ai pratiquement pas touché à mes appointements, j'avais gardé mes économies, et je toucherai quelque chose de ma demi-solde, quand l'administration la débloquera… Eh, on peut aller… Si tu as toujours ton argent, et moi le mien, le mieux c'est de monter vers la capitale. Veux-tu venir à Paris ? Histoire de voir si la Porte Saint-Denis n'a pas changé de place !

– À vos ordres, mon colonel ! Henri se dérida, voyant le visage de son ami s'éclairer.

– Tiens, nous verrons manœuvrer l'armée du Roi, cela nous amusera peut-être ! Allons leur donner quelques conseils, petit ! »

242

VII. Les Demi-Soldes.

En une dizaine de jours, nous arrivâmes à Paris. Et nous comprîmes que nous avions bien choisi notre destination. C'était dans la capitale que les officiers en demi-solde s'étaient donné rendez-vous, pour bien dénoncer les injustices du nouveau régime, organisant le désordre dans la rue, les lieux publics et les salles de spectacle, se querellant avec les officiers du Roi qu'ils injuriaient copieusement. L'expérience de la bataille des demi-soldes, et leur habileté au sabre faisaient qu'ils étaient le plus souvent vainqueurs.

Ceux qui n'avaient pas d'argent, pas de famille pour les aider, traînaient misérablement, adressaient supplique sur supplique aux autorités, gagnant péniblement leur subsistance dans des emplois subalternes et faisaient office d'agitateurs dans les réunions publiques. Souvent, parvenant à convaincre d'anciens camarades de régiment, ils provoquaient des défections dans les rangs de l'armée qui comptait encore un certain nombre de vieux grognards.

Ce qui soulevait le plus d'indignation était que le pouvoir royal avait rétabli la Croix de Saint-Louis et lui avait donné la préséance sur la Légion d'Honneur, on devine l'état d'esprit qui en découlait.

Nous logions dans le quartier de la Montagne Sainte-Geneviève, lorsqu'un jour, je vis revenir Fourneau donnant le bras à son ami Mazet. Celui-ci, ayant quitté l'armée, était devenu professeur d'équitation dans un manège aristocratique, du côté du Panthéon. Il avait été recommandé par un camarade de la Garde, qui avait repris son nom à particule pour rejoindre l'armée du nouveau régime, et l'ancien lieutenant était devenu le meilleur moniteur de l'établissement, était royalement appointé — c'était le cas de le dire — et il avait fait venir sa femme et ses enfants de Bretagne pour s'installer avec eux non loin du manège.

Mazet, ayant à présent une bonne situation, s'était rangé du côté du pouvoir, sa femme était heureuse, ses enfants grandissaient tranquillement, et il voyait sa fortune faite, car il avait la possibilité de s'associer avec son directeur. Aussi critiquait-il les agissements des demi-soldes qui étaient le plus souvent proches de la mendicité ou de la filouterie. Mais, s'il était devenu un bourgeois, il avait conservé son bon cœur et ne les jugeait pas trop sévèrement, il avait conscience d'avoir eu pas mal de chance. Il proposa à Henri une place de palefrenier dans son manège, lui faisant comprendre qu'il y avait peu d'ouvrage à Paris et que la vie y était chère. Il lui proposait un bon appointement, pour lui et pour moi. Mais Fourneau jugeait que son sort était lié à celui du colonel Germot, et disait vouloir le suivre. Mazet lui dit qu'il pouvait réfléchir, il n'était pas pressé, et il l'invita à dîner.

Tard dans la nuit, je vis arriver Henri, l'air sombre, je me demandai ce qui lui était arrivé. C'était encore ses idées noires, dont je le croyais débarrassé, qui le tourmentaient.

– Mon pauvre Nestor ! dit-il en m'embrassant et en enfouissant son visage dans ma crinière. Si tu savais combien mon ami est heureux chez lui, dans son bel intérieur, avec ses petits enfants qui grimpent sur ses genoux, jouent avec ses moustaches et l'appellent « Papounet » ! À côté de cela, moi, je suis un vulgaire soldat réformé, seul, sans famille, sans attache... Mon pauvre vieux, nous sommes toi et moi comme le juif errant, condamnés à marcher, à marcher, c'est notre destinée... Qu'allons-nous devenir ? »

Le colonel, lui, avait l'habitude de se promener du côté des Invalides, et rencontrait de vieux amis, demi-soldes comme lui. Tous les soirs, il rentrait joyeux. Il lui arrivait même d'entrer dans notre écurie, de flatter la croupe de Mercure en disant : « Allez, mon grand, prépare-toi ! Il va y avoir du nouveau sous peu ! » Et à moi : « Dérouille tes jarrets, mon vieux Nestor, ton ami va devoir constater un de ces jours que la vie bourgeoise ne les a pas ankylosés ! »

Peu après, un matin, il appela Henri :

– Je le pensais bien, mon petit, nous ne sommes pas faits pour porter des chapeaux et des redingotes ! Préparons-nous à reprendre nos casques et nos cuirasses !

– Pardon, mon colonel ? Vous voulez entrer dans l'armée du Roi ?

– Les temps sont proches, mon ami, dans quelques jours, nous allons apprendre une grande nouvelle !

– L'Empereur peut-il revenir ?

– Eh, qui sait ! Le colonel arborait un sourire de conspirateur. Nos amis en ont assez d'avoir été chassés de l'armée, ridiculisés par les émigrés qui revenus ont pris leurs places, d'être réduits pour beaucoup à la misère tout en arborant la décoration suprême ! L'Empereur sait sûrement tout cela. Des hommes courent les provinces, pour savoir ce qui se dit. Bon, les bourses sont vides, les collectes ne sont que des améliorations passagères, alors j'ai fait une proposition aux amis. Demain, je saurai si elle est acceptée. Donc, tiens-toi prêt à seller nos deux compères.

Henri sauta sur ses pieds.

– Heureusement que vous me prévenez ! Voyez-vous, je voulais vous demander un conseil. On me propose un emploi, on me laisse réfléchir.

– Un emploi ?

– Oui, palefrenier, peut-être moniteur dans un manège. C'est par le lieutenant Mazet, des chasseurs de la Garde, qui est aujourd'hui le bras droit du directeur de la maison…

– Écoute, je ne veux pas faire ton malheur en te demandant de me suivre. Il y va de ta situation, je te rends ta liberté, tu jugeras en connaissance de cause. Pour cela, je dois te mettre au courant de ce qui se passe…

– Non, mon colonel, vous savez bien que, quoi qu'il se passe, je reste avec vous !

– Non, laisse-moi te dire, tu réfléchiras après. On devine, ou même on sait que l'Empereur va rentrer en France, et, à son tour, chasser les Bourbons. On m'a chargé d'aller vers les Alpes, examiner l'était d'esprit des populations, parler aux soldats, les encourager à revenir, et les y préparer.

– Mais, objecta Henri, le retour de l'Empereur serait la guerre ! De nouveau, l'Europe se dresserait contre nous, notre malheureux pays n'en peut déjà plus…

– Qui le prouve ? Pourquoi l'Empereur ne souhaiterait-il pas la paix ? Écoute, Henri, il est juste, il a prouvé qu'il savait évaluer la situation. Oui, d'accord, sauf en Russie, mais qui aurait pu… Il doit à ses partisans de remettre les choses au point, il lui faut revenir, pour que ses fidèles ne meurent pas de faim, que justice leur soit rendue, qu'ils n'aient plus à errer, en loques, le long des routes, à mendier un bol de soupe aux portes des casernes ! Tout cela, il le sait sûrement, il le devine au moins. La situation est tendue, les esprits s'échauffent vite, nous ne sommes pas en sécurité, cela ne peut plus durer. Viens avec moi demain matin dans la cour du Carrousel, à la revue qui sera passée par Macdonald, tu seras édifié ! »

Le lendemain, Fourneau nous sellait, le colonel soldait notre dépense, et nos deux cavaliers, arborant l'un la rosette, l'autre le ruban rouge, nous dirigèrent vers le terrain de la revue, où nous rejoignîmes des centaines d'autres soldats en demi-solde qui se saluaient, le visage plein d'espoir.

Les régiments se placèrent, conduits par des jeunes gens à l'allure hautaine et prétentieuse, qui dirigeaient maladroitement, ayant gagné leurs galons chez les Prussiens, pendant que nos amis, qui assistaient à ce spectacle, se faisaient tuer pour la plus grande gloire de l'Empereur.

Les régiments défilaient, portant des uniformes brillants, colorés, qui sentaient le neuf. Ils se plaçaient tant bien que mal. Les trompettes sonnèrent, les troupes se mirent en mouvement. Mais, mal commandés par leurs officiers encore trop novices, ils s'embrouillaient, tandis que les quelques vieux grognards qui restaient pestaient d'impuissance, se sentant ridicules.

Près de nous, au dernier rang d'un escadron de cuirassiers, Fourneau et son colonel reconnurent un de leurs camarades, revenu avec eux de la Bérézina. Ancien maréchal des logis sous les ordres de Germot, il était à présent adjudant dans les cuirassiers du Roi.

– Bonjour, Champier ! Lui dit le colonel entre haut et bas.

Le cuirassier se retourna, et pâlissant, il murmura :

– Mon colonel ! Et Fourneau !

– Prend patience, mon ami ! dit Germot. Il reviendra ! »

Les troupes parvinrent à se former en carré, tandis que le Comte d'Artois[33], frère du Roi, vint décorer de la croix de

---

[33] Charles-Philippe (1757-1836), Comte d'Artois, dernier petit-fils de Louis-XV, frère de Louis XVI et Louis XVIII, qui leur succéda sous le nom de Charles X en 1825. Il fut renversé en 1930 au profit de Louis-Philippe, fils de Philippe d'Orléans, dit « Philippe-Égalité », descendant de Philippe d'Orléans, neveu de Louis XIV.

Saint-Louis quelques-uns des jeunes officiers qui avaient si mal commandé les évolutions. Après quoi, il leva son sabre en un salut solennel et cria « Vive le Roi ! ». Les nouveaux décorés lui répondirent, mais l'armée, qui, elle, avait jadis tant de fois crié avec entrain : « Vive l'Empereur ! » resta muette.

Les demi-soldes retrouvaient le sourire, l'armée restait donc fidèle à son véritable chef. Et même, dans l'assistance, quelques voix crièrent « Vive l'Empereur ! »

Le frère du Roi parut vexé, il s'avança vers les troupes et s'arrêta devant l'adjudant Champier, sur la poitrine de qui brillait la croix de la Légion d'Honneur, et il lui donna l'ordre de s'avancer vers lui.

Le colonel Germot saisit alors le bras d'Henri. Sa main tremblait.

– Voilà qu'Artois tente de faire se discréditer ce héros. Nous allons pouvoir juger des autres. S'il crie « Vive le Roi ! », tant pis, je resterai à Paris, tu te prendras un emploi. S'il crie « Vive l'Empereur ! », alors, avant un mois, l'Empereur couchera aux Tuileries, et, ce soir, nous prenons la route, nous dînerons à Fontainebleau !

La masse des demi-soldes s'était groupée, grossissait sans cesse, et il semblait que cette foule allait déborder les troupes. Sur tous les visages marqués par la misère se lisait l'espérance et l'énergie gagnait les cœurs, les poings étaient crispés. Leurs redingotes étaient élimées, mais restaient soigneusement boutonnées et brossées, ornées du ruban rouge ou de la rosette. Ils attendaient. Quoi ?

L'adjudant Champier, obéissant à l'ordre du Comte d'Artois, s'était avancé.

– Vous, dit le Comte, sur un ton légèrement agacé, sans doute percevait-il l'hostilité ambiante, vous, un brave, je rends hommage à votre décoration qui atteste de vos états de service, dites-moi, combien de campagnes ? Combien de blessures ? Parlez-moi de vous, vous méritez sans doute mieux !

La voix de Champier tremblait en répondant :

– Toutes les campagnes de l'Empereur, trois blessures.

– Voyez, Napoléon, vous a oublié ! Vous devriez être capitaine, aujourd'hui ! Le Roi, mon frère, ne vous aurait pas fait cette injustice ! Je vous inscris pour le grade de lieutenant, nous allons crier ensemble : « Vive le Roi ! »

Une houle de colère courut parmi la foule qui suait la haine. Le cuirassier s'était redressé, et, gonflant sa poitrine, il cria de toutes ses forces :

– Vive l'Empereur !

Le colonel reprit aussitôt l'acclamation :

– Vive l'Empereur !

Et toute la foule des demi-soldes cria en même temps, c'était comme si un flot trop longtemps contenu se déversait. Les hommes agitaient leurs chapeaux et, les bras levés, criaient en chœur « Vive l'Empereur ! »

Le Comte d'Artois essaya de faire bonne contenance, mais put seulement faire signe aux troupes qui firent mouvement pour, dans un ordre relatif, regagner leurs casernements respectifs, sous les huées.

Le colonel appela Henri :

– Allez, c'est dit, mon petit, nous partons aujourd'hui pour les Alpes ! Napoléon n'est pas loin, je te le jure ! »

Nous étions le 15 février 1815.

VIII. Le retour de l'Aigle.

Nous avions un peu perdu l'habitude des marches forcées, mais nous parvînmes à Grenoble le 4 mars. Nous rencontrions des populations passionnées, férues de gloire militaire, qui nous demandaient de leur raconter l'épopée. Dans les campagnes, on ne savait pas que Napoléon n'était plus sur le trône, il était un si grand personnage, comment ne l'avait-on pas su ? Ce n'était pas juste ! Dans les régiments, en dehors de quelques officiers que le Roi avait gagnés à sa cause en leur conservant et même en élevant leurs grades, et qui avaient envie de conserver leurs avantages, les soldats avaient pour Napoléon une véritable idolâtrie. Alors qu'il se rendait à son cantonnement en ville, le colonel Germot fut reconnu par quelques-uns de ses hommes qui lui firent une ovation. Bien que cela lui fît plaisir, le confortant dans l'idée que sa mission avait toutes les chances de réussir, il préféra quitter la ville pour éviter que trop de bruit soit fait autour des desseins de l'Empereur. En partant, il entendit des roulements de tambours qui venaient de toutes les casernes, des officiers arrivèrent au grand galop, se rendant à la préfecture, et une nouvelle se répandit : Napoléon avait quitté l'île d'Elbe, débarqué à Golfe Juan et avançait vers Paris. On annonçait son arrivée à Grenoble pour le lendemain. Il était fêté partout comme un libérateur, un grand homme, le héros. Et les autorités avaient ordonné aux généraux de se tenir prêts : il fallait impérativement l'arrêter avant Paris, sinon la guerre civile éclaterait, l'Europe entière se liguerait de nouveau contre la France qui serait alors vaincue, écartelée entre les puissances étrangères.

Entendant cela, le colonel mit pied à terre, et, tout heureux, embrassa Henri :

– Ça y est, petit ! Je l'avais prévu, l'Empereur revient ! Courons sur la route, peut-être le verrons-nous ? »

Et nous nous mîmes en route. Nous croisâmes un émissaire de Napoléon, qui était traqué par les gendarmes, et lançait des proclamations en faveur de l'Empereur dans tous les villages qu'il traversait. En les lisant, les gens sautaient de joie. Peu après, à La Mure, nous apprîmes que le général Cambronne allait arriver. Nous avançâmes, et, se retournant, Henri vit un bataillon prendre position pour barrer un pont que nous venions de traverser. Cambronne arriva avec un bataillon de lanciers et s'arrêta en face des fantassins. Petit à petit, la résistance fondit, les deux troupes commencèrent à se mêler l'une à l'autre. Prudent, Cambronne fit regrouper les lanciers.

Et à ce moment, Napoléon parut. À pied, suivi d'un grenadier qui tenait en main son cheval, mon vieil ami Cantal, qui, me reconnaissant, se mit à piaffer, à s'ébrouer et hennit, tout content. L'Empereur monta sur une petite colline pour suivre le mouvement des lanciers. C'est à ce moment que le colonel Germot poussa Mercure au galop, Henri et moi le suivîmes. Arrivé non loin de Napoléon, nos cavaliers mirent pied à terre et se découvrirent avec respect.

– Que voulez-vous ? demanda l'Empereur.

– Sire, répondit le colonel, je suis un de vos fidèles, colonel Germot, du Deuxième Cuirassiers, je viens de Paris pour vous préparer la route. Mon compagnon, Henri Fourneau, est le plus brave et le plus fidèles de mes anciens soldats.

– Merci, colonel, dit Napoléon, souriant, en lui tendant la main. Mais, ajouta-t-il en tendant la main à Fourneau, je vous ai déjà vu, cuirassier.

251

– Oui, Sire, répondit Henri, d'une voix tremblante d'émotion. Il y a longtemps, j'étais à Wagram, dans les hussards !

Il me caressa l'encolure.

– Et comme aujourd'hui, comme en Russie, mon fidèle Nestor ne me quittait pas !

L'Empereur prit un air songeur, et dit tout bas :

– Ah ! Si j'avais eu cent mille hommes de votre trempe ! »

Cantal et moi, nous nous rapprochâmes et nous embrassâmes affectueusement, pendant que le colonel mettait Napoléon au courant de l'état d'esprit des troupes.

Alors, l'Empereur s'avança vers le bataillon d'infanterie chargé de l'arrêter, qui occupait toujours le pont. Nous le suivîmes avec les autres soldats. Le grenadier qui conduisait Cantal était à côté d'Henri qui nous tenait en main, Mercure et moi.

Il y eut une minute inoubliable. Les fantassins étaient éberlués de voir l'Empereur s'avancer vers eux, comme s'il leur rendait une visite de courtoisie, et leurs regards allaient de lui à leur commandant, hésitant sur l'attitude à tenir.

Tout près d'eux, l'Empereur s'arrêta.

– Héros du Cinquième ! Me reconnaissez-vous ?

– Oui ! Nous vous reconnaissons ! Vous êtes l'Empereur !

Déboutonnant sa redingote, Napoléon poursuivit :

– Eh bien, quel est celui qui va vouloir tirer sur moi ?

L'hésitation dura à peine une seconde. Les soldats lancèrent leurs shakos en l'air, ou les élevèrent au bout de leurs fusils, rompant les rangs et s'écartant pour ouvrir le passage, en criant :

– Vive l'Empereur !

Leur chef resta seul au milieu de la route, ne sachant visiblement pas quelle attitude prendre, esquissant un geste pour rassembler ses hommes, y renonçant, hésitant. Napoléon s'approcha de lui :

– Qui vous a fait commandant, mon brave ?

– Vous Sire !

– Qui vous a donné la Croix ?

– Vous, Sire !

– Et vous vouliez donner ordre à vos hommes de me tirer dessus ?

– C'était la consigne, Sire !

L'officier tira alors son épée et la tendit à l'Empereur qui lui dit :

– J'accepte votre épée, mais je vous attends à Grenoble pour vous la rendre !

Et il lui serra la main.

Pendant ce temps, le colonel Germot se faisait reconnaître par les généraux Cambronne, Drouot et Bertrand, et nous rentrâmes dans les rangs, ayant encore le temps d'entendre l'Empereur dire :

– J'ai franchi le Rubicon ! Dans dix jours, nous serons à Paris ! »

Le nombre des fidèles avait doublé. Nous dépassâmes La Mure et, sur la route de Grenoble, un régiment parut dans le lointain. Il était commandé par le jeune colonel Labédoyère qui, le matin même, avait entraîné ses soldats hors de Chambéry, aux cris de « Vive l'Empereur ».

Tous les soldats qui avaient dans leurs poches ou dans les fontes de leurs selles des cocardes tricolores les avaient sorties pour les épingler sur leurs shakos, et miraculeusement les aigles impériales réapparurent sur les hampes des drapeaux. Apparemment, personne n'avait jeté ces souvenirs qui représentaient tant de campagnes, tant de souffrances, mais aussi tant de victoires, d'heures de gloire, de fierté !

Le 10 mars, devant Lyon, nous nous trouvâmes face au Comte d'Artois, accompagné de Macdonald. Tous les ponts étaient barricadés. Mais, quand elles nous virent arriver, en bon ordre, Napoléon chevauchant au premier rang, ces troupes crièrent d'une seule voix « Vive l'Empereur ! » et s'écartèrent. Macdonald et quelques soldats tentèrent de résister, mais les hommes s'évertuèrent à le convaincre de se réconcilier avec l'Empereur. Il décida de rester fidèle à son serment au Roi et partit au galop, se dirigeant vers Paris.

Napoléon descendit à l'Archevêché, les autorités locales vinrent le saluer, et, le lendemain, il passa les troupes en revue sur la Place Bellecour. Le colonel Germot portait l'uniforme du Deuxième Cuirassiers, où il conservait son grade, tandis qu'Henri et moi étions parmi les hommes de troupe, en grande tenue. Tout le monde ovationna l'Empereur, et le pressait de regagner Paris où il reprendrait sa place.

Nous nous mîmes en chemin, et, partout, les gens criaient « Vive l'Empereur », les autorités nouvellement établies cédaient leur place aux fidèles de l'ancien pouvoir, l'empire était proclamé.

Mais nous apprîmes que Ney arrivait à notre rencontre, à la tête d'un corps d'armée important. Les tenants du Roi comptaient sur lui pour arrêter « l'usurpateur ». Le Maréchal souhaitait honorer son serment, il avançait, mais, se rendant compte de l'état d'esprit de la population, il hésita, et finit par rassembler ses troupes pour leur lancer cette proclamation : « Soldats, la cause des Bourbons est perdue ! Honorons le retour de l'Empereur ! » À partir de ce moment, Napoléon n'allait plus rencontrer d'obstacle, il avançait vers la capitale, déclarant qu'il désirait plus que tout apporter la paix et la liberté.

Le 19 mars, nous étions à Fontainebleau, et nous apprîmes que le Roi Louis XVIII venait de partir pour Saint-Denis et Beauvais. Le 20, nous entrions aux Tuileries, qui étaient désertes, sous les acclamations des demi-soldes qui portèrent les généraux en triomphe, ainsi que les officiers qui étaient restés fidèles, comme le colonel Germot.

Au soir, Henri alla voir Mazet qu'il trouva effondré : tous ses élèves étaient partis, son affaire se portait mal, et il s'inquiétait fort pour l'avenir du pays.

– Tu as suivi le colonel Germot, dit-il à mon ami, tu es un bon serviteur, je te comprends. Mais cette décision, je le crains, va t'être fatale.

– Comment peux-tu dire cela, mon ami ? L'Empereur l'a dit et redit, il veut la paix, la liberté et la justice !

– Hum ! C'est ce que disent tous ceux qui gouvernent, qu'ils soient rois ou Empereurs. Paroles de circonstance, qui sonnent le creux !

– C'est cela que tu penses ? Toi, un officier de la Garde ?

– J'aimerais bien me tromper, avoua Mazet. Mais les puissances étrangères sont acharnées, ils veulent la peau de l'Empereur, pour eux, il n'y a que le Roi, que les Bourbons. Pourvu que notre pays soit rien qu'un peu préservé des malheurs que va amener le retour de l'Aigle !

IX. Prêts pour l'affrontement suprême.

Dès son installation, Napoléon s'employa à réorganiser l'armée et à en augmenter les effectifs. On vit alors accourir tous les profiteurs, marchands de matériel, de chevaux, intendants, qui devinaient que, les affaires reprenant, ils allaient pouvoir de nouveau faire quelques bénéfices. Nous fûmes prévenus par un soldat qui arrivait de sa région que Rambourg s'était mis en chemin comme ses pareils. L'apprenant, Germot le fit savoir à l'Empereur qui promit de le recevoir comme il le méritait. Il n'eut pas à se salir les mains : en chemin, l'homme avait été attaqué et assassiné par des brigands. L'enquête fut brève : les hommes de Monsieur Fouché étaient débordés, les autorités locales avaient seulement pris note de l'affaire qui en resta là.

La cavalerie de Louis XVIII comptait vingt mille hommes, et l'Empereur résolut de l'augmenter à cinquante mille, et il en fut de même pour l'infanterie. Il fallait acheter des chevaux en plus du matériel. Du coup, le directeur du manège de Mazet vendit toute sa cavalerie, et l'ancien officier se trouva sans emploi.

Mais il ne le resta pas longtemps : il fallait des hommes, et surtout des officiers pour encadrer les nouvelles recrues. Mazet se vit remettre un brevet de capitaine pour le régiment du Septième Cuirassiers, où l'on avait également muté le colonel Germot et Henri. Le régiment était cantonné à Lunéville.

Le colonel organisa sa troupe. Il lui était arrivé des renforts sérieux, de vieux cavaliers expérimentés rendus à la vie civile après la Campagne de France, et des officiers en demi-solde. Parmi eux se trouvaient les trois compagnons de Mazet que nous avions rencontrés sur la route de Fontainebleau juste après l'abdication. Guéris de leurs blessures, ils avaient mis leur misère en commun, vivotant dans Paris, et ayant à leur actif pas mal de bagarres et de duels avec des soldats de l'armée royale. Ils étaient de ceux qui avaient crié « Vive l'Empereur ! » à la revue du Carrousel. Le dragon, qui s'appelait Portier, répétait « Je l'avais bien dit ! En tous cas, il était temps, on crevait ! » Bourget, le grand cuirassier, nous avoua avoir, au bout de son rouleau, armé ses pistolets pour en finir, et ce fut ce jour-là qu'on leur apporta leurs brevets. Tous deux, ainsi que le capitaine Monteil, avaient l'impression de renaître. De jeunes soldats et officiers écoutaient ces vétérans de qui ils avaient tant à apprendre et le colonel Germot les adjura de tout faire pour que leur régiment soir le premier de l'armée française. Avec eux, il y avait l'ex-adjudant Champier, que l'on avait dégradé après sa conduite à la revue du Carrousel, il fut nommé lieutenant.

Des chevaux arrivèrent, d'Auvergne, de Normandie, de Bretagne et du Limousin. Le colonel les examina et les plaça par robes. Le premier escadron eut les chevaux bais clairs, le deuxième les alezans, le troisième les bai-bruns et noirs. Les trompettes et les timbales, ainsi que les chirurgiens et les vétérinaires avaient droit aux chevaux gris. Les vieux cavaliers dressaient les jeunes chevaux, les vieux chevaux dressaient les jeunes cavaliers, comme il se doit. J'eus de la chance : Horace Martin, le jeune paysan qui fit ses classes sur mon dos était très attentif, s'occupait de moi presque autant que mon inséparable ami Henri, et il fit des progrès rapides. Henri, de son côté, avait repéré un limousin gris qu'il avait appelé Achille, et qu'il lui destina. Je m'entendis tout de suite fort bien avec le nouveau, qui était curieux de tout, mais savait rester discipliné.

Le capitaine Mazet était fort bien secondé par Champier, et il mettait autant de zèle à former les jeunes recrues qu'il en avait mis à éduquer les jeunes aristocrates de son manège du

Faubourg Saint-Germain. Bientôt, je redevins la monture d'Henri, tandis qu'Horace s'était habitué à Achille, qui continuait le soir à l'écurie à me faire raconter nos campagnes et se demandait quand nous passerions à l'action. Son cavalier était au moins aussi impatient d'en découdre.

Cependant, Napoléon restait prudent, avait contacté toutes les puissances étrangères en affirmant qu'il voulait la paix. Il fit une déclaration solennelle en ce sens, la mit sur papier, la fit signer par tous les officiers. Le colonel Germot était content, la France allait dans le bon sens, celui de l'apaisement, la paix ramènerait la prospérité. Mais les courriers de l'Empereur étaient tous arrêtés aux frontières, les souverains étrangers maintenaient leurs armées sur le pied de guerre, poussés dans cette voie par l'Angleterre, notre plus implacable ennemi, et de partout on entendait qu'il fallait chasser l'usurpateur et remettre sur le trône l'héritier légitime des Bourbons.

L'Empereur convoqua un « Champ de Mai » pour exposer ses désirs de paix et les moyens qu'il entendait mettre en œuvre. Les régiments y envoyèrent une délégation, qui fut placée sous les ordres du capitaine Mazet. Ce dernier profita du voyage pour aller voir sa famille et ses amis, mais tous étaient inquiets des bruits de guerre qui couraient dans Pairs et aux environs. Napoléon avait bien sûr affirmé vouloir la paix, mais savait que les rois coalisés voulaient envahir la France, et qu'il devait se tenir prêt à la défendre. Cruel dilemme. Mais, à cette annonce, les troupes poussèrent des cris de joie, ils ne désiraient rien de plus que de repartir en campagne, aussi bien les jeunes, les vieux grognards, et tout le peuple étaient prêts à défendre le pays. Mazet regroupa ses hommes et rejoignit le dépôt du Septième Cuirassiers. De partout, de nouvelles recrues arrivaient, la moitié de la Garde Nationale dut rejoindre les régiments.

Au début de juin, nous vîmes arriver une cinquantaine de cavaliers, libérés depuis quelques années. Parmi eux, Henri reconnut Paul Caron, à qui on avait redonné son grade. Henri l'étreignit affectueusement, Paul lui apprit qu'il était le père de deux petits jumeaux. Adrienne et lui étaient heureux, faisaient des projets d'avenir, lorsque la nouvelle du retour de l'Empereur, suivie du rappel des anciens soldats, l'avait obligé à repartir. Il n'était pas question de chercher un remplaçant, car les mercenaires exigeaient des sommes trop importantes, et le Père Caron n'avait pu réunir le pécule, il parlait de vendre des terres… Paul l'en avait empêché : à la levée suivante, il aurait été envoyé dans un régiment de cavalerie, en tant qu'ancien gradé.

Soucieux de lui éviter les corvées et les postes dangereux, Henri présenta Paul Caron au colonel Germot qui, comprenant parfaitement la situation, le nomma vaguemestre[34].

Nous savions qu'à la frontière nord, en Belgique, les Anglais et les Prussiens se rejoignaient, suivis par les Autrichiens et les Russes. Wellington et Blücher, ces deux noms étaient prononcés comme « Satan » ou « Belzébuth ». De son côté, Napoléon avait massé cent vingt-cinq mille hommes. Nous faisions partie d'une des divisions confiées au Général Milhaud.

Tous les changements de gouvernements, tous les bouleversements politiques avaient eu comme conséquence que l'armée redoutait la trahison des chefs, parmi lesquels voisinaient demi-soldes et anciens émigrés, ces derniers étant considérés avec méfiance et souvent mépris. En revanche, l'organisation des troupes était parfaite, Napoléon avait montré là son génie non seulement de stratège, mais aussi

---

[34] Le vaguemestre est un sous-officier chargé de surveiller les équipages et de transmettre le courrier.

d'administrateur. Les soldats étaient bien équipés, bien montés, et impatients de se battre. Les uniformes brillaient, chaque mouvement de troupes était comme un magnifique arc-en-ciel de couleurs vives, les plumets des casques formaient une traînée flamboyante. Nous, nous étions les géants, les cuirassiers en armure étincelante sur le dolman bleu, avec la longue queue noire sortant du casque surmonté du plumet rouge, nous avancions fièrement, sûrs de notre puissance.

X. Waterloo.

Nous étions le 15 juin de l'année 1815. L'armée se dirigea vers Charleroi. Nous suivions le deuxième corps qui se sépara vers un point où l'Empereur craignait une concentration des Anglais et des Prussiens. Nous, nous continuâmes sous les ordres du général Milhaud, un auvergnat comme nous. Il faisait extrêmement chaud, nous étions assez gênés et souhaitions rencontrer enfin cet ennemi invisible.

Nous approchions de Charleroi, lorsque, dépassant Fleurus et arrivant à Ligny, nous vîmes les cavaliers de la Garde chargeant et sabrant l'infanterie prussienne, qui fut achevée par les dragons d'Exelmans qui les avaient contournés. La journée de Ligny[35], qui fut triomphale, décupla l'ardeur des troupes. L'infanterie se regroupa et entonna à pleins poumons « La victoire en chantant »[36], nos hommes reprirent le refrain.

Au soir, un cheval autrichien qui avait été pris pour remplacer un des nôtres nous apprit que nous avions failli capturer le maréchal Blücher : en effet, le chef prussien avait eu son cheval tué sous lui, était resté coincé à terre, et son aide de camp était parvenu à le dégager sans qu'on ne les remarque, il faisait nuit. Le cheval, qui errait sans cavalier dans les environs, avait été le seul témoin de la scène, et nous dit être content de se retrouver avec nous : le prussien qui avait été tué sur son dos s'était montré brutal, comme en témoignaient les marques d'éperons qu'il portait aux flancs.

Une nouvelle diminua l'enthousiasme des hommes : le général Bourmont venait de déserter. Henri et Horace étaient

---

[35] Dite aussi « Bataille de Fleurus ».

[36] « La victoire en chantant » est un chant patriotique composé par le compositeur Etienne Méhul et le poète Marie-Joseph Chénier en 1794, chanté pour célébrer la victoire de Fleurus sur les coalisés.

abasourdis par cette nouvelle, mais le colonel Germot leur expliqua que cet officier, un ancien chouan, restait royaliste. Il avait été suspecté lors de l'attentat de la rue Saint-Nicaise, avait tout de même rejoint Ney, mais, apprenant qu'un acte de l'Empereur avait prononcé la déchéance des Bourbons, il avait décidé de rejoindre Louis XVIII à Gand. On disait que cet acte avait été mal vu même par les Anglais et les Autrichiens, Blücher en tête. Ceci, on s'en doute, ne fit qu'augmenter la défiance des hommes vis-à-vis de leurs chefs.

Nous apprîmes que Wellington, le grand chef de toute l'armée, d'après Mazet, de l'armée anglaise seulement, disaient d'autres hommes, venait de rassembler son armée au lieu-dit Quatre-Bras, un croisement de routes importantes, où les troupes devaient fatalement passer. Toute la journée du 16 juin se déroula une bataille féroce entre les divisions d'artillerie, suivies par les fantassins. Le lendemain, le 17, on nous fit mettre en position.

Nous vîmes Napoléon passer près de nous, l'air passablement énervé. Son cheval ayant l'air fatigué, il demanda qu'on lui amène Marengo. L'homme qui le lui amena reprit l'autre cheval, que je connaissais un peu, et qui m'apprit que Cantal était là, mais très fatigué, et qu'il était resté à l'arrière. Mais Marengo ! Par quel miracle était-il encore là, ce cheval arabe de robe grise, qui avait été ramené de la campagne d'Égypte, avait porté Napoléon lors de la bataille de Marengo, après laquelle, en signe de victoire, on avait changé son nom d'Al-Nasr en celui de Marengo. Il était donc doublement victorieux ![37] Et même davantage, car l'Empereur l'avait monté

[37] En arabe, « al-nasr » signifie « la victoire ». Ce cheval est probablement celui qui est représenté, cabré, sur le célèbre tableau de Louis David qui représente « Napoléon franchissant le Grand Saint-Bernard », datant de 1801. Après la bataille de Waterloo, le cheval fut emmené en

lors de la victoire d'Austerlitz, d'Iéna, de Wagram, il était revenu de la campagne de Russie… Mais il avait plus de vingt ans ! Napoléon était-il superstitieux ? En tout cas, il avait toujours fière allure.

Une fois en selle, l'Empereur parut reprendre son souffle. Le colonel Germot, passant près de nous, souffla à Henri que les ordres donnés avaient été mal exécutés, ou trop tard, et que des pertes auraient pu être évitées. Il fallait regrouper des sections, se concentrer. Nous chargeâmes contre l'infanterie anglaise, mais un déluge d'artillerie nous obligea à reculer.

Il se mit à pleuvoir. Bientôt, ce fut un orage violent, un rideau de pluie qui nous empêchait de voir où nous allions, il était impossible d'avancer. Le sol était devenu un marécage. N'était le fait qu'il ne faisait pas froid en ce jour de juin, je me crus revenu à la retraite de Russie, tant nous enfoncions dans la boue. Il fallut tout de même avancer, nos cavaliers nous pressèrent et c'était avec mauvaise grâce que nous mettions un sabot devant l'autre. Au bout d'un moment, nous arrivâmes sur une chaussée pavée, j'entendis que nous étions près de Charleroi, et que les Anglais se massaient vers le Mont Saint Jean. Mais je n'eus pas le temps de discuter de stratégie avec mes confrères, car bientôt nous eûmes à charger les dragons anglais. Enfin, de l'action ! Malgré la pluie et la boue, nous fonçâmes sur eux, nos cavaliers étaient aussi ardents à l'ouvrage que nous.

À un moment, Henri était à quelques foulées du colonel Germot, quand il vit un dragon anglais lever son sabre sur lui. Il me poussa et en un bond il arriva sur l'ennemi et le colonel ne reçut qu'un coup de plat de sabre sur son casque. Il tomba tout de même, tandis que Mercure ruait et se cabrait pour éviter

---

Angleterre où il vécut très vieux, et son squelette est exposé dans un musée à Londres.

les coups ennemis. Plusieurs soldats arrivèrent, le colonel était seulement un peu sonné, il remonta en selle et examina le terrain, la pluie ayant ralenti. Il aperçut l'armée anglaise, massée sur le mont Saint Jean d'où elle serait difficile à déloger. Il nous fallait d'abord nous défaire de la cavalerie, dont les chevaux étaient solides et rapides, des irlandais massifs, carrés, ou des pur-sang vifs et mobiles.

– Allez, les amis, il faut les avoir, c'est là-haut que ça se passe ! cria le colonel.

Effectivement, il semblait que la cavalerie n'avait d'autre but que de nous occuper pendant que le gros des troupes se massait en hauteur. Nous avions affaire à des ennemis rusés, il fallait mettre toutes nos forces pour disperser ces ennemis qui avaient reçu des ordres précis et s'y tenaient.

La journée passa, nous eûmes à peine un temps de repos, les nuits de juin sont courtes. L'aube du 18 juin se leva, sous un rideau de pluie et l'Empereur envoyait sans cesse des officiers auprès des maréchaux pour s'enquérir de leurs positions et de celles des ennemis, ne pouvant rien voir dans sa lorgnette. La pluie ralentit, cessa et il s'aperçut que les Anglais étaient en position de force sur le Mont Saint Jean. Il fit déployer l'infanterie dans le bas afin d'en déloger les Anglais, mais nos soldats furent chargés par les dragons gris écossais — que l'on appelait les *Scots Grey,* entendis-je dire par un cheval anglais qui se trouvait là on ne sait comment — et ce fut la déroute. Le général Milhaud, qui nous commandait, nous lança contre les Écossais. Les premiers de notre unité étaient déployés, car ils n'avaient pas eu le temps de se regrouper, et ils durent se replier. Les Écossais, emportés par leur élan, arrivèrent sur nous, nous avions eu le temps de resserrer nos rangs et parvînmes à les mettre hors de combat.

Quelqu'un cria « On a eu Picton ! ». C'était un général anglais. Nous avancions, mais entendîmes que notre droite était enfoncée par les troupes autrichiennes de Blücher, nous obliquâmes vers la gauche, vers la ferme de La Haye Sainte. Soudain, nous vîmes déboucher au galop un groupe de soldats avec à leur tête le maréchal Ney, qui criait « à la charge ! », labourant les flancs de sa monture de coups d'éperon. Le cheval tomba, et cette chute lui fit éviter un boulet ennemi. Il remonta en selle sur le premier cheval venu et repartit.

À côté de moi, je reconnus Horace sur Achille, qui galopait avec ardeur, sans broncher, en véritable cheval de soldat. Un peu plus loin, Champier sabrait l'ennemi anglais comme s'il s'était agi de blés mûrs. Je ne voyais pas Mercure, où était le colonel ? Henri me poussant toujours en avant, je ne réfléchis pas et continuai. J'avais reçu un coup de sabre sur l'encolure, mais ne sentais pas la douleur tant j'étais lancé. Il s'agissait de prendre La Haye-Sainte pour gagner le Mont Saint Jean. Soudain, je vis le colonel arriver sur Mercure, tandis qu'un déluge de feu s'abattait sur nous. Le cavalier et le cheval s'écroulèrent, Henri sauta à terre, initiative fatale ! Un boulet arriva sur moi, je tombai sur mon ami, qui serrait son colonel dans ses bras. Je sentis que des sabots, des pieds, me piétinaient. Les bras d'Henri entourèrent mon encolure, et il murmura dans un dernier souffle « Vive l'Empereur ! » Ce fut la dernière chose dont j'eus conscience.

ÉPILOGUE

Paul Caron arpentait le champ de bataille, et s'arrêta soudain, à la vue de plusieurs corps entassés dans la boue. Il avait retrouvé le colonel Germot, gravement blessé, mais vivant, et l'avait fait emmener par des infirmiers. Revenant sur les lieux, il trouva le cadavre du cheval Mercure. Il examina le terrain, et un frisson d'horreur le saisit : tout contre cet amas de corps ensanglantés, il y avait un cheval, dont la robe noire était couverte de sang. Paul se baissa, essuya la tête du cheval : c'était Nestor. Et la main qui dépassait, serrant encore une touffe de crins, était celle d'Henri.

Paul appela un de ses compagnons, qui l'aida à dégager le corps du soldat Fourneau.

– C'est ton ami ? lui demanda l'homme.

– Henri a été le fiancé d'Adrienne, mon épouse. Elle l'a attendu, mais l'a cru mort en Russie. Il était encore en vie, la preuve, le voici. Il n'a pas quitté l'Empereur.

– Tu es sûr que c'est lui ?

– Il est venu à la ferme une ou deux fois, à chaque fois il est parti avant que ma femme ne le voie. Et ne voie son cheval, qu'elle aurait pu aussi reconnaître. J'ai bien deviné, elle me l'avait décrit, et le cheval aussi. Il s'appelait Nestor.

– C'est ce cheval qui a fait la retraite de Russie ?

– Oui. Un fidèle serviteur.

– Un fidèle, oui. Le cavalier avait de la famille ?

– Non, ses parents sont morts. Il me faut garder le secret, cela ferait trop de peine à ma femme. Je raconterai cela plus tard, à mes petits-enfants.

– Tes enfants… Tu penses que nous pourrons revenir chez nous, à présent ?

– Je n'en sais rien. Où sont nos chefs ?

– Nos chefs… On va être prisonniers, non ? Celui qui commande, à présent, c'est Wellington. À moins que ce ne soit Blücher ? J'ai entendu dire que Napoléon est parti vers le sud. Mais est-il toujours…

– Il est vivant, mais j'ai entendu dire qu'il est très malade. Peut-être va-t-il partir vers l'Amérique ? Ou est-ce qu'il revient à Paris ? En tout cas, il est vaincu.

– Eh oui, c'est la fin de l'histoire.

Paul se baissa, sortit un petit couteau de sa poche et coupa une poignée de crins de Nestor qu'il mit dans sa poche. Il se redressa pour partir, mais pâlit et chancela.

– Hé ! Tu es blessé ?

– Un coup de baïonnette dans la jambe. J'ai perdu du sang, mais ça va. Je vais aller retrouver le colonel, j'espère que les chirurgiens pourront le sauver, mais il va sûrement rester invalide, je dois m'occuper de lui.

– Bon, alors éloignons-nous, je vais t'aider. Il n'y a plus rien à faire ici. Sauf une prière, si tu en sais encore…

– Une prière pour les hommes, et une pour les chevaux. On ne leur a pas demandé leur avis, à eux… »

TABLE DES MATIÈRES

INTRODUCTION 9

PREMIÈRE PARTIE : Cheval dans les Chasseurs 11

    I – Je suis engagé dans l'armée. 12
    II – Iéna 19
    III – Les marais polonais 25
    IV – Bataille de Pułtusk 28
    V. Fraternité d'armes 31
    VI. Eylau 38
    VII. Fin de la campagne. 48

DEUXIÈME PARTIE : HUSSARDS ET DRAGONS –
Les campagnes d'Autriche et d'Espagne (1809) 59

    I. Premiers combats. 60
    II. Les idées noires de Bouquet. 66
    III. L'Aube de Wagram. 71
    IV. Une Nouvelle Guerre 77
    V. La guérilla. 82
    VI. Un duel au bivouac 85
    VII. Une guerre d'embuscades. 90
    VIII. Trafics et traîtrises. 94
    IX. Une poule insolente. 98
    X. Retour en France 101

TROISIÈME PARTIE : LES CUIRASSIERS —
La Campagne de Russie (1812) 105

    I. Vers de nouveaux horizons. 106
    II. Prendre une décision. 112
    III. En route vers la Grande Armée. 116
    IV. Le passage du Niémen 119
    V. Le Dniepr 124

VI. De Smolensk à la Moskova. 129
VII. La bataille de la Moskova. 136
VIII - Moscou 143
IX. Avant la retraite. 151

QUATRIÈME PARTIE : La débâcle 155
I. La retraite. 156
II. Adieu, mes amis. 163
III. La bataille de Krasnoï et la Bérézina. 171
IV. Sur la route de Wilna. 175

CINQUIÈME PARTIE : Vers la paix. 185
I. Réformé ! 186
II. Retour au pays. 191
III. La fin du voyage. 199
IV. Retour au régiment. 201

SIXIÈME PARTIE : La fin de l'épopée. 205
I. Les deux amis. 206
II. La campagne de France. 213
III. L'abdication de Napoléon. 219
IV. Les revenants. 222
V. La fin des espérances. 228
VI. Le colonel et l'intendant militaire. 232
VII. Les Demi-Soldes. 242
VIII. Le retour de l'Aigle. 249
IX. Prêts pour l'affrontement suprême. 256
X. Waterloo. 261

ÉPILOGUE 267

Autres Ouvrages de Micheline Cumant :

- *Monsieur Barbotin, Maître en Musique – Ou les tribulations d'un génie méconnu.*
Sous le règle de Louis XV, naît un garçon nommé Barbotin, enfant gâté par ses parents et qui rêve de gloire : musique, théâtre, opéra, rien ne résiste à sa veine créatrice ... sauf les musiciens et le public ! Se prenant pour un génie méconnu, il parvient à la célébrité ... comme dindon de la farce ! Ses prétentions le font choisir comme cible de plaisanteries, et aussi de mises en scène, d'un groupe de pseudo-amis qui ne reculent devant rien pour se distraire aux dépens du malheureux musicien.
168 pages, BoD, décembre 2012.

- *Le Réveillon de Socrate.*
Dans un petit immeuble parisien vivent des professeurs, un écrivain, un homme d'affaires, un étudiant, une retraitée, un officier de police, des commerçants et la gardienne qui connait tout le monde et voit tout.
Mais, un beau jour, un crime est commis dans la maison. Et il y a Socrate, le chat de la narratrice, qui a tout entendu ... C'est évident, les chats savent toujours tout !
148 pages, BoD, avril 2013.

- *Le Prince et ses Bouffons.*
David est professeur de piano. Il a la vie de tout le monde, les soucis de tout un chacun, avec un petit plus : la musique. Un jour, il rencontre un Prince qui lui fait entrevoir une autre dimension de son art, de sa vie et même de lui-même. Il fait connaissance de toute une galerie de personnages qui vivent et pensent autrement, gardant soigneusement au-dehors les contingences sociales et les bouleversements politiques, ou alors les traitant avec humour. Au centre de ce cénacle, il y a le Prince russe, étalant sa foi, sa richesse, son amour pour l'art et distribuant son amitié comme ses chèques à qui montre qu'il a quelque chose en lui … Mais a-t-on le droit de montrer sa foi en l'art entre deux courriers administratifs et au milieu de circonstances dramatiques ? L'amitié peut-elle rester intacte malgré tout ?
308 pages, BoD, octobre 2013

- *Je m'ennuie…*
S'ennuyer ... concerne tout le monde et toutes les époques ! Que l'on soit une artiste peintre, une comptable, un chevalier du Moyen-âge, la Comtesse du Barry, une vache, un soldat en 1940 ou la Tour Eiffel, nous sommes tous confrontés à ce vilain parasite que constitue l'ennui. Cette série de nouvelles

décrit des personnages qui ont tous en commun de s'ennuyer dans une vie monotone et grise et que cet ennui pousse à agir d'une façon ... logique ou non, selon les circonstances personnelles et historiques. Même les vaches et les pianos peuvent le dire !

142 pages, BoD, novembre 2015.

- L'Ombre descendit sur le jardin.

Sonia a quinze ans, l'âge où l'on se découvre, mais aussi où l'on se sent responsable et où l'on se culpabilise de ne pouvoir changer le monde. Au moment où des sentiments s'éveillent en elle, elle voit sa sœur aînée, qui a toujours été pour elle un soutien, un modèle, sombrer dans une déchéance dont elle ne comprend pas tout de suite la cause. Seule , Sonia est seule à pouvoir affronter la réalité, ne sachant à qui ou à quoi attribuer la responsabilité de ce malheur.

132 pages, BoD, juin 2016.

- Les Eaux Profanées.

L'histoire commence dans les temps reculés où régnaient les génies de la terre et des eaux. Le géant Eochaid a indiqué aux compagnons du roi Habis un emplacement pour bâtir leur ville. En échange, ils devront respecter la fontaine sacrée.

De nos jours, à Angers, un homme disparaît, on découvre une source souterraine … Étienne en cherche la raison, mais s'agit-il d'une banale nappe d'eau, ou de la source sacrée qui lui vaudra la vengeance du géant réveillé du fond des âges ? A-t-il rêvé, ou les légendes continuent-elles à vivre parmi nous ?

108 pages, BoD, juillet 2016.

- La Mort dans les Cromlechs.

Le superintendent Quint-William Rockwell espérait bien passer quelques semaines de vacances dans sa maison du Wiltshire, tout près des alignements d'Avebury. Mais on découvre un cadavre… puis un meurtre est commis… Il semble que l'on ait observé un rituel macabre… Et tout tourne autour d'une jeune cavalière dont il semble qu'elle n'ait laissé personne indifférent. La police locale, désarmée, finit par solliciter l'aide de l'homme de Scotland Yard qui, prenant conseil de son vieil ami, l'ancien magistrat Seamus Casey-Wynford, s'emploie à reconstituer les faits, mais aussi les ressorts psychologiques qui ont pu amener quelqu'un à devenir une sorte d'ange exterminateur. Fin musicien, le superintendent Rockwell démonte, examine les actes et les caractères comme s'il analysait une fugue de Bach, mais tout en conservant la sensibilité d'une œuvre de Chopin…

240 pages, BoD, août 2016.

Retrouvez les ouvrages de Micheline Cumant sur
www.bod.fr et sur www.babelio.com

Retrouvez Micheline Cumant sur son blog :
michelinecumant.blogspot.fr